谨以此书献给

亲爱的妈妈和亲爱的女儿月亮

梦中的橄榄树

OLIVE TREE OF DREAM

宝珥◎著

百花文艺出版社
BAIHUA LITERATURE AND ART PUBLISHING HOUSE

图书在版编目(CIP)数据

梦中的橄榄树 / 宝珥著. — 天津:百花文艺出版社,
2010.8
ISBN 978-7-5306-5715-7

Ⅰ.①梦… Ⅱ.①宝… Ⅲ.①散文—作品集—中国—
当代 Ⅳ.①I267

中国版本图书馆 CIP 数据核字(2010)第 148835 号

百花文艺出版社出版发行
地址:天津市和平区西康路 35 号
邮编:300051
e-mail:bhpubl@ public. tpt. tj. cn
http:// www. bhpubl. com .cn
发行部电话:(022)23332651 邮购部电话:(022)27695043
全国新华书店经销
天津市方正汇智彩色印刷技术有限公司印刷
*
开本 787×1092 毫米 1/16 印张 22.5 插页 8 字数 15 万字
2010 年 8 月第 1 版 2010 年 8 月第 1 次印刷
定价:42.00 元

目录

追逐黎明

故　乡

灯下 天涯

梦系夏日

落雪时分

就是这样

醒　来

雨或者雪的味道(代序)

——献给已经过去的和即将到来的

雨或者雪,都是水
水组成一条河流,从梦里流出来
从过去流过来,从今天流出去
没有人能够阻挡

节奏或者味道
都是简单的透明的清新的
雨代表一些季节
雪也代表一些季节
你已经习惯于把它们看成同一条
川流不息的河
你在空中看着它们
流啊流

你注视着那湍急的流动,只是注视着,
没有心跳。你经历过那些涤荡
深不见底的清澈,并不沧桑,
异乡的清晨鸟语花香依旧
你注视着,注视着……
注视着一种命中注定的微熏
从水中蒸腾,扑面而来

那是雨或者雪的味道
是令你熟悉而又陌生的雨
或者雪的味道
你在空中看着它们渐渐靠近
你在地上悄悄地来到玲珑闪烁的水边

祖国回望

在日渐淡漠的记忆里
一次次地走进你
满怀怅惘与惋惜
你的面容
斑驳在时间的深处
陌生是你此刻的表情
沉淀与寻觅
是血管里轻声的叹息
异乡的清晨花香逼人
一些凌乱的片断
在心里串成闪光的珠链
总是浮现在午夜的梦里
令人无法入眠
于是听见了潺潺的水声
于是又看见了那条河
从冒着炊烟的屋顶
缓缓流过
记忆里的黄昏像一个谜
我一直知道答案
却只能缄默不语
无法逾越的千山万水
让流浪没有归程
星星坠落成满地的心事
在月亮倾斜的倒影里
夜露又一次把心打湿

浮生

前几天在清人沈复的《浮生六记》中的《闲情记趣》里读到一个细节，心怦然而动。他写，在夏月荷花初开时，晚含而晓放。妻子用小纱囊包上一撮茶叶，每晚置于荷花花心，第二天一早取出，用泉水泡茶，那茶香韵无比。

这样的人生绝顶之享受可能我在此生也不可能品味到了。那天和爸爸谈起此事，不禁一同赞叹：太会活了！

在《浮生六记》里沈复记录了夫妻举案齐眉，恩爱有加，其乐无穷的生活；记录了游山玩水，走遍名山大川的历程；记录了闲情雅趣，奇闻轶事，养生之道；也记录了人生的凄风苦雨，孤独无助，艰难坎坷。基本上完全概括了人生的方方面面：春风得意的张扬，丰衣足食的悠闲，走投无路的惶恐，一文不名的窘迫，游手好闲的懈怠，忙里生乱的局促，青春少年的纯真，人到中年的深沉，步入晚年的洞明，健康硬朗的从容，病卧不起的怆然。

不是第一次读这本书，可这次读感触最深，可能是因为现在也已经是浮生过半，对书中描写的很多人生滋味也已经有了深刻的体会和共鸣吧。尤其是读到《坎坷愁记》中爱人离分、母子永诀的情节时不禁心海翻波，泪水涟涟。

想起了佛教总结的人生八苦：生苦，老苦，病苦，死苦，怨憎会苦，

院子里的虞美人

爱别离苦，求不得苦，五蕴炽盛苦。婆娑人生就是一个吃苦的过程，通过对一个个苦的体验，来实现对甜的认知和向往。这就是生活，也有意思，也没意思，无论苦乐，都只能扛着，随波逐流地瞎混。不瞎混也没有别的办法，这是一个完全不由自己掌握的过程，所谓的奋斗其实也就是无谓的挣扎。哲学上有一个对人生过程形象的比喻：每个人都是一只开往马赛的列车上的苍蝇，终点是绝对既定的，路程中的自由是相对的。这样说虽然充满了悲观，但也可以让我们把人生这个过程看得更透彻，从而不至于一次次豪情满怀地自不量力，也不至于一次次地少见多怪，一惊一乍。

沈复在《养生记道》里也记述了自己步入晚年后对人生的观察、认识和总结："乐即是苦，苦即是乐。带些不足，安知非福。"深以为然。沈复还说："书不求解而能解，酒不期醉而能醉。"这也是人生的另一种境界了，我现在还未达到"书不求解而能解"，但已经达到了"酒不期醉而能醉"——非已超然入化境也，盖因酒量小也。

昨天晚归，未在院儿里停留。今天早上起来后，听爸爸说，昨天的狂风竟然将露台上的阳伞吹跑了，挂在了栅栏边的柏树梢上，爸爸今晨才发现。昨天晚上因为不在家，不知是一阵怎样的狂风袭来，竟有这么大的劲头儿。

我俩正坐在露台上喝着咖啡笑谈此事时，忽地又一股风迎面袭来，竟然一下子将我放在桌上的《浮生六记》吹翻在地，忙俯身捡起来，却发现那书皮转眼间被吹得无影无踪。我们父女起身站在露台上茫然四顾，忽然发现那书皮又高高地挂在了柏树梢上，一如昨夜的阳伞。爸爸急忙找长竿去够，一下子捅了下来，却掉到了栅栏外。我赶紧奔出院门，绕到前面草坪，拨开草地上的灌木，终于在地上找到了，松了一口气。爸爸也随着追了出来，我们一起满意地回到露台上，却发现，在我们手忙脚乱找书皮的时候，风又把爸爸的咖啡杯子吹翻，桌上地上洒满了咖啡。

院子里开满了虞美人，各种颜色，非常漂亮，不负“美人”雅号。这也是我第一次仔细地打量这种花，花瓣大大的，薄薄的，娇艳柔美大气，像商店里出售的假花一样完美。当美好达到极致，我们往往不相信眼前的真实，宁愿用虚假来形容它。爸爸有点儿心疼地说：“昨天的风吹落了不少花瓣。”我随口唱了一句：“花瓣雨，就像你牵绊着我……”我不算一个爱沾花惹草之人，前半生的生活曾经非常忙，一直以“强人”的面目马不停蹄地奔忙与“奋斗”着，基本上没有空闲停下来看看花、弄弄草、舔舔露珠、观观云、吹吹风。当这样在以前的我看来“一点正经没有”的“弱人”生活突然降临，竟然花了好几年的时间方才适应，且心中常有虚幻之感。而在忙得晕头转向头下脚上的时候，从来顾不上虚幻，那时候既不对人生作哲理思辨，也不吟风弄月、无病呻吟，人生的内容就是一个“忙”字，就像张艾嘉的歌里唱的“忙忙忙，忙忙忙，忙是为了自己的理想还是为了不让别人失望？盲盲盲，盲盲盲，盲得已经没有主张，盲得已经失去方向。忙忙忙盲盲盲，忙得分不清欢喜和忧伤，忙得没有时间痛哭一场”，那时候的“忙”不但充满了盲目无奈，还充满了茫然不知，也浑身充满了无穷的力量。反倒是闲下来以后却患上了一场病，使得赋闲的生活内容主要变成了养病。那时候哪里想得到，今天的日子变成了四肢无力，意志涣散，整天闲得难受，如坐针毡？

可能这就是人生，这也就是人生了：亦苦亦甜，亦忙亦闲，亦浓亦淡，亦真亦幻，亦明白亦糊涂，亦复杂亦简单。

随遇而安吧，人生这场电影，爱看不爱看，满意不满意，都既无法一直沉浸其中，也无法随时退场，一切都还要听安排，时刻听从把我们派到这个星球来的那位的召唤，他叫干啥就干啥。

这两天天气燥热，每天午后都在鸟叫蝉鸣中不知不觉地睡去。沈复说，白云乡近于渺茫，醉乡温柔乡抑非所以却病而延年，而睡乡为胜矣。我在渺茫的白云乡里享受着恬适与逍遥的睡乡之境，人生若此，我复何求？

然而，却每次醒来时，心里都感到莫名的怅然。

手袋风情

有一年去意大利出差时，我在米兰机场的免税店花将近五百美元买了一个范思哲手袋。

很长一段时间里我一直用这个手袋，感觉非常“范思哲”。

有一天，我的一位朋友注意到了我这个高级手袋，她反复打量、仔细琢磨，然后得出结论说：“这个范思哲是二层皮做的。”

我根本不懂什么叫做“二层皮”，但从字义上大致明白那不是我们通常所说的纯皮，是经过加工的皮子。

那个手袋后来不知被我淘汰到何方了，我也不是一个特别迷信名牌的人，当初买它主要还是因为喜欢那个款式。黑色的皮面上精致的“范思哲”镂空标牌，经得起仔细的推敲和研究，既高档，又低调，是我喜欢的风格。

意大利皮具有名，而且也有不少真皮假名牌。我在比萨附近的集市上还买过一个真皮马桶包，不知是什么牌子，也用了很长时间。我比较喜欢马桶包这个款式，又随意，又大方，又时尚，亦庄亦谐，什么场合都可以用，既不显得过分正经，也不显得格外唐突。

买得最多的假名牌包是路易威登，几乎每次去秀水街都要买，而且是各种款式，各种LV经典图案：最常见的深棕图案，带樱桃的，牛仔布面的。但是，买完了这些假LV后我几乎并不使用，偶尔背着上街也有心虚的感觉，基本上都分送给了各位亲戚朋友。

加拿大也有使用假货的人群，尤其是假LV手袋。以前我在蒙特利尔居住的那个杂烩区里很多菲佣和越南难民都像个阔太太一样手挽着LV昂首挺胸地从闹市穿过。也许是真货，搞不清。

也有犹太老太太背着LV佝偻着腰从街上走过，我想她背着的应该是真货吧。

这其实只是一种猜测，我猜测她有钱，所以就猜测她用的是真货。可谁说越南难民就一定没钱？当时我家楼下菜店的老板就是一对越南难民夫妇，人家两口子分别开着奔驰和宝马，让我这个当时刚刚移民前来的人都看呆了：开着奔驰来卖菜？！

甭管卖什么，反正人家有钱。有些事情不是人人都可以做的，比如在国外开中餐馆是最赚钱的行当，但咱确实干不了这个，君子远庖厨，咱在家都希望敬厨房而远之，更甭提开个饭馆专门做饭了。只能看着钱哗哗地从眼前流过——流过就流过吧，世界上的钱还挣得完？宇宙万物，是你的就是你的，不是你的到手了也会跑掉，着急有何用？

我还曾经买过一个BALLY手袋，是去纽约出差时买的，米色，也曾经很钟爱。现在几乎不用了。

现在背着的是草编的篮子。我是一个喜欢草编篮子的人，每逢夏天都把皮包甩到一旁，换成“草包”。草包一般比较大，否则为什么有个词叫“大草包”呢。喜欢大包，因为用着方便，什么东西往里面随手一扔，齐活。但是草包一般都是开放式的，没有盖儿也没有拉链，里面的东西有失窃的危险。

2005年夏天我在中国。与小姨一起在某市著名的商业街闲逛，在一家小店里就被小偷直接从随身背的没有盖儿的草篮里将钱包顺走了，我的全部现金、信用卡被洗劫一空。幸好护照还在。

中国小偷似乎格外多，不知为什么。以前曾经有西人朋友问过我

这个问题，我耸了耸肩，无言以对。我也不知道为什么。以小偷格外多而闻名的国家还有意大利。我那年去意大利时就听说米兰机场的盗窃团伙直接撬旅客的皮箱，吓得我赶忙在罗马买了一个小手提箱，把所有的贵重物品都放了进去，随身提着沉重的小箱子，托运了一个大空箱子。

我在丢了钱包后决定去报案。那天还下着蒙蒙细雨，我奔走在雨中的街头，心情无比凄凉。

接案的警察对我丢失钱包一事并不怎么在意，对我从哪里来、是何方人氏倒很感兴趣。记得他做笔录时问我："你这个包叫什么？"他指了指我的大草篮，我不假思索地说："草包。"

果真是草包，把自己搞得如此狼狈。那时正是祸不单行的时期，本来是回国省亲，却突然被查出患病，还丢了钱包，真是倒霉透顶。

那是我迄今为止的人生里最不走运的一段时光，最低谷。

那一段生活仿佛停滞了，每天都在故作镇静，其实心急如焚、望眼欲穿、翘首企盼着反弹回高潮。

警察说："如果找到了我们会与你联系。"警察还说："赶紧回加拿大去吧，这儿多乱呐。"警察马上要去北欧探亲，就是著名导演LX的那个国家。我告诉警察自己的好朋友在那里，说了LX的名字后警察说："我见过他，在当地华人的晚会上。"

警察去过北欧多次。

回北京后我给LX电话，告诉他：国内的警察知道你的大名。他笑了。

前几天我在中文电视台播放的电视剧《大明王朝》的广告里突然看见了LX，一身古装，正在和陈宝国对话。这个剧本好像是LX的大作，他还写了好几部著名的电视剧本，能写、能导、能演，中国这样的人才好像屈指可数，这才叫做色艺双全。

奇迹没有发生。我丢失的钱包终于一去未返。

背着草包还闹过一个笑话。每年夏天，蒙特利尔都有一次同性恋大游行，同性恋们打扮得千奇百怪、千娇百媚、缠绵悱恻勾肩搭背地云集街头狂欢。我们这些异性恋们往往前去看热闹。那年刚来，我背着一个彩虹色的草篮前往游行现场观西洋景，到了那里才发现，原来同性恋的标志是彩虹。同性恋们散发了大量的彩虹小旗子，图案和我的草篮一模一样。我背着这么一个图案的包，几乎会被人理所当然地视为同性恋者。

那天很奇怪，竟然没有女拉拉前来拉拉，是嫌咱不够漂亮？

后来那个草包被我迅速地淘汰了。

天渐渐地凉了，我的草包好像又该换皮包了。一时间还真有点恋恋不舍：对季节的变换，对时间的飞逝，也对这样的一种夏日风情。

人生在买几个手袋、换几次手袋中就这么悄悄地过去啦。

幻象

我的记忆里，一直存在着一段图像，大约是来自童年，也许是两三岁的样子。场景是一个房间，好像是托儿所，有大人带我去，我站在屋中央茫然四顾，房间的四周摆着长椅，零星地坐着几位怀抱婴儿的母亲。我深深地记住了一张母亲的脸：她带着一副黑框眼镜，坐在靠墙的一张椅子上，怀里同样有一个婴儿，她偶尔会看看站在屋子中央的我，好像还与带我来到这个场所的大人搭话。

我一直都没有搞清这个记忆究竟来自何处，是我生活中真实存在过的场景，还是我的幻觉，但这应该是我人生最早的记忆了，我记不起比这个场景更早的情景。

这个毫无特色的画面从很小的时候就伴随着我，经常会在黑夜中从我的脑海浮现上来。每次这个场景像电影的镜头一样出现的时候，我都有一种奇异的感觉，甚至还微微地带点凉意。我总是绞尽脑汁使劲地想，使劲地捕捉那些稍纵即逝的画面，想从中得出更多的更明确的启示，然而没有，每次最清晰的细节都仍然是那张带眼镜的母亲略显疲惫的脸和她有些呆滞的眼神。而画面总是终结于我似乎站到了房子外面的小空场上。我曾经问起母亲，自己是否曾经在很小的时候出现在这样的一个场所，我竭尽全力清晰地描绘着场景中的每一个细节，而妈妈总是双眼茫然，最终摇几下头，说“不记得了”。

我曾问:“那是否是我在婴孩时期所去的托儿所的情景?”妈妈仍然说:“不清楚。”我也曾到自己幼年时期去的那个妈妈单位的托儿所寻查,与我记忆中的这个场景是不一样的,所以,我也否认了这个记忆是来自托儿所的想法。

也许只是一个梦,只不过被我深深地记住了。

我曾有过一次幻觉的经历,是在生病动手术使用麻药后出现过短暂的幻觉。当时,我首先看见了一道厚重结实的墙,死死地堵在我的眼前,墙的影像持续了最初的一段时间,然后墙就不见了,似乎我已经越过了这一道关卡,来到了墙后的世界。那是一片美丽的花园,是春天的花园,大地生发出嫩绿的萌芽,一瓣瓣的、肥厚饱满而滋润,它们以特写镜头的方式出现在我的眼前,叶片上完美的纹路清晰可见,每一片嫩芽的外形都毫无瑕疵并充满勃勃生机。

我想对于当时的情景来说,这些幻觉的场景都是关于我的健康和生命的未来的很好的暗示与预兆。但令我也是有点儿百思不得其解的是,我在后来的幻觉里还见到过一个好像是清朝的集市。说是清朝,是因为我记得集市上摆摊的人们似乎都穿着清代的长袍马褂,男人的脑后还梳着辫子。频繁出现的场景似乎是个十字路口,有人在路口中间跑来跑去。

对于这个场景的反复出现我不是很明白,似乎与我的健康没有什么关系,如果这同样是潜意识的一种调动与浮现,那么这是哪一种潜意识呢?是我关于前世的记忆?

比起儿时那个似梦似真、亦真亦幻的蒙太奇般不断闪回的场景,我清楚地知道这次是纯粹的幻觉,是因为使用镇痛剂导致的结果,只是这个清朝的画面来得没头没脑,完全毫无缘由。实在不清楚为什么会出现这样的我从来没经历过的画面,这实在是一件非常奇怪的事。

人生的确是很奇怪的,梦与现实往往交织,纠缠难分,走得时间越久,在记忆里纠结得越复杂,越难理清。我们经常无法分清梦想与现实

的距离，或者我们自以为分清了，其实仍然是颠倒与混淆的。关于这一点，佛教里早已总结得清楚而又透彻，《金刚经》里就有几句著名的偈语：凡所有相，皆是虚妄，若见诸相非相，则见如来。一切有为法，如梦幻泡影，如露亦如电，应作如是观。

色即是空，空即是色。色不异空，空不异色。

有时候当你与一个曾经朝夕相处、息息相关的人或者事长久地拉开距离后，当你再次近距离地面对它们，你在瞬间的感觉也是恍如隔世。每逢此时，你也许会陷入长久的感慨，在感慨中你听得见心底发出的那一声深深的叹息，叹息是无声的，最终又会被悄然淹没在心的深处那个深不可测的洞里，你会听见那空空的回音久久地在心里萦绕、回荡。

世事总是难料，虽然都只是一些无法把握在手的光与影，却仍然吸引住人们长久地驻足，在当下的光芒里回味着过往的影像，憧憬着明天不一样的空气。其实每天都是一样的，但因为你也许会改变自己行进或者站立的姿态，于是便产生了视角的变化，于是便也随之产生了光线和影子的变化与不同。

尽管明白都是幻像，但也仍然都还是由衷地渴盼着能见到那些更为绚烂的场景。这也是人行走在这个悲伤的世界中，在忧伤的旅途上的唯一的一点点动力，无论你是否已经看破这滚滚红尘。

前两天朋友给我寄来了几张照片，照片里有一些我从未见过的新的风景，也隐藏着一些关于以往的信息的提醒。我其实也难以说清这些过去与现在都是真实的存在还是幻觉。在我心里，有些事情一直以一种梦幻般的形式仿佛玩笑一样地存在着。当我试图脱离自己的躯体，出现在空中，俯瞰那些画面时，因为有些衔接的突兀和凌乱，我一直不愿确认或者面对某种真实。但我也一次次地被提醒着，这种已经发生的真实无法回避。

当我又一次被提醒时，也又一次感到了那种来自心底的触动，这种触动暗暗的，有点钝痛。每次这种情况发生时，我都赶紧转移视线，把自己的心悄悄地从这种轻微的碰撞中挪开，但怅惘也总在注意力被人为转移的同时悄然出现并且若隐若现地飘在空气里，在那里断断续续地存在一小会儿。

只是一小会儿而已，然后又会有新的不断变幻的光与影出现，重新吸引你，彻底地占据了你的视线，曾经的钝痛也在不为人所察觉之间消弭了。你沐浴在新的光影之间，在重新组合的明暗闪回中微笑，发呆，与人交谈，哭泣。

这些都是真实确凿存在过的画面，当然，也可称之为幻觉，当视角和光线都发生了很大的改变的时候，我偶尔远远地回头看着它们。我微微眯起眼睛，试图以一种轻松而若无其事的姿态冷眼观看这些发生在时间的另一端的光和影的折射，但忧伤仍然像水草一样轻轻地漫了上来，一缕缕地把我绕住，似乎很无力，很轻，却令人难以挣脱。

Sad.

路上的风景

路上的风景很好。路上的感觉很好。

每次旅行回来，回想起这一路走过的山山水水，就忘记了途中舟车劳顿、风雨兼程的疲劳，忘记了风餐露宿的辛苦，脑子里只剩下那些美妙的风景和欢声笑语，在这样的镜头回放里要沉浸上好几天，然后重新慢慢地回归平淡的生活。

每次去旅行，我都要在随身的背囊里放上几本书，这是我必不可少的行装。这往往是几本内容和风格迥异的书，但一定都好读，不用多费脑子。我在山水之间根据当时的心情轮换着掏出它们，与它们进行着不同内容的对话，对话的形式是相同的——都是轻松。

也有很多时候，在途中忽然对那书的内容感到兴味索然，于是，就不再继续读，很有可能从此也就不再读这本书了。还有很多时候会带上一本读过很多次的，对那内容熟得不能再熟的书，在路上，在万籁俱寂的大自然里再一次把它翻开，而往往也会再一次读到一些以前不曾注意的内容，得到一些新的启示。

这次出去，又把王朔的那本《和我们的女儿谈话》带在身边。这是一本我每次翻看都会有新的心得和收获，都会有点激动的书。我在读这本书的时候，内心是激动不安的，又是平静如水的。在路上读它，激动不安时，我就将目光投向窗外宽广的湖面，如洗的碧空，让自己跳得有些快的心慢慢平静下来，缓和下来，然后继续回去，继续被那些充满活力的跳跃的文字带着向前一路狂奔。

这本书是王朔在极度亢奋的精神状态下写就的，语言中流露着一种疯狂，然而是在清醒状态下的自由挥洒，不是梦呓式的胡言乱语。在他干净洒脱的语言里，跟随着他出入于现实与幻觉两个层面的世界，穿行在语言所塑造的的崇山峻岭、大河激流之间，仿佛也找到了那条在两个世界之间自由穿梭来往的通道。

非常理解他这种在自以为找到了、参悟到了之后急于表达出来的狂喜。因为理解他的这种狂喜，所以也理解他那种无法离开的巨大的悲伤，理解他现在的小说为什么更多的以自己的亲人、孩子为主题。这些正是他在现实世界中最大的隐蔽的忧伤与难以割舍。

这次重读，仍然像以前一样，读上了就难以放下，恨不得一气呵成地读完，又舍不得错过每一个字，所以，精神高度集中。

但王朔的书好读，读着不累，语言的风格灵活随意，都是平常话，没有咬文嚼字的词藻的堆砌，却很抓人。这次读，和前几次一样，读完全书，被一种飘荡在空气里的忧伤气息所包围，恹恹地有点无助、无力，不想说话，心在有点苦涩的味道中微微战栗，眼睛有点酸涩，喉咙哽咽。此时再看眼前的奇山异水，目光亦是茫然，山水亦然平淡，了无生趣了。

除了在旅途中读书，我还很喜欢在飞机上看电影的感觉。通常在影院里，我很少能够全神贯注地从头到尾看完一场电影，中间总有走神出戏的时候。而在飞机上，我却可以非常认真地将一部电影看完。大概也是因为被绑在座位上，除了跳飞机无处可去吧。

飞机上的电影通常都不错。记得最近一次在飞机上看电影是在从北京飞往温哥华的途中。飞机是波音777，每个座椅的靠背上都有屏幕，有很多部电影，可以根据个人爱好自由选择。我先选择看了那部刚刚得了奥斯卡奖的著名的《老无所依》，我其实在它刚得奖后就在秀水街的地下通道里买了盗版的光盘，但是就是一直找不到时间静静地坐下来看，在飞机上终于有了这样的心情和机会。

那电影没什么意思。除了杀手冷酷的眼神和瓮声瓮气的声音传递出的一种莫名恐怖的气氛，其他没有给我留下太多印象。

接着又看了一部随便找到的好莱坞的爱情电影，以前没有听说过，叫《P.S.我爱你》。开始也是有一搭没一搭地看着，渐渐地竟然就看进去了，而且发现，电影很不错！是一部将生离死别的爱情故事以喜剧的手段表现出来的电影，令人含泪大笑的那种。尤其塑造了一个我很喜欢的梦寐以求的那种男人的形象：聪明，成熟，率真，诚挚，单纯，开朗，幽默，大气，宽容，细心。

这种理想的人物只能在电影里看到，这也是文艺作品的功能的一种：充分刺激起观众或者读者的幻觉与共鸣，以满足你在现实生活中难以实现的各种千奇百怪的理想和幻想。

能够在这样的文艺作品里释放出自己内心深处甚至不为自己察觉的情感意识是一种难以言表的巨大幸福，也可遇不可求。

一部好的文艺作品既可以使你生动有趣的旅行变得心不在焉，醉翁之意不在山水之间，也可以使你寂寞枯燥的旅程变得活泼多彩，光阴似箭。这就是文艺的价值和意义。在路上，在这样的作品里觉得自己变成了另一个人，这是另一种幻觉，一种令人很享受的幻觉。

又开始收拾箱子了，准备一次新的出发。上一次旅行的一些东西可以原封不动地继续放在里边。憧憬着即将到来的又一次启程，很兴奋。

还是引用北岛的那句话：看天地多么辽阔，上路吧！

人间四月天

加拿大是个水资源极其丰富的国家，所以，春雨并不贵如油，瑞雪却常兆丰年。一年四季，春夏秋冬，寒从脚下起，水自天上来。

女儿月亮的学校出了一桩不大不小的丑闻：一个五十多岁的女老师利用学校的电脑登陆色情交友网站聊天，忘了关机，被一个男孩子读到了，据说，聊天的内容“很不健康”，月亮说这是那个男孩的描述。这件事迅速地在校园里传开，女老师顿觉无地自容，于是告假回家。

月亮还说，社区警察局的青少年辅导员来学校为六年级小学生讲课，谈进了中学以后如何应付来自高年级孩子的各种不良诱惑：比如吸烟，抽大麻之类。

这个辅导员其实就是警察，是带枪的。月亮说。

我听着心惊肉跳，赶紧嘱咐月亮，无论在外面发生什么事情都要回家告诉妈妈，与妈妈商量。“妈妈毕竟比你有经验。”我强调。月亮认真点头。

“什么也不用害怕。世界上没有什么可怕的事情。”我还强调说。

我们这个区是市里数一数二的好学区，但，都不是真空，成长的烦恼既是孩子的，也是家长的。

最近总与月亮形影不离，因为在为她选择新的宠物，所以，我们频繁地光顾宠物店。为此，甚至还去了远在几百公里外的蒙特利尔，那里

我与月亮

有一家大型的宠物店，我们以前常去。

现在，新的宠物已经在自己的笼子里踩转轮了——一只鼠类动物，类似于荷兰鼠那类的，黑色毛发，圆滚滚的身体，宠物店的服务员称之为“黑熊”。

回家后月亮给它取了个新名字：赤龟。

我问：“为什么叫赤龟呀？”

月亮答：“赤西人和龟梨和也的简称。”那是她的两个偶像的名字，是两个很清秀很英俊的日本男孩。月亮经常指着墙上海报上的他们追问我，哪一个更漂亮。

我往往胡乱指一个，为此好几次引起月亮的质疑：你上次说的是另一个！

我其实根本从来就没分清过这两张面孔。

月亮告诉我，她班上的一个女孩家里共有九个孩子，还养了两只猫，两只狗，两只鸟，四条鱼……

按照加拿大现行的福利制度，光是这九个孩子每月的“牛奶金”就足够这一家人花天酒地无忧无虑地生活了，大人完全可以不必上班，只需在家尽情享受大家庭小宝贝小动物和谐相处的乐趣。

月亮像说新闻似地说道：“她爸爸妈妈都没离过婚。”

是的，很遗憾，这种从一而终的情况已经很少见了。也许就是令人羡慕的真正和和美美热热闹闹的大家庭，还也许，在拥有九个孩子的同时也即失去了某种意义的自由——只能凑合过吧。哈哈！

那天，妹妹Echo讲了一件趣事。她在电梯里遇见了以前同办公室的David，David是个不太着调的老头，经常在办公室里说一些不中听讨人嫌的话，让大家都不待见，背地里都在互相打听，David为什么还不退休？他也的确早已经到了可以退休的年龄。

David在与Echo嘘寒问暖地寒暄时，说自己正在为温哥华冬奥会的一些事情忙碌。然后，他面色神秘地告诉Echo：“我最近有个好消息。”Echo好奇地追问：“什么好消息？”David说：“我表哥死了。”他马上修正道：“当然，这不是好消息。但是……”，但是，去世的表哥将400万遗产全部留给了他！

我与Echo齐声啧啧地惊叹。人走时运马走膘，谁知道这个老David老了老了，鸿运当头，天上的大馅饼突然猝不及防地砸头上了。

命里有时终须有。都是天注定。

Echo替他着急：“你说，他怎么还不退休呢？”

我也替他着急：“你说，这么多钱，死之前他花得完吗？”

也不知David刚刚死去的表哥当年为了挣这些钱曾经费过多大的周折，吃过多少苦头，干了多少的牛马活，流了多少血和汗。到头来，为谁辛苦为谁忙……？钱多钱少，都是悲剧啊！

四月，繁花如梦，星光很冷的季节。

一直在下雨。

逆行的水星

前几天曾经给一位朋友写了一封很长的信。很久没有写长信了，总是能不写就不写，能少写绝少多写。写信尤其是一件需要心情配合的事情，当然，还要看对象。

洋洋洒洒一鼓作气唠唠叨叨地写完，按“发送”的同时，还长舒一口气，很有成就感。

结果发现，在“已发送邮件”里只有一个标题，没有内容。感觉可能是出问题了。果然，第二天收到回信，朋友说只收到了标题。

第一个反应有点沮丧。赫拉柯利特说：人不能两次踏进同一条河流里。人的话也一样。有时候，在当时的心境当时的情景下说出的话，过后就记不得了，或者记得也并不想再重复了。因为每一天的太阳都不一样，每一天的心情以及表达心情的方式当然也是不一样的。在想说的彼时彼刻说出自己想说的话，也是人生的乐事之一，错过了也是一种遗憾。

第二个反应就是——水星逆行效应发作了！

一直是个西方星相学爱好者，从以前盲目地读星相预测文章，到后来有一段时间，终日神神叨叨地打印出每日星相图，自己总结分析归纳。曾经认真地考虑过去就读最著名的英国伦敦占星学院，还曾经在英文学校里正经八百地给同学们做过一次关于星相学的演讲，把老师和同学都忽悠得看着我发呆愣神儿，第二天老师特地用一张开满玫瑰花的彩色信纸给我写了一封长信，赞扬我的演讲，圣诞节收到好几位同学写来的贺卡，里面都提到了这个演讲，大家一致说："Very interesting！"

老外好蒙。

作为一个星相学爱好者，我非常相信命运中的宿命因素，这与宇宙的星辰运行规律有关，我们和周围世界、周围人的关系，都是星星之间的排斥或是吸引。所以，每当我遇到一个给自己留下独特印象的人时，总要问对方："你的生日是几月几日？什么星座？"我总试图破解命运中的一些神秘莫测的信息。我发现，这其实是真的有点准的。

最近水星再次逆行。水星掌管的领域是交通、信息交流、写作、通讯。水星逆行期间，以上的领域会有阻碍，会受到影响，也许你会经历交通延误，也许会经历信件遗失，还有可能是心情烦躁，迷糊健忘，丢三落四，写作遭遇瓶颈……

对于我来说，即使水星顺行，也经常迷路、走错路，我是一个不记得路的人。但我清楚地记得，夏天那次水星逆行期间，我开车带女儿去家附近的一个餐馆吃饭，竟然迷迷糊糊地在路上绕了很久，总是拐到不相宜的路上去，在几条熟悉的街道上来回转，好像遇到了鬼打墙，最后竟然没找到那家去过好几次的餐馆，只得又回到家附近的一个香港人开的小餐馆，胡乱吃了碗淡然无味的云吞面。

那天心情也有点沮丧。

那几天也不爱写博客，心恹恹的，对什么都打不起精神来。

这几天也是。

这几天电脑也经常会有一些小毛病，比如今晨，我死活进不了系统，折腾半天才明白，原来是键盘没电了，换上电池马上畅通无阻。

虽然自己是个比较狂热的星相学爱好者，但我发现即使你掌握了某种规律性的“天机”，即使你预见到了一些即将发生的情况，你仍然无法阻拦这些事情在你身上发生的脚步。比如当我坠入情网，爱上一个人，我明知道与对方的星相按照星相学理论来说是不相配的，这就像中国人的生辰八字，但我此时会对这样的星相忠告置若罔闻，依然奋不顾身，我行我素，哪怕前面是地雷阵，是万丈深渊。直到最后果真深陷泥沼，出现了如星相学所预言的情况，我才会马后炮一样地恍然大悟：哦！星盘上不是早就显示了吗！

这是很有意思的现象，说明命运的轨迹其实是完全固定的，非人力可以更改的。预知与否，你都无法改变。

明白了这个道理，我对星相学的兴趣也顿觉索然了。人都是很现实的，讲究实惠的，既然预知也无用，何必预知呢。

星辰与人类共守着同一个秘密。

这个秘密的答案只有上帝知道，人是很难知道。就把一切交给上帝吧。我们能做的不过是真心地期待，全心全意地努力和诚挚的祷告。但愿上帝能够听见来自我们心底的声音。

人的命运就像天上的星辰，星星一直是那颗星星，月亮也一直是那颗月亮。日月星辰的运行不会因为阴晴雨雪而改变，就像雨后有时又会出现夺目的彩虹，就像风总有停的时候，就像不是每一天都是阳光灿烂，就像因为有了夜的黑暗才会更加衬托出日的光明。

都是固定的轨迹而已。

说鬼

万圣节就是西方的鬼节。

每年万圣节的傍晚，装扮各异的鬼们开始在街上游荡，到门前摆了南瓜的人家敲门要糖。

去年我们也曾在女儿的强烈要求下，在门前的树上挂上骷髅，门前台阶上摆上南瓜，于夜幕降临之际大门洞开，灯火通明，迎接鬼的到来。可惜因为我们住在山顶，不是那种密集的居民区。我们急得团团转，如热锅上的蚂蚁，望眼欲穿，上门讨糖的鬼还是寥寥无几，最后悻悻地收起糖，关灯，假装应接不暇的样子关门谢鬼——谢不谢其实就是那几个鬼，太少。

今年女儿和同学一起结伴出去要糖，我松了口气。

我是一个怕鬼的人，但无论怕还是不怕，鬼好像是我们这代人童年生活的主要话题——很多个夜晚，无论夏夜还是冬夜，我们都是在小伙伴的鬼故事里度过的，那些故事都是关于绿色的尸体、诈尸、还魂的情节，至今想起来还是有点儿毛骨悚然。

那时候有一本小人书，叫《一块银元》，讲的是一个解放军战士苦难的童年故事。他的苦难我基本已经忘光了，但有一个画面始终历历在目，那就是主人公的姐姐被地主买去陪葬，被灌了水银，死后瞪着大眼睛立在地主的棺材旁的情景。我简直被这幅画面吓坏了，经常在晚上上床熄灯以后难以入眠的时候想起它，我把头紧紧地蒙在被子里，甚至能听见自己的心怦怦跳动的声音——这幅画面成了我童年的一个噩梦，童年心灵的一块暗伤。

在我心里，鬼就是死人，死人就是鬼。儿时关于鬼的故事里鬼好像都是双脚合并跳着走路的，不知这是谁最先想象出来、或者亲眼见过的情景。多年以后我也亲眼见到了这样的场景，那就是在赵丽蓉和陈佩斯主演的电影《孝子贤孙伺候着》里。想借装死考验儿女孝心的赵丽蓉无法忍耐孝子贤孙们在葬礼上的折磨，从棺材里钻了出来，因为双脚已经被捆住，所以只能一步步跳着去找自己的儿子陈佩斯，但这种双脚并拢一跳一跳的姿态与传说中诈尸的鬼完全一样，所以吓得众人丢魂落魄，惊叫着四散奔逃。

我当时看着赵丽蓉身穿寿衣在大街上蹦跳，想起了儿时讲的鬼故事里的情景，捧腹大笑，乐不可支。鬼是一个听说过而没见过，却又带给我们无限恐怖，还有一些掺杂着悲伤和复杂的乐趣的东东——原谅我用了“东东”这个词，我不知道该用一个什么样的名词来形容他们。

这种东东让人乐此不疲地人鬼情未了。

前几天我才听说了中国传统的送寒衣这件事。给逝去的亲人送寒衣，让他们在另一个世界里，在寒冬将至的时节仍然有厚衣抵御风寒——不知那另一个世界还有冷暖炎凉吗——那里不是四季如春的恒温吗?

我说我刚听说送寒衣这件事你就知道了，我肯定是没给家里逝去的亲人送过寒衣，我只给在我的童年就离开了我们的亲爱的爷爷送过一次纸钱。

那时我刚从国外留学回到北京工作，突发奇想，想给童年时对我宠爱有加的爷爷烧点纸钱。但我害怕进寿衣店，非常害怕，那是即使现在我仍然不敢涉足的地方。我让妹妹Echo买好纸钱来找我，胆子大的

Echo就在我们约好的一天傍晚拎着几百万我根本不敢细看的印刷精美的冥币(那时的计量单位还是几百万,估计现在都上亿了)来了。我们在我当时的家楼下找了一个僻静无人的地方点燃了纸钱,看着火越烧越旺,纸钱在火舌里渐渐化为灰烬和青烟。就在此时,突然起了一阵小旋风,旋风的中心似乎就是火堆的中心,纸灰霎那间在风中飞舞起来,然后就踪影全无了。有点奇怪的是,风就旋了这么一下,就停了。堆着烧过的纸灰的地方片甲不留,毫无痕迹,甚至包括空气里本来弥漫的纸张燃烧的气味也在瞬间完全散尽了,好像这一切根本都从没存在过。

我和Echo不禁啧啧称奇:难道是咱爷爷他老人家真的在天有灵?难道他老人家在天上如此缺钱花,所以迫不及待一把抢过去……

当然,送钱送衣都是我们寄托和表达对死去的亲人的一种怀念之情的方式,其实是对活人的安慰。如果鬼的世界仍然是需要花钱穿衣吃肉喝酒买房开车花天酒地的世界,应该就不叫另一个世界了,那就是我们现在这个五花八门光怪陆离又没什么乐趣可言的世界。另一个世界总得有点另一种的新鲜吧?这是我们实在想象不出来,却又总是无限好奇、急于探求的神秘,而一旦探求到了,却又已经阴阳相隔,失去了告知这个世界里那些仍然走在探险路上的伙伴们的手段与方法——此事古难全。

神可以做到。能够练就金刚不坏之身,自由地穿行于阴阳两界且混迹于人鬼之间的人应该算神了,可自古以来又有几个人真的修炼成了神呢?

在北京的日子

这些年，每次回北京，都似乎一直生活在各种奇妙感觉的混合状态中：很喧嚣，也很冷清；很热烈，也很冷淡；很亲切，也很陌生；很有趣，也很无聊；很激动，也很落寞；很真实，也很虚幻。

白天，朋友们都在上班或者忙着自己的事情，我经常一个人走在熙熙攘攘的街头或者商场里，我在那里茫然四顾，东张西望，耳边是嘈杂的人声。经常地，我刚刚开始溜达，就开始有点烦了，马上决定找个地方坐坐，于是就进了某个咖啡店。我经常进的是上岛咖啡。主要是在我经常去逛的地方每每看见它的身影，然后，每每地，我也就走近它。喜欢那里的干净与舒适，客人也经常比较多，但彼此之间既感到别人的存在，又可以忽略别人的存在，距离适中。而且可挑选的饮品种类也比较多，有咖啡，也有各种花草茶。不像星巴克，只有点味道实在很一般的咖啡。我很少去星巴克。

在上岛，我一般会选一个靠窗的沙发坐下，随兴胡乱点上一杯彼时彼刻想喝的东西，然后就开始坐在那里发呆。

发呆的时候其实脑子里一片空白，什么都没想。有时候邻座的某句话会飘过来，于是会顺着那话音打量一下那个说话的人，然后继续心不在焉精神恍惚地愣神。

难得过上身边人都在说着母语的生活。那语言无需在大脑中过滤和二次解读，那语言来自血液，很熟悉，很平常。但不知为什么，心跳却似乎有点变快了，心里有一种稍稍的惶惑和紧张。眼前的场景既属于我，也不属于我，我既置身于那场景中，又感到疏离。

我还经常去海淀图书城。这是我以前生活在国内时经常出没的地方。有一度，我住的地方离海淀图书城非常近，我从另一条街进入一条胡同走上十分钟就到了。我穿过胡同去图书城买新书、新音乐盒带，去海淀游泳馆游泳，去麦当劳吃便餐，去逛北大旁边的小店。现在那条胡同已经没有了，改成了一条宽宽的马路，仍然沿用了以前胡同的名称，现在叫彩和坊大街。

现在，我专程打车去那里。那里有一个第三极书局，是这两年新建的一座很高的大楼，是有一次我乘车经过四环时偶然发现的新去处。第三极书局旁边就是新浪网站的新址：理想大厦。因为在新浪写博客，所以对它的所在地也油然产生亲切感。新浪以前就在我家附近的小学里，也是这一带。这一带现在已经完全变了，已经很像“硅谷”。我走在尘土飞扬的“硅谷”的街上，吃力地辨认着以前自己熟悉的商店和建筑的影子，心情复杂而激动。

几乎每次，我都要在第三极书局里挑选二三十本书，然后拎着沉重的袋子，怀着兴奋的心情下楼去找地方歇着。我发现，我其实还是最爱逛书店，就像我最爱说母语一样。我在书店里徜徉的感觉是由衷的欣喜和沉浸。虽然也爱赶时髦，也爱逛服装店，买样式时尚的衣服，买各种乱七八糟的小零碎、小摆设、小饰品。但总是逛上一会儿就感觉到了疲劳和索然无味，就想要离开。而我在书店里是气定神闲的，流连忘返的，目不暇接的，不知疲倦的，我目光炯炯地扫射着一排排的书架，生怕漏掉哪本喜欢的书，错过了。

遇见一本好书的那种兴奋的心情难以用语言形容。而这种感觉只能在地球的这个角落找到。

我经常在书店里从中午一直待到晚上。我埋头一本本地挑选翻找后再抬头时，夜幕已经开始降临。

几乎每次结束了购书活动后，我都会乘扶梯下到二楼，到那个肯德基去小坐。在小坐时喝杯咖啡，吃个蛋挞，也检查一下手机。往往手机里面已经有好几条短信在等着我，都是在我忘我地投入着挑书的时候来的，而我未察觉。一般来说，都是我的各路朋友发来，询问：在哪里？晚上有什么安排？或者也有的直接通知，晚上X点在某处饭局。

我在北京朋友很多，有的来自童年，有的来自青少年，也有的来自成年以后。有同学、邻居，也有过去的同事，几乎每天，我都呼朋唤友叽叽喳喳地出现在各个不同的朋友群体里。我的家人几乎都在加拿大，所以，与朋友们的相聚是回国除了办事之外的主要内容。

大家轮番做东，宴请海外归来的“华侨”。

往往，我在第三极书局二楼的肯德基小憩片刻后，就奔赴不同的约会。

也有直接回家的时候。有一次，我结束了购书活动后已经是晚上八点多了，我在肯德基里坐下，才发现，窗外下雨了。我坐在窗前看着窗外的四环上来来往往川流不息的车。车灯像箭一样刺进黑暗，散发到无穷远。因为隔着巨大的窗子，所以无声，只看见点点的火和一束束的光。雨点滴落在窗玻璃上，又顺着玻璃淌下来，流成一行行，也无声。室内的灯是暖的，有一些说话的声音和晃动的人影。

恍然间，我仿佛推开了时间的那扇门，看见了多年以前那个走在彩和坊胡同里的人，那时候她刚刚从留学的那个国家回来，总是兴奋地哼着歌儿走在那路上，有时候是在夕阳西下的傍晚，有时候是在正午的阳光里。那时候的中关村大街上还没有这么多的高楼，街道也并不宽，走在路上，心情温暖而踏实。

这样想着，忽然心里便感到无比的孤独和凄惶。突然意识到了那于时光的坐标轴上已经驶出很远的无法逆转的距离。

于是便想摆脱这种于瞬间涌上来的伤感和无助，决定起身回家。于是便毅然走进了雨里。

坐在出租车上指挥着司机往家的方向开，司机建议我走另一条新修的大道，“那里不堵车”，司机说。那是一条我不认识的路。而在车子的左转右闪间又猛然明白，家原来也已经很陌生，很遥远。

劳动创造了人

我从很早就不再相信“劳动创造了人”这种鬼话。

这要追溯到上大学时，班里一个年龄最小的同学尼基塔有一天在哲学课后有点气愤地大声说：“什么劳动创造了人！牛和马劳动了这么久怎么还没变成人！”他的话引起哄堂大笑，也让我铭记至今。

尼基塔来自远东的符拉迪沃斯托科，就是我们所说的海参威。他当时只有17岁，爸爸好像是当时远东电视台的副台长。有一次爸爸来学校看望他，当时恰逢我们都在场，尼基塔非常郑重地伸出手与爸爸握了一下，说：“你好，爸爸！”他的这种小大人似的举动当时令我们觉得有点好笑，也有点好奇。后来知道，其实欧美人之间都是这样，孩子并不把自己当成孩子，而大人也总是以一种平等的姿态对待孩子。尤其是男孩，很早就把自己当作男人，在外面总是非常主动地帮助女人，呵护女人，无论这个女人是祖母、妈妈、阿姨还是姐姐妹妹。这是与东方人很不相同的一点。比如冬天的时候，女司机的车子在路上陷进了雪地，总会有各种年龄的男人主动上前来帮忙推车，而女司机往往受之坦然地让到一边袖手旁观，大家都认为这是正常的状态。

所以，在欧美，女人是一种很受宠的动物，作为女人，在这里感觉很好。不是有句名言“女人通过征服男人而征服世界”吗？男人将女人视为女人，其实就是最像男人的行为。这与女人的强弱无关。再强的女

2009 年夏天的月亮

人在男人面前也是弱的，这是毋庸置疑的结论，所以，作为女人，希望在东西方都能得到男人的爱护，这是男人的责任和风度，也是上天在将女性设为“第二性”时给予女人的补偿。

不喜欢对女人粗暴的男人，基本上我不把这样的男人当作男人。别告诉我你的粗暴无礼是率真。

当时我们的哲学老师是一个著名的女教授，曾经参加过前苏联的卫国战争，与德国纳粹法西斯浴血奋战过。女教授对马列著作倒背如流，经常在课堂上引经据典地来上一段伟大导师的名言，还经常在考试时出其不意地询问学生：“在列宁全集的某卷某页关于这个问题是怎么阐述的？”所以，女教授是一个使学生闻风丧胆避之不及的人物，不知她当年在战场上是否也同样令德国鬼子手脚发软，未战先降。

就是这位老战士女教授用斩钉截铁的语气不容置疑地告诉我们：“劳动创造了人。”我们为了考试能够及格，目不转睛地望着她慈祥而带着杀机的眼睛，表情虔诚地频频点头，以示臣服。

而我现在虔诚地认为，是上帝创造了人。我由衷地相信上帝的存在。人类已经创造了很多东西，但唯独无法创造生命，人类只能懵然无知地把生命一代代地延续下去，至于自己从哪里来又到哪里去是一个在人类的手里完全失控的问题，只有上帝掌握答案。

前天晚上，和女儿聊天。她郑重地对我说："妈妈，我觉得你应该写长篇小说。"我惊奇地问："为什么？"女儿语气有点激动地答道："因为每次写完一段以后心里很舒服。"她一直在写她的长篇故事，当然是用法语写。我没读过她在写的是一个什么样的故事，但她的小小心灵对写作的愉悦已经有所感觉，让我非常惊讶。

我不知摊上我这么个妈妈对女儿来说是不是幸运。我对她几乎采取的是大撒把的态度。在这个暑假，完全任由她晨昏颠倒，想干什么干什么，不想干什么决不强迫。她想干的就是上网，彻夜看电视，她不想干的就是练琴、写汉字。这一个夏天她一直在做着自己喜欢的事，不喜欢的事基本没做。

昨天我们总算出门去买文具了。女儿手持学校发的文具清单在沃尔玛的文具货架之间穿行着，我推着小车眼巴巴地跟在身后。这是每年开学前的必要程序，以前都是我推着小车拿着清单像个半文盲一样吃力地辨认和琢磨着上面的法语文具名称，然后再在货架上费力地寻找。而转眼间我已经可以像个全文盲一样地跟在后面，完全不用管那清单上写了什么，她自己都可以搞定了！

说完全不用管也不准确，我起码要负责掏钱结账。

我很乐于为她慷慨解囊，比起她带给我的欢乐和幸福来，我即使倾其所有也无法在她的人生里给她提供任何一份像样的礼物，这是我越来越清晰地意识到的一件事情。而对于我来说，她的一颦一笑，一言一行都让我看在眼里，爱在心头。怎么爱都不够。

那种感觉无法用语言形容。以前对她更多的是母亲对孩子天然的呵护与疼爱，而现在随着她的渐渐长大，随着她常常地语出惊人，令我在士不别三日也刮目相看之余，渐渐地把她当成了自己最好的朋友。

敬个礼来握握手，你是我的好朋友。

我一直记得2005年在北京生病时，她与姥姥一起回来看我。我俩并排坐在北京家里的沙发上看电视，她一直用一只胳膊挽着我的脖子，这种勾肩搭臂是我久违了的动作，还是在童年时与小伙伴之间的亲昵行为。那一段时间她几乎每天如此。

现在与我不再勾肩搭臂了，现在她的身高超过我，一本正经地坐在我面前与我探讨写作问题，我偶尔伸手摸摸她稚嫩可爱的小脸蛋，她总是笑着慌忙闪开。

还有一些文具没买全，说好今天去，而且还要买一个新的自行车头盔，以前的那个芭比娃娃图案的头盔已经小了，她说想在新学期每天骑车上学。下午，她又改主意了，说今天不想出门了，明天吧。我提醒说："你马上就要开学了。"她盯着我的眼睛，明白地说："下周二。星期一是劳动节。"

下周一，9月1日是本地的劳动节，9月2日是女儿新学期开学的日子。

我说："劳动节过后，学生该开始上学了，大人该开始劳动了。"女儿顿时满脸沮丧。

我忽发奇想：如果说劳动创造了人，咱们现在已经变成人了还需要劳动吗？还想通过劳动变成什么？

万里大搬家

这次回国，完成了一件伟大的壮举，将我北京家中的一些我认为有价值的东西运来了加拿大。

开始本来想包个20尺货柜，将整个家一锅端。渐渐地却发现，都没有什么值得这样枉费心机不远万里飘洋过海地倒腾的，于是，最后决定，只运有价值的东西，而在我眼里有价值的东西基本上就是一堆我历尽多年积攒下来的书。

其实都是身外之物，包括书。但因为很多长篇巨卷还需在人生未来的岁月里慢慢体会琢磨、浸润消化、融会贯通至血液，所以还是在家里很是绞尽脑汁精挑细选了一番。有些还需要在未来的岁月里继续品读，不断加深领悟。比如鲁迅、马尔克斯，比如一些学术方面的著作。还有些是青春岁月的纪念，不忍丢弃，打算终生携带至死，比如俄文版的纳博科夫全集、布尔加科夫全集，比如当年好朋友送的一本北大出版的、装帧简陋却在当年洛阳纸贵引起轰动的《新诗潮》。还有一些是永远的挚爱，比如帕斯捷尔纳克的《日瓦戈医生》、杰克伦敦的《马丁伊登》、米兰昆德拉的整套作品。就这么反反复复、来来回回地筛选，最终打成二十多个纸箱。剩下的一部分书打捆送给了朋友，送给了我自认为也许会像我一样珍爱它们的朋友。

也还有一部分卖了废品，对于我这个对书这种财产相当吝啬挑剔的人来说，被我舍得丢弃了的书就真的是一文不值的废品了。这样的书也在我的书架上占了不少的位置，有几百本的样子，大约有两百多公斤的废纸，楼下长期坐在板车上蹲摊收破烂的小伙子给了我50元钱，不够买两本新书，这就是这几百本废话的价值。

被我运来加拿大的东西还包括我的几件青花瓷器和我的旧钢琴。钢琴是当年留学时从莫斯科买回的，虽然多年不调音，声音已经沉闷走调，很多琴键也失去了弹性，但因为也是我心中的一种纪念，所以，还是不畏艰险不怕麻烦地送上了开往加拿大的货船。

这两天接到通知，我的这些心爱之物经过一个来月的海上漂泊，已经顺利到达了蒙特利尔港口，所以，昨天，我去蒙特利尔清关。

我根据货代公司工作人员告知的海关所在大致位置，直奔蒙特利尔Downtown，这是我的老家，是我熟悉的地方。蒙特利尔曾经是加拿大最大的商业城市，Downtown很像纽约的曼哈顿。街道两旁是栉次鳞比的摩天大楼直插云端，整个街道也因此而显得有点狭窄逼仄。

我慢慢地沿着街道开着车，仔细地打量每一幢插着加拿大国旗的大楼，没有看见海关的招牌，于是决定停车问路。我把车停在路边，下车打量着匆匆过往的行人，分辨着哪个更像是当地人。我拦住了一位刚刚从街角转过来的老先生，这位老先生年约六十，身着浅灰色西装，打着蓝色细条领带，戴一副无框眼镜，十足的绅士派头。我迎上前去询问：海关在哪里？老绅士皱眉想了想，说，我也不太清楚，因为我从没去过海关。他又认真地告诉我："前面就是联邦大厦，你可以到那里去问问。"

我有点失望地谢过老先生，开始寻找下一个问询的目标，老先生闪身进入了路边的高楼。

又问了两个人，一个是旅游者，一个是本地的，但都是"No idea"。

我进了车里，系好安全带，准备继续去瞎撞。这时，刚才那位老先生突然俯身出现在我的车窗前，我放下车窗，他说："我已经问到了海关的位置，不在这条街上。我可以带你过去。"我顿时高兴万分，忙不迭地说："那太感谢您了。"老先生就拉开车门坐在了我的副驾驶座上。

我在老先生的指挥下，在川流不息的车流里左转右闪。他对Downtown的路很熟，领着我借一个地下停车场掉了头，又在前方堵车时迅速转入身边的小街，很快就来到了一座古老的石头大厦门外，那里清楚地写着：海关。

老先生让我停车，他径自下车先进海关大楼确认一下，办理清关是否在这里。我刚停好车，老人家从海关大楼的高台阶上走下来，表情兴奋地说："就在这里。"然后，马上又问我："你有零钱吗？"他指的是投币存车的费用，而且边说边掏自己的口袋。我忙说："有，有！"跑到了咪表前。

老先生微笑着看我投币后，跟我握手告别。我问："您现在去哪里？

我去送您吧。”他笑着拍拍我，说：“不用。我很近。”

路上他曾告诉我，他是大法官，法院就在附近。我目送着老先生远去的背影，心里忽然冒出一句歌词：俺们这旮都是东北人嗯嗯嗯，俺们这旮都是活雷锋……

前面还有好事等着。

进了海关大楼后，与海关关员进行了一番气氛融洽、亲切友好的交谈。关员问我运来的都是些什么东西。我说：“大部分是书。”然后交上了我自拟的简要清单。关员扫了一眼，拿起大印“啪啪”两下盖在提单和清单上，说：“你可以凭此去提货了。”我追问：“我不需要交关税吗？”他说：“不用了。完事了。”

我于是怀着惊喜和匪夷所思交加的心情离开了海关大楼，踏上了回家的路。

想想，当时从中国将这些书出运报关时，曾经拟了一份十分详尽的清单，几乎报上了上千本图书的书名，当时烦得要死，心想：即使有什么“禁书”，也是从外面带进来，查得这么详细难道是怕我把“毛选”“邓选”“江选”带出去不成?！这样的选集我这次倒是带了一套，那就是几年前买的李瑞环的著作《学哲学用哲学》。李瑞环的哲学都是一些完全不加粉饰的朴素的实话，比如他说：“重要的是种好自家的地。我们不要说人家那么多，不要说什么社会主义国家都垮了，就靠我们了，不要惹那么多事，东出拳头西出脚。我们不当头，也当不了头、当不起头。”他还说：“我们要祖祖辈辈地过日子，不能搞得那么紧张，东一个口号、西一个名词。要规规矩矩的，有条不紊的，路是路、水是水，花是花、草是草，上班是上班、休息是休息。这才是生活，才是社会。”他的书里充满类似的，本来是常识，却已经被谎言掩盖多年的真话，说实话，我完全搞不清，究竟是因为谎言重复一千遍就成了真理，而使大家忘了这些生活的常识呢，还是就是不食人间烟火，不懂这些常识？总之，我们像是一群弱智，需要一个“领导——冒号”来明确地，言之凿凿地提醒大家说：

“路是路，水是水，花是花，草是草……”这些令人感慨的大实话也是吸引我偶尔把这套书翻出来一读的原因，真实起码具备最基本的价值，任何东西只要是虚假的做作的，其实都一文不值。这也是一条伴随着成长而越来越明白的真理。

打箱时，我斟酌再三，还是把这两册书也放了进来，准备在渥太华的斜阳里细细品味研读这一种哲学“真思潮”。

现在东西到了此岸，被如此简单而且一文不花地就放行了，简直有点难以相信，甚至受宠若惊，以为拣了大便宜，直想叩谢苍天大地。这种受宠若惊的感恩心理其实是一种心理疾病，我刚刚在一篇文章里读到，这种病症叫做“斯德哥尔摩”综合症，简称人质情结。心理学上解释说，人性能承受的恐惧有条脆弱的底线。比如你遇见一个杀手，你会把自己的生命权托付给他，到最后，每吃一口饭，每喝一口水，都会觉得是杀手的慈悲和开恩，恐惧会渐渐转化为感激涕零甚至崇拜。通俗地说就是变成了人贱无敌。

从蒙特利尔回家的路上，一直在茫茫云海里穿行。天气很好，云在天上翻飞出各种美妙的形态，路两旁的原野已经很绿了，优美的景色有时甚至使人产生眩晕的感觉。我的车里一直放着周传雄的《黄昏》，这是一首忧伤的歌。忧伤与美丽总是融为一体，同时绽放，静静地散发着缕缕动人的幽香，令人感怀并发出轻轻的一声叹息。

歌中唱道：黄昏的地平线，划出一句离别，爱情进入永夜……

我在黄昏的地平线上心情开朗地一路向前疾驰，脑子里突然闪出一句话：万里走单骑，乾坤大挪移。

前半句像是独行的侠客，后半句又像个大气功师。这是我崇拜与向往多年，却又一直望而却步，未敢加以亲身尝试化梦想为现实的两种英雄，现在这个隐秘的理想似乎在我的万里大搬家的英雄壮举中实现了，而且是同时实现！

闲趣

三月在北京时，我去大钟寺的收藏品市场闲逛。甫进门就看见几块大石头堆在大厅，石头上面都贴着价签，从五六万至几十万不等，原来是赌石。就是这些石头很有可能是翡翠玉石的坯料，你买下后可以当场将石头切开，察看究竟。如果真如所期望的那样，那么这块石头的身价可能就是几百万、几千万，反之则就是一块一文不值的土坷垃。当时的现场有一台机器正在切割一块石头，周围围着一大群人。在北京时历来躲着人群走，混在人群里面就心慌，心跳过速的我一头就扎了进去，并且马上和身边的老头攀谈了起来。事后与我一起去闲逛的小姨嘲弄我说："那可真不像是你！"

后来那块石头切开后好像不是什么"上品"，只在中间有丝丝缕缕的绿色。石头的主人迅速将石头包裹起来，匆匆拨开人群，疾步走出了大厅，霎那间就消失在街头熙熙攘攘的人流里。而我们这些观众目送着他远去之后，仍然逗留在现场，热烈地讨论着切石头的盛况。

对玉石翡翠的追捧好像仅限于亚洲人，西人完全不认，只认钻石。"钻石恒久远，一颗永流传。"

我在冬天去云南时，跟随着旅游团遍访玉器商店，那里玉佩、玉镯、玉坠、玉珠、玉挂件一应俱全。当然，我什么也没买，因为完全不懂，所谓黄金有价玉无价，对于一个不懂的人来说，这些东西都没有太大意义。以前在北京时，曾经有朋友从缅甸带回了一个玉镯送我，我当时还开玩笑说："这是真的假的？"朋友笑了，说："你这么聪明，我哪里敢蒙你？当然是真的。"我在云南发现，如果仅从外表看，朋友送我的这个玉镯确实算得上"上上品"，心里在释然之际，不禁还有点得意。现在那个玉镯被女儿月亮收藏在她的百宝箱里。我其实一向是一个对珠宝玉器并不是很感兴趣的人。虽然买过不少，而且仍然在不停地买，但往往是买完就放到一边了，过一段时间也许就忘了，比如我在阿姆斯特丹买的南非钻戒就从来没带过，因为是千篇一律的样式，并不能代表自己的喜好，所以就根本不想戴。现在经常很后悔当时脑子一热就买了，那钱还不如去买几件衣服，买一堆书，或者干脆就吃了喝了算了。现在就是一块完全无用的小石头，也躺在月亮的百宝箱里，幸亏有女儿收着。

前几天在饭桌上和爸爸谈到赌石。爸爸这个过去长年在潘家园旧货市场徜徉的"老油子"给我讲了一个故事，是他以前在潘家园市场认识的一个人讲给他的亲身经历：此人去中缅边境淘石头，与一个卖石头的老乡搭讪得挺投机，他给老乡敬了几根烟。淳朴的老乡感动得不知何以为报，就指着自己石头堆里面的两块说："你给两万块钱，把这两块带走吧。"于是就带走了。然后，就被当地的黑社会盯上了。晚上，在此人下榻的旅馆里来了几位不速之客，开门见山地说："老弟，听说你发财了，请客吧！"这个聪明人马上就明白了怎么回事，当场爽快地说："没问题！"然后当着这些人的面打开自己随身带的密码箱，里面还有大约几万块钱。这人很仗义地说："钱不太够，诸位等会儿，我去取钱。"就大摇大摆、泰然自若地走出房门溜之大吉了。那两块石头早在他回宾馆的路上就藏在了另外的地方，他取出两块石头带回了内地。切割后，果然是两块碧绿澄澈、价值连城的石头，这个人从此跻身富豪之列。

我听得连连乍舌。潘家园市场是北京的一处奇地，五花八门，奇货

奇人共居。以前我有时候也去。这次回国因为时间总是不凑巧，仅去过一次。在那里目不暇接，流连忘返，恋恋不舍，一直逛到摊位们都纷纷收摊。买了一大堆东西，手上大包小裹地拎着，有北京风情的油画，有少数民族绣花服装，有手织挎包，有画着仕女的筷子，有珊瑚手镯。我在一个散摊上看见一个旧银的戒指，也镶着浅粉色的珊瑚，十分好看，不禁蹲下来拿在手中反复端详。然后就开始与摊主划价。在我俩你来我往的言语间，我的身后竟然聚集了一大帮看热闹的人。他们好奇地盯着我，有的人还径直开口问道："你从哪里来？"看来我的身上已经带着外乡人的特征，这次在国内期间屡次被人这样地围观和提问，搞得我有点扫兴。

不想成为这一伙人的焦点，于是起身离开，身后的人群也一哄而散了。

继续逛了几个摊位，听见身后有人唤"小姐"，回头一看，原来是旧银戒指的摊主追来了，他诚恳地要求我再加几文钱，我也笑了，心里有些不忍，于是就按照他说的价格，成交。

现在我每天戴着这枚戒指，十分钟爱。

当你非常喜欢一件东西时，就会觉得“我的眼里只有你，只有你让我无法忘记”，物超所值，晕晕乎乎飘飘然。无论对人，还是对物，所以俗话说：“有钱难买我乐意。”

今天在饭桌上和爸爸谈起了种花。爸爸最近正在翻看李渔的《闲情偶寄》，谈起李渔在书里提到牡丹和芍药的区别。这两种花的外形几无差别，牡丹被奉为“花中之王”，“国色天香”，而芍药就没有这样的美艳之名，只是寻常花的一种。李渔讲了关于牡丹的一个典故，据史料记载，武则天冬日游后花园，看到所有的花都竞相开放，只有牡丹花迟迟未开，于是将牡丹贬到洛阳。李渔因此大悟，写道：“强项若此，得贬固宜。然不加九五之尊，奚洗八千之辱乎？后系人主，如其有识，当尽贬诸卉而独宠牡丹……惜其所见不逮，而且倒行逆施。诚哉！其为武后也。”

看来无论石头还是花，甚至人，所谓高贵之处都在于魂，在于精神气质，内质起到决定性的作用。而欣赏这样的极品还需要欣赏者的欣赏能力和品位，即使是武则天也还是显得见识短浅，有眼不识牡丹了。

《闲情偶寄》是一本非常有意思的书，对人生在世、吃喝玩乐诸多事项进行了认真而又诙谐的研究与剖析。比如他在劝人行乐时说，钱财不能太多，多了就是累赘。富人行乐应该是把钱财散出去或者少聚敛，“听贫民之欢欣赞颂，受官司之奖励称扬，荣莫荣于此，乐莫乐于此矣。”而穷人行乐的秘诀就是“退一步”，与境遇不如自己的人相比，与自己身处逆境时的际遇相比，这样就是乐趣，就永远会心理平衡了。

书里除了谈到了行乐，还谈到了止忧。李渔说：“忧不可忘而可止，止即所以忘之也。”在李渔的笔下，人生事事处处都是乐子，即使是忧虑,也是可以预防、开解和处理的。这本书的内容比较符合我这个游手好闲、不思进取、饱暖生闲事的散淡的人的口味。翻看着它,我就找到了自己的指导思想和理论根据,就一心只想行乐和忘忧,就有点理直气壮地不止一次地在心里对自己说:“就这么混吧。”

追逐黎明

最初的光线照进了那一处幽暗
就像从大海深处展开的翅膀
午夜的狂欢还在镜中熠熠闪光
记忆如褪色的花在微明中绽放
那些青铜色的玫瑰
散发着丝丝缕缕的幽香
它们已经永远不会凋零
就如那颗遥远的金星
升起在每一个梦醒时分
逆风走在时间的另一端
把昨天的叹息与明天的向往完美地融合
在这个难以追随和挽留的时刻
未来仍然闪烁在若隐若现的神秘里
掉落在上一个季节的叶子
现在重新回到枝头
在睁开眼睛的时候
仿佛一切都可以重温
月亮渐渐隐去了
而你想随着她一起走
因为在她的手心
你每时每刻都可以感受到光的神奇

最后的放逐

雅斯纳亚·波良娜是世界文学巨匠、俄国最伟大的文学家列夫·托尔斯泰的故居。在这座风光秀丽的庄园里，列夫·托尔斯泰曾经写下了举世闻名的巨著《战争与和平》《安娜·卡列尼娜》和《复活》。

我在莫斯科读书时，曾无数次去过他的这个故居参观。那是一座很大的庄园，有大片茂密的森林，湖泊和林间小径，是托翁当年生活，漫步，闲坐，冥想的地方。“雅斯纳亚·波良娜”在俄语里就是“明媚的林间空地”的意思。

说实话，那时候，因为年龄和阅历都不足以深刻地理解和洞察这个世界大文豪的内心世界，所以，多次的参观也并没有留下太多的印象，只记得那个位于林间空地上的一个非常不起眼的长方形小土丘，那就是托翁长眠的地方。小土丘上永远摆放着鲜花，都是热爱和敬仰这位伟大作家的人们前来瞻仰时献上的。

长大以后重读《安娜·卡列尼娜》和《复活》，才深切地领悟到了作家居高临下的渊博与透彻。人类生活的浩繁画卷在他的笔下气势恢宏磅礴，人性的复杂微妙被他刻画得丝丝入扣，入木三分。而且，托翁的笔调中，带着一种与生俱来的真正的贵族精神，那就是对整个人类悲悯的情怀。用托尔斯泰自己的话说，“人生是短暂的。我们在这匆忙的旅行中让我们的旅伴心情愉快，时间已嫌不够。没有什么事比让自己成为善良亲切的人更迫切的了。”

也因此，他一生都在致力于追求平等。他厌恶自己的贵族身份，厌恶农奴制。在他的作品里充满对自己所处贵族阶层生活方式的批判和奚落。他曾身体力行地想要解放农奴，却因为农奴拒不接受而失败；他还曾数次开办学校，希望能够给农民教育的机会；并且，他布衣草鞋，下田劳动，自己缝靴子，想要成为一个真正的农民，还曾想把田地分给农民；把自己的著作版权无偿献给社会。在做这一切的时候，他的内心坦然、明澈、镇静，同时又充满了深刻的忧伤。

不记得哪位大师曾说过，艺术是把隐藏内心的东西显露出来，让朦胧的变清晰，复杂的变单纯，偶然的变必然。在托翁的笔下，我们读到的是十九世纪欧洲文明的画卷和史诗，是作家对人类命运和人性的深刻思考，更是这个老人波澜壮阔、丰富多彩而又孤独深邃的内心世界。

其实是想谈托翁最后的离家出走，这几天经常想到“放逐”这个词。托翁在82岁高龄之际，因为想放弃庄园和遗产的继承权而离开了自己度过一生、在此写下传世巨著的'雅斯纳亚.波良娜'庄园，逃离了这个温暖的故居，出走他乡，并在一个阴冷潮湿的冬夜客死在一个小火车站里，最终实现了自己从肉体到精神和灵魂的完全放逐，为人类留下了最后的古典和最后的史诗。他彻底“放下”了，在放下的同时，也即得到了完全彻底的解脱。这个最后的出走是凄凉的，无奈的，悲壮的，也是从容的，坦荡的，凛然的。他最后对自己的放逐犹如那美丽的晚霞从此闪烁在人类历史的天空，对整个人类的命运充满了象征意义。

托翁说：“勇敢是智慧和一定教养的产物。”用这句话也恰恰可以解释他最后面对生活的枷锁时所表现出来的奋不顾身的勇气和执著。这个惊世之举的背后传达的是大师丰富而深沉的精神内涵和面对人生巨大的痛苦与彷徨。这个出走所揭示的人类生活的尴尬处境和真相令我们至今无言。

再八卦一下。我在莫斯科大学读书时，有一门课的教授就是列夫·托尔斯泰的孙子，弗拉基米尔·托尔斯泰教授。那门课好像是“斯拉夫语言概论”。托尔斯泰教授当时也已经年过花甲，留着与祖父完全一样的大胡子，长得和他著名的祖父几乎一模一样，也是深邃忧郁的眼神和清瘦的面孔，讲话措辞文雅，语调温和。他站在讲台上，仿佛大文豪再世，令人产生与历史对话的恍惚感觉。

托尔斯泰教授在学生中口碑很好，据说他从来不给学生打四分以下的分数，他说，不希望因为一个不理想的分数而扼杀了学生对一门课程的兴趣。所以，他的这门课在最后的考试时即使你眼神茫然，内心空洞，一问三不知，也起码能得个“良好”。

我们的考试都是口试，就是和老师在教材范围内聊天，因为口试的随意性，聊天的内容也经常超出教材的内容。记得那天我坐在托尔斯泰教授面前胡乱地回答完他关于斯拉夫语言学那些我不知所云的问题后，他问了我一句题外话："你喜欢哪些俄国作家？"

当时还很年轻幼稚的我如数家珍地点了普希金、莱蒙托夫、契可夫、普宁等几个著名作家的名字后，说："我还非常喜欢列夫·托尔斯泰。"

话音落下，我和托尔斯泰教授同时笑了，他的眼神里有一些得意和骄傲，还有一些孩子般的羞涩。

我的那门课的成绩是“优秀”。

现在想起来，其实我当时对列夫·托尔斯泰的作品的理解是相当浅薄鄙陋的，完全不值一提。现在的我对安娜·卡列尼娜的命运以及聂赫留道夫的忏悔的理解远远比当年要深刻得多，也因为深刻，所以甚至无法用语言表述出来，心中只是充满彻骨的对人生无尽的悲凉。

精灵鼠小弟

鼠小弟死了。

那天夜里，我到厨房喝水，突然听得“咣当”一声，我来到声音传来的大笼子前看，只见鼠小弟仰面陷在它的棉花窝里，两个小绿豆眼一眨不眨地盯着我。

不知怎么回事，也不感兴趣，继续去倒水。

第二天早晨还在睡梦里，忽然听见女儿月亮的嚎啕大哭传来，急忙睡眼惺忪地奔出卧室来看，一问方知，原来是鼠小弟死了。再走到笼子前，见鼠小弟还是昨夜的姿势，躺在棉花堆里，唯一的不同是眼睛闭上了。

我讲了昨天听到的声音，见到的情景。妈妈说：“它一直在撞笼。”那就是说昨夜我见到时就已经是撞晕了或者奄奄一息了。

不明白，也不想明白，我一直远远地躲着它。

前些日子还是我从蒙特利尔把它买回来。月亮一直嚷嚷想养个宠物，先是说养狗，我不同意，因为狗就像人，是一个牵扯你的心的动物，不知不觉就成了孩子一样，你不自觉地投入了全部的爱，还有精力。以前在国内我们一直养狗，还是我从苏联带回来的，一条白狮子狗，一条黑色京叭。它们给我们带来了无尽的快乐，在我们举家迁移加拿大时也带来了无形的别离忧伤。所以，我们已经决定今后不再自寻这样的烦恼，人的烦恼还不够多吗？爱别离苦是那么地令人心碎，不堪忍受。对狗的爱也是爱呀。

月亮养狗的愿望在春天时被自己的二姨帮助实现了。二姨饱暖生闲事，买了一条黑色的腊肠犬，结果受到被狗折磨得身心交瘁的全家人的一致谴责，唯一乐了的人是月亮。每到周末，她都眼巴巴地开始盼望狗虎子的来到，而我们其他人对它的到来是喜忧参半。

养狗愿望满足后，月亮又开始跟我探讨养个猫的问题，这被一向对她溺爱无度，有问必答，有求必应，要星星不敢摘月亮的我坚决地拒绝了。因为我怕猫，从小就怕。记得上中学时，那时家里住的那个老式木楼闹耗子，听说夜里老鼠排着队出来偷鸡蛋、偷饺子，在木板地上跑得咚咚的。爸爸不知从哪弄来了一只猫，老鼠我没看见，这只猫却成了我巨大的困扰。我上的是寄宿学校，每星期周末才回家。因为这只猫的存在，我甚至不想回家了。因为回家我和Echo、晶晶睡在一张大床上，夜里，她俩经常把那只灰花的猫抱进被窝里，躺在旁边的我吓得不敢闭眼，盯着猫，生怕它窜到我这边来。

而它大概知道我不喜欢它，也从来不理我。我们之间仅仅发生过一次接触。

它经常伏在爸爸的大画案上打盹儿。有一次，我一直坐在画案旁边的椅子上捧着一本书读，它远远地蹲在我脚下，看着我。突然，它一下子蹿到了我的膝盖上，然后在我还未反应过来的当口又一下子蹿上了画案。

这一瞬间我却已经吓疯了，我惊声尖叫起来。爸爸赶紧跑过来，以为发生了什么事。我大发雷霆，说："你们若再不把它赶走，我就要疯了！"爸爸望着我，用嘲讽的语气说："你这样，我们也疯了。"

后来那只猫莫名其妙地离家出走了，从此家里也就没再养过猫。我心里的千斤重担也算是卸掉了。

所以，不可能同意将这个“奸臣”再引入家门。

月亮进一步妥协，央求我，要养个荷兰鼠，说是很多同学都有。这回我同意了。反正是在笼子里，不碍事。

于是，去蒙特利尔办事，偷空我来到以前经常路过的一家宠物店，准备给月亮小姐买只荷兰鼠。

宠物店里什么宠物都有，店堂装修成非洲的原野，一辆破吉普车歪陷在一旁，里面盘着一条粗粗的嫩黄色的蟒蛇，枯枝上趴着一条绿色的大蜥蜴，旁边还有几条小蜥蜴来回爬。每次来，我都会在吉普车的窗前张望半天，这回也不例外。

然后，又到那只鲜红色配宝石蓝翅膀的大鹦鹉面前跟它说了几句话。它可以简单地模仿你的话，用人一样的眼睛看着你。我说：“噢噢！”它回答：“噢噢！”我说：“Hello!”它憋着嗓子声音怪怪地说：“Allo!”我忍不住被它逗得笑起来。

虽然怕，但其实还是个喜欢小动物的人。

小售货员建议我先挑笼子。印象中，荷兰鼠不就是在一个转圈的笼子里一直不停地踩着轮子转吗？结果一看，宠物店里的笼子都奇大无比，那个转轮是镶嵌在笼子里的玩具，相当于荷兰鼠的滑梯或蹦蹦床。

我选了个小一点的笼子，然后去挑荷兰鼠，它们在玻璃柜里正打闹成一团。我对售货员说：“就来一只吧。”售货员说：“您还是挑只别的吧，您的笼子对它来说太小。要不，您就再换只更大的笼子？”不不不！！还是换个别的什么鼠吧。我说：“你看哪个合适就给我随便拿一只装上吧。”

她就给我拿了鼠小弟。

其实至死也没搞明白这是鼠小弟还是鼠小妹。因为以前有一部好莱坞动画片叫《精灵鼠小弟》，里面有一只老鼠穿着黑西装，打着黑色蝴蝶结，开着敞篷车在纽约的大街小巷穿梭奔忙，给我留下了怪异却深刻的印象。我就姑且称之为鼠小弟吧。

老鼠成了我们的宠物，我们心甘情愿地为它准备了比饺子和鸡蛋贵很多的专门食品，恭恭敬敬、郑重其事、远接高迎地把它请回家。

浩浩荡荡把鼠小弟带回家那天，月亮高兴极了，每隔几分钟就把鼠小弟从笼子里拿出来在手里把玩一会儿。我则远远地躲着，连月亮一块躲。

我一直不碰它，不闻不问。死那天是我第一次认真地打量了它。

说实话，它的死让我松了口气。

我假惺惺地劝月亮："好啦好啦！别哭了！以后再养一只。"

月亮马上停止了哭声，用泪眼瞪着我，说："这可是你说的。"

我心里一下子万分后悔。

有时候望着天上排成整齐的人字飞着的大雁，经常会觉得怅然。人类怎么就这么自我感觉良好地认为自己是这个星球上的高级动物呢？我们虽然有汽车，有飞机，但那还不是因为我们本来不会飞，本来跑得不够快？有这些辅助的工具，是说明我们更高级呢还是更低级？论飞，我们不如天上的鸟；论游，我们不如水里的鱼；论跑，我们不如陆地上的豹子；论灵巧，我们不如上下翻飞的猴子；论力气，我们不如一只大狗熊；论心眼，我们不如善良忠诚的狗……

其实是因为无知，所以我们认为自己比其他动物高级。就像我们经常肆无忌惮地嘲笑站在路边拈花微笑的二傻子，其实那也许是个真佛。

这么一想，不禁倒吸一口凉气。

风花雪月的事

那天夜里在新家，因为脑子里一直在想着搬家的林林总总的杂事，翻来覆去睡不着，就起身来到客厅的大窗前，看窗外的夜色。

月亮很圆，温润地挂在空中，周围是一片片的浮云，层层叠叠地铺在宽阔的天空，泛着青色的光。我忽然发现其实我已经久违了这样的月色。很多年了，只是透过树叶的间隙和越过街道两旁的屋顶与它匆匆忙忙地对视一下。

我站在窗前凝望了很久。想用相机把这个浮云伴月的美景照下来，转念一想又算了，我的相机不是性能特别好的傻瓜机，即使是，可能也无法反映出那美景飘渺又温暖的感觉，又有什么记录能够再现真实的大自然的风情呢?不如就记在心里。

以前曾经是一个很爱照相的人，走到哪里都要留影，家里买过各种类型的相机、摄像机，还买过拍小电影的摄影机。那年去柏林，我们带着，边走边拍电影，然后很兴奋地洗出来，在家的墙上挂上白被单放着看。是无声电影，看见里面的自己无声地走在柏林的大街上，东张西望地假装着若无其事的表情，心里突然产生一种荒诞的感觉，想起了《摩登时代》里默默做着各种表情表演的卓别林，心一下子厌了，提着的那一口兴奋的气也“哗”地一下子就泄了。从那以后再也没动过那摄影机，后来直接送给了一个对它觉得新鲜的朋友。仅拍的那一盘胶片也不知扔哪里去了。

莫斯科附近有一个著名的风景胜地“快乐岛”，有一年春天，我们几个朋友一起乘船上去玩。一上岸，大家就都惊呆了，只见漫山遍野的黄色的野菊花，中间还点缀着大朵的金黄色的向日葵，在阳光下冲击着我们的眼睛。我们异口同声地欢叫着跑进花里，开始采摘。摘了一大捧之后，放在地上，C开始编花环，一会儿，我的头上就戴上了金黄色野菊花编的花环，像古希腊神话里的胜利女神。

那次照了很多照片，结果送出去冲洗时竟让照相馆将底片弄丢了。我非常生气，但也无可奈何，自己安慰自己反正以后还有机会再去，再去找那片风景，再照一些同样的照片。结果在后来这么多年的时间里竟然就没有再去那个岛上，就再也没见到这么漂亮的相同的风景。

良辰、美景融合在一起也需要机缘的巧合，所以，在记忆的河面上并不总是闪着粼粼的波光，大多数时间里，它其实是晦暗而沉默地流淌着。

那些没见过的照片和那片没能再重温的风景成了我心底最美丽的记忆。

前些天带女儿月亮去LA RONDE游乐场玩，买门票的时候，售票员问我想不想同时买晚上焰火晚会的观赏券，正是一年一度的国际烟花节，LA RONDE就是主会场，有专门的看台。想到还要等到晚上10点天彻底黑下来才会开始放烟花，又惦记着安顿搬家的事，就谢绝了。

结果在园里玩时，路过那片看台，心里一下子特别后悔。那看台面对着宽阔的圣劳伦斯河，JACQUES CARTIE大铁桥气势恢弘地卧在河面上，而河面上广阔无际的天空就是烟花的舞台。

我直觉自己又一次与不可重复的良辰美景失之交臂了，心里一下子怅怅的。也明白这也都是可遇而不可求的，因为还得有那份悠闲并且期待的心情来配合。我期待，但不悠闲。

就在上个星期天晚上，本地多元文化台竟然播放的是黎明与王菲主演的电影《大城小事》，因为没看过，就开始看了。感觉那电影很一般，但整个色彩的使用微妙而唯美，触动人的心弦。影片的结尾，黎明和王菲饰演的男女主人公站在黄浦江边看他们为自己放的烟花。当电视屏幕上漫天烟花竞放时，我觉得窗外也闪过一片斑斓的光，以为是错觉，站起身来往窗外看去，还真是在放烟花！新家在山上，坐在屋里就能看见天空在闪着五彩的光。赶紧叫月亮，然后月亮拽着姥爷就往外跑，门前的小公园就是个望景台，周围的人都聚到这里来看。

忽然想起小时候，每逢国庆节，也要放烟花。人们都上屋顶或者到市中心的广场上去看，人很多，很挤。大约是我八岁那年，我姥爷牵着我的手带我去广场看放烟花，我仰头看不清，大声嚷嚷累了，然后姥爷就把我抱了起来。那些绚烂的烟花仿佛一下子盛开在我眼前，我兴奋得在姥爷身上手舞足蹈，一直到结束。

我是姥爷最宠爱的孙女儿，是偏爱、溺爱。他在家里是扫帚倒了都视若无睹的人，对我的要求却从来都百依百顺。现在知道，一个八岁的孩子其实挺沉的，当年肯定把姥爷累得够戗。这是妹妹们都没有得到过的待遇。

现在我女儿和她姥爷去看烟花了。我独自坐在沙发上，想起了我的姥爷，他老人家在天国还好吧？电视里传来的是黎明的歌声，后来在网上查到，那首歌的名字叫“两个人的烟花”。

现在的我已经不再为这种纷纷扬扬、转瞬即逝的灿烂所激动，只是微笑地欣赏着它们无与伦比的美丽和竭尽全力的燃烧。

暮色四合

天气晴朗的时候，黄昏以后，坐在后院的露台上，会看见远处的山有一股雾气从底下弥漫上来，飘在半空，给即将降临的夜色带来一种潮湿温暖的意象。

那是在暮色四合之前。

这样的景色我并不陌生。很多年前的一个黄昏，我曾经行驶在莫斯科郊外的公路上，车窗外是一望无际的广袤的原野，大地与天空在远处的地平线上交融。也是暮色即将四合，天空是灰色的，大地雾气氤氲，灰蒙蒙的一片。我一直凝视着窗外的远方，心里有些惊奇，也有些感动。

但是没有忧伤。暮色四合，总是给人忧伤的联想，但是我没有。年轻的我在异乡的暮色四合里感到孤独，却从未感到伤感。

暮色四合是在夕阳下山以后，是晚霞也消失了的时候，是白天与夜晚的交接，是回家的一种可靠的指示。夜幕渐渐垂下来，你感觉得到它在悄悄地靠近与笼罩，路灯尚未亮起，空气里似乎回荡着某一种悠远的声音和温存的气息，在你耳边缭绕，让你的心一点点沉起来。

暮色四合应该是没有风的感觉，是平静、从容和淡然，是看不见但却感觉得到的空气的律动和颤抖，是忽然想起一位多年前的朋友的微微的欣喜，是经历了喧嚣的白天之后的一点意兴阑珊。

在我的记忆里，暮色四合一直是走在街上的时刻。以前在北京，我

经常是在暮色四合时分走出已经无人的办公楼。街上的人脚步匆匆，神色里带着奔向某个既定目标的急促和凛然。而我此时却是慵懒和放松，我听到手机在响，故意不去接。

北京的暮色四合有一种让我心动的气息。我常常在此时茫然无措，有点仓皇，有点失去方向，也有点欣喜。走在大街上，耳边是汽车喇叭声碎，催促着前行的脚步。白天的满不在乎与玩世不恭不知何时已经消散在变得有些暧昧的空气里，不见了踪影。老树的枝丫和建筑物庞大的身影一起压过来，像是不能承受之重投射在心里，为你增加了一些严肃的意味，却并不让人忧郁，脚步反而更加自信和沉着。

不知为什么，暮色四合从未让我产生想家的感觉，无论是在故乡，还是在异乡。在故乡，很多个暮色四合时分，我走在回家或者去与朋友相聚的路上时，心里始终是温暖踏实。在他乡读书的时候，暮色四合时分，我经常还在图书馆里苦读，根本就顾不上注意黄昏与傍晚于何时降落大地，白天怎样变成了黑。现在，我已经彻底成为了一个异乡人，他乡已作故乡。暮色四合时分，我经常是坐在家里故意调暗的灯下，或者干脆只是就着烛光，我专心等待着夜幕降临的时刻，欣赏着夜幕徐徐拉上的舒缓和隽永，感受着渐黑里传递的神秘与包容。从我书房的窗子，可以望见渥太华的万家灯火正在徐徐点燃，与渐渐升起的星星和月亮交相辉映，我的心里也弥漫着一种朦胧和湿润、温煦和淡定，还夹杂着一丝浅浅浮现的漠然。

想起多年来一直的奔走，奔走至不知身在何处徜徉，心在何处飘零。无法靠岸停泊，无法下车流连，一直向前，一直勇敢，一直孤独，也一直寂寞。可是，又有谁在这个星球上不是孤独寂寞的?浮光掠影里的沸腾和冷却，都是稍纵即逝的风景。唯有暮色四合时分，反而是难得的目标明确和从容。所以，喜欢暮色四合时分。享受着暮色四合里的天色渐暗，月光星光灯光渐明，在心里冷静地把白天在阳光灿烂里的骄傲与漫漫降临的黑暗中的无助完美地融合。

如果此时我恰好开车行驶在路上，会听着许巍平淡而不动声色的歌声，他在唱:走在回家的路上，不觉已万家灯火……走在回家的路上，晚钟无上清凉……优美的旋律里，远远近近的霓虹灯若明若暗地亮起来，闪烁在似有似无的雾里，蔚蓝色已经渐变为深蓝。我惬意轻松，轻声随着许巍的歌声哼唱，虽然有些许的惆怅被他唤起，有一根心底的弦被轻轻地拨响。

只是今天有点例外。今天的暮色四合里，我也在路上。车里响起的是那首老掉牙的萨克斯曲《回家》，不知为什么，也许只是因为换了音乐的频道，就忽然有点脆弱。

暮色四合。

有时是心冷似铁目光如炬地行在无风的苍茫里，有时却又突然在灯下柔软无力至无比消沉萎靡。

就是这样一个微妙的时刻。

很多时候开始领会微妙是因为心情变得微妙起来了。

人生就是吃饭

自从我第一次吃川菜以后，我就深深地爱上了它，爱得百吃不厌，其他的地方风味与菜系我简直就觉得难以下咽了。尤其是从小就吃北方菜，其实就是炒大白菜、红烧肉、炸酱面之类，号称是“鲁菜系”。虽然从小吃着“鲁菜”长大，但在改吃“川菜”之后，我就把“鲁菜”完全抛到了脑后，多日不吃也不想吃。

做川菜的要诀就是放“郫县豆瓣”，这是一种产于四川省成都附近郫县的著名调料，几乎所有的著名川菜都是放入郫县豆瓣炒制而成，所以，川菜的制作说简单也简单，放了郫县豆瓣，就能出来最基本的川菜的味道。有一年我去四川，曾经由家人带着出去玩，开车路过了郫县，在郫县吃了一顿四川风格的早餐，好像是牛肉面之类。那顿早餐是站在尘土飞扬的路边吃的，这是四川早餐的一种风格，也许现在依然如此。我当时站在那里左右打量着周围来来往往的人流和公路上川流不息的车辆，心想，这就是出产郫县豆瓣的郫县。

没什么特别之处。

就是这个没什么特别之处的郫县出产的豆瓣，成就了川菜风味，可以说，没有郫县豆瓣就没有川菜，这你可以问问每一位川菜厨师，他们一定也会这样回答你。如果不放郫县豆瓣，可能这些厨师完全不知菜该怎么炒。

当然也不绝对。比如前几天我就没有使用郫县豆瓣而做了“麻婆豆腐”。因为妈妈在家时，我完全不理会油盐酱醋、锅碗瓢盆的事情，所以轮到我主家时，一时竟然有点乱了阵脚。很多烹饪所需的必要之物，我都要经过东翻西找才拿到手。比如郫县豆瓣就是一例。妈妈是祖籍胶东半岛的“鲁人”，拿手菜是“鲁菜”，所以妈妈做饭时我们吃的都是饺子、烙饼、红烧鱼之类的。我不敢说不好吃，整天游手好闲饭来张口，有现成饭吃就不错了，要是这么挑剔只有自己动手。而我又不是一个天性爱做饭，愿意系着围裙在灶台旁一个劲忙活的人。我在做饭这件事上是得过且过，能不做就假装视而不见，能躲多远就躲多远。所以，即使别人做的饭不合口味，我也能忍，反正也吃不了多少，而且还要减肥。所以，随便胡乱吃上几口乱七八糟的饭，管它什么菜系呢，我已经饱了。感谢上帝赐我饭食！我一推碗，一抹嘴，谢谢！很好。再见。我上楼了。

我只能说，我更喜欢吃川菜。

我在做麻婆豆腐之前，到处翻找郫县豆瓣，怎么也没找到。而我曾特地问过妈妈，家里是否还有郫县豆瓣？妈妈肯定地回答说：“有。”可我就是没找到，于是我就想出了另外的方法：我可以用重庆火锅的调料充当郫县豆瓣，这不都是川菜口味吗！于是我就这么做了，又放了一些花椒来制造“麻”的效果。好像还不错，就是颜色和味道都有点淡。这好办，再放点盐。

其实，川菜味道的特点就是浓、辣、香、咸。做淡了，其实就等于做失败了。但因为咱毕竟不是道地的蜀人，而且，老人孩子的，不能吃得这么辣、这么油、这么咸，所以，做淡了味道等于歪打正着。大家应该很满意。

大家就是女儿月亮和爸爸这两位食客。

在我们的餐桌上包含中餐和西餐两种不同风格。月亮是西餐。我为她做土豆饼和煎三文鱼，我和爸爸是中餐，我为爸爸做米饭、胡萝卜烧牛肉，为自己做麻婆豆腐。我希望尽量在妈妈不在期间让大家吃得满意，满足了口腹之欲就不会怨声载道了。当然，我更希望大家一起练气功辟谷，这样我就完全省事了。

这个希望可能不大容易实现。

但想想，人生在世，其实唯一无法逃避的就是一日三餐，所以如果想开了，人生的内容也是蛮简单，三顿饭而已。其他都是第二需求，可有可无。

所以食不厌精、脍不厌细还是一个值得追求的人生境界的，只是，还是得从骨子里就喜欢，就热衷于此。如果不是特别喜欢，总是有点强迫的味道，就不那么好玩。就像我以前曾经从商多年，我也曾经生意做得很不错，堪称业内一著名高手，没办法，就是聪明嘛，干什么像什么。可是我从来没有喜欢过做生意，和生意上的朋友在一起觥筹交错、笑脸相迎的时候，其实是心不在焉的。

我的各单大生意在各个高级宾馆的签字仪式上成交数字显赫的时候，我也没什么成就感。

这种感觉有点像做饭。

今年回北京的时候，发现出现了很多素食餐厅，都叫着很雅的名字，比如“荷塘月色”之类。去吃了一两次以后还发现，素食餐厅里所有的菜都制成川菜的口味，红红的、辣辣的、油油的一碗汤汁里泡着各种形状的豆制品，吃着口感和“肉食”川菜没有太大区别。

我一直想吃素，但一直做不到，发现了川菜风格的素食餐厅后，觉得吃素还是有希望的。

川菜风格的素食餐厅又从另外的角度佐证了川菜的可口与诱人，否则，为什么几乎所有的素食餐厅都选了川菜风格而不是其他的菜系？

当然，还有一种可能，就是味道香辣浓烈的川菜在把你呛得涕泪交流的时候，你更容易忘了品味吃在嘴里的是肉还是豆腐泡。

写到这里，我忽然产生了一个问题：为什么人在表现自己的厉害和强悍时总爱说“我也不是吃素的”这句话？写完这个问题我忽然又似乎知道了答案：可能吃素的人比较善良，而食肉一族比较凶狠——茹毛饮血，我连肉都吃，我怕谁！这是这句话的言外之意。

最近又很想试一试食素了，因为前一段看见一篇报道，说的是一头不甘被宰杀的牛从屠宰场一米八的高墙跳出逃跑，在狂奔了30里路之后，终于还是被驱车前来追赶的人们抓住，为了防止它反抗和再次逃跑，人们先砍断了它的腿筋，然后把它弄上车去。报道后面还附有那头牛跪在地上被往卡车上拽的照片。

当然，它最终无法摆脱被宰杀的命运。

看完这个报道，我就不大想吃牛肉了，哪怕是川菜的“水煮肉片”或者“夫妻肺片”。

雪舞的日子

竟然十月就下雪了，而且还是大雪。

早上起床后打开百叶窗：窗前的树上都是树挂，树变成了白的。很自然就想起了那句诗：忽如一夜春风来，千树万树梨花开。

满目玉树琼枝。

还有的树的叶子并没有完全掉光，所以，带着黄色的残叶的树冠与白色的树枝一起在蓝天的背景上伸展。雪从昨天傍晚开始，下了一整夜，今天是晴天。

还是有风，风吹得枝干上的雪在风里飘，披挂着雪的枝条在风中沉甸甸地摇晃着，有一种质感。

发现自己不知从何时起已经不再像以前那样那么畏惧冬天的到来了，有时候，想起那个寒冷季节里的银白色世界，甚至在心里暗暗生出一丝丝的向往。

想起在那些飞雪的日子里独自坐在窗前，一边品着手里的香茗，一边凝神看大雪任意在天地间飘摇挥洒的时刻，觉得很好。于是我对女儿说："加拿大的冬天也是蛮不错的。"女儿竟然这样回答："那是因为你不需要出门在风雪里走路。我可不行，我还要出去上学。"

她可真是长大了，言谈话语间已经渐渐地有了自己思考的内容，有了哲理。

长大了的表现还在于今年再也不逼着我把家布置成鬼屋、在万圣节时给各路上门的鬼发糖了。

前几天看见路边的一家人，把家门前彻底布置成坟场，门前树上挂着一个上吊的鬼，还有一把椅子上坐着一个无头鬼。我的心里暗生凉意，不知这些人把自己家布置成这样，每次出入时是否也会有两腿发软的感觉。

我比较害怕鬼。说起来不好意思，我在某些方面胆大包天，而在另外一些方面胆小如鼠——这另外一些方面就包括很怕鬼，即使明知道是假的，仍然无法克制地被吓得丧魂失魄。有一年万圣节，与家人去社区文化宫参加PARTY，里面搭了一个鬼屋，一条长长的走廊两边或坐或立着各种身穿白衣或黑衣，或者裹着血迹斑斑的裹尸布的面目狰狞的厉鬼们。我们从走廊穿过时，不断受到这些鬼的骚扰，开始我还能勉勉强强地笑着往前走，走到一个转角处时，一个鬼手举大刀挥舞着，不断做出要砍人的样子，而我这个胆小鬼当时就被吓得惊叫失声，死活不敢从他面前走过去。我在鬼面前魂飞魄散地尖叫着，踯躅不前，最后鬼竟然笑了起来，收起刀，让我过去，放了我一马。

西人的生死观念比我们豁达，所以，他们不避忌公墓这些地方，他们非常洒脱地以一种轻松调笑的态度对待生与死。“人都要上天堂，耐心等待，好时光会来到。”忘了这是哪首著名的歌曲里唱的著名歌词，因为相信有天堂，所以他们对死亡坦然。

我也相信天堂的存在，我对死亡也坦然，但我还是怕鬼。

初雪的这一天，带来了冬天的芳香。

其实人最容易感慨的时候是在美景将逝的时候，比如黄昏，比如深秋。

我在这个初冬即将到来的黄昏里，看着天色一点点地暗下来，窗前线条清晰的白色树枝渐渐模糊。邻家母子在房前忙着遮盖那些小雕塑，小喷泉。这家的男主人不知从何时起消失了。

这就是生活，瞬息万变。

当酝酿已久的冬天真的来到，你反而坦然了，不再惧怕寒冷，开始寻找和欣赏雪中的诗意。

很不幸，我在这个下雪的第一天里感冒了，现在是初期症状——嗓子开始疼。

每年冬天，我都要重感冒几次，去年是在去云南时。刚飞到昆明，我就和衣而卧，瘫倒在酒店的床上，浑身无力到极点，大睡。从第一天中午一直睡到第二天的早上。

后来在大理被冻得一夜无眠，更是雪上加霜。云南之行狼狈结束，留下了难忘的回忆。

高原上的天与加拿大有点像——很高，很蓝，有云在天边翻腾。我经常于行驶在高速公路的浩瀚云海下时想起云贵高原的天空。除了天空，其他都不像，向往的滇池其实就是一泓布满蓝藻的污水，有几个海鸥在游客的头顶飞旋。我在滇池一张照片也没拍，无论是到此一游的纪念照还是风景照，那里除了满目疮痍的简陋，没有风景，也不值得大老远地赶来一游。

丽江古城不及想象中好，但令我稍有留恋。希望下次去时身体健康，可以多住一些时间。仔细地品味与感觉一下这个在玉龙雪山包围中的金沙江畔塞外江南。

纯净是雪山的感觉，因为纯净所以神圣。这也是雪给人的印象，雪的飞舞甚至使人忘了冬天的萧瑟，唯留一片洁白，而洁白则是实现最斑斓的唯一可能性。

冬天是个适合想象的时段，在温暖的壁炉旁，在松软的被窝里。这是一个充满闲暇乐趣的季节，雪舞的日子举杯向月，这样的心情这样的梦，至今犹在。

今天去投票

今天是大选的日子，从早九点半到晚九点半投票。

下午风和日丽，和女儿月亮一起出门，带上排球，准备投票后去附近的公园打排球。那里靠河边有一个沙滩排球场。月亮最近忽然对排球产生了浓厚的兴趣，我是义不容辞的唯一陪练。

社区的投票站就在月亮学校的室内体育馆。平时空无一人的街道两旁停满了车，都是来投票的人们。这不禁使我感到有点意外。看来大家其实都还是关心政治的——也对。加拿大的政治无关意识形态，就是税收与福利政策，直接关系到每个人生存的那点柴米油盐的切身利益。

其实也就是这点儿利益让地球上的人们终其一生疲于奔命地奋斗。这么一想就觉得人生特没劲。所以不能细想。细想之后、参悟之后，就懒得往下走了。

投票现场摆着几张桌子，相当于工作人员的服务台。先到一个类似前台的地方核定身份，然后到对方指定的投票台去领选票，然后再到投票台后面一张左右被遮挡起来的小桌前，很私密地在你想选的候选人名字后面的圆圈上画上X，再将选票投入票箱，万事大吉。

这还真是咱有生以来第一次参加这么高级别的选举，以前在学校选学生干部、三好学生，在单位选先进工作者、工作标兵，抓阄都不是这么正规。所以，还有那么一丝丝微微的小激动。

咱其实纯粹是瞎起哄，瞎选，但不能浪费这神圣的权利不是？这也是刚刚明白的道理。以前咱都嫌浪费时间，根本就不去投票。当然，也说明，随着时间的流逝，我已经渐渐融入加拿大的生活，渐渐适应加拿大的生活了。

鹬蚌相争，渔翁得利。我在保守党和自由党之间挣扎了一段时间后投了第三党——新民主党一票。

新民主党的特点就是提出了一个乌托邦式的理想社会的奋斗目标，有利于一切弱者：老人，儿童，穷人，移民。这个党的党魁的妻子还是一个中国人，来自香港的移民。所以，这个党提出的施政纲领里有很多针对于改善移民生存现状的条款。

这是一个暂时完全没有希望获胜的党派，投它一票其实是投票给咱们心目中的理想社会。

新民主党在这次大选中异军突起，获得选票的比例并不低。比如今天上午来家里调钢琴的老汤姆也跟我说要投他们的票。老汤姆说，我只关心跟我有关系的事，什么阿富汗伊拉克，与我何干！

关于出兵阿富汗、出兵伊拉克，始终是保守党和自由党这两大党派的激烈争端。

昨天开车在路上，收音机里播放着脱口秀节目，模仿着竞选辩论，用各党党魁演讲时表现出来的弱点和特点来讽刺和嘲笑他们。比如模仿着自由党党魁迪安用不够流畅熟练的生硬的英语反击保守党的哈勃，说哈勃是布什第三，还特地强调说：不是第一，不是第二，是第三。

这个强调，其实是想强调迪安蹩脚的英语水平。

关于迪安的英语水平，也是一个令我感到非常意外的事。原以为语言障碍只是存在于咱们这些新移民身上，现在看来，原来土生土长的迪安也有语言问题！迪安是法裔人。

没选保守党，是因为咱家的几位政府官员说，在保守党的施政纲领里提出，如若当选要缩减政府机构庞大的开支，进行政府裁员。咱家这么多政府官员，万一有哪位摊上裁员的倒霉事儿呢！虽然我不是政府官员，我希望政府缩减机构，精兵简政。但为了这种风险不被咱自家人摊上，咱干脆不选它了。

本来想改投自由党，但前一段时间读到一篇关于自由党的报道，直指自由党前几任领袖，也就是前几任加拿大总理之所以与中国和一些亚洲国家关系密切，是因为在这些地方都有巨大的家族利益，他们的家族企业在这些地方享受着巨大的特殊利益和特权。这也是当年克利钦总理多次出访中国，并向中国政府信誓旦旦地保证一定遣返赖昌星的原因。但加拿大的司法系统是独立的，总理在加拿大基本上没有什么特权，他说了根本不算数，反而给反对党留下了反击的把柄，当面被质问：你有什么权利作出这样的承诺?

我也不喜欢这样。从中国人的角度来说，赖昌星应该被遣返，但这是另一码事。一个民主国家的总理在世界上乱拍胸脯又是一码事，是一个很不文明很不民主的征兆。

人性都是自私的，都有弱点。但是，一个决定做政客的人其实应该是具有奉献和服务精神的人，如果担当了这样的一个大国的重任，却始终拘泥的是自家的那点儿小钱，起码说明缺少胸怀，境界是不够的。

无论古今中外，专制民主，道理是相通的。

所以，号称代表大多数人利益的自由党本来曾经是占有绝对优势的大党，但被哈勃领导的代表少数人的保守党击败了。而且估计这次仍将继续被保守党击败。

群众的眼睛是雪亮的。

作为我个人来讲，还是喜欢哈勃。他是一个严肃、认真、诚恳、有原则的实干家，不故弄玄虚，不虚张声势，不搞假动作。这是这个身份的政治人物应有的格调。

反正他这次是胜券在握，我这一票无足轻重，不投他就不投吧。

投票后与月亮驱车去打排球，在路上却忽然发现手上的那个在北京潘家园市场买的镶嵌粉色珊瑚的旧银戒指不知掉在何处了，顿时无精打采，心猿意马起来。

不想去打排球了，于是去商场。在商场雪上加霜，又慷慨解囊为月亮小姐买了一个Wii。Wii是新兴的运动型电子游戏，月亮小姐主动抱着沉重的机器，一反常态、毫无怨言地跟在我身后。

月亮她妈妈边走边想：有人因为我的投票当了议员或者总统，有人因为我的解囊玩上了新的电子游戏。怎么偏偏我这么倒霉：丢了心爱的戒指，还花了四百多块钱买了个自己一窍不通与己无关的“喂”。

该“喂”的都“喂”了。

现在就希望有朝一日新民主党能够“一朝权在手”，按照按需分配的共产主义原则建立起乌托邦理想社会，不用咱自己掏钱，流行什么玩具，就给咱孩子发什么玩具——这也不枉咱今天投他一票的苦心。

夜之花(外一章)

夜的浪猝然袭来。

黑暗遮住了所有看得见与看不见的风景，只有大团的黑色在舞动。星光飞溅，像玻璃的碎片散落在无边的虚无里，幸福斑斓的影子不知在何时悄然隐去了，几张狰狞的笑脸出现在梦的天空。灯灭了，脚下的岛屿在飘移，带着告别的犹疑和战栗。黑色的眼睛企图穿过那团黑色的迷雾，却发现，脚下的大地已经变成不断下陷的沼泽。身边，大片黑色的罂粟在盛开，还有荆棘的枝条也呜咽着纠缠起来。而钢琴也突然响起来了，那是沉重的轰鸣，夹杂着魔鬼的颤音，那朵花瑟瑟地颤抖在死亡的阴影里，茫然四顾，无助地数着天上的星星，等待着上帝之手的救赎。

无声的呼吸飘荡在没有风的暗里，心也飘零在一片不知名的荒凉中。罂粟黑色的浓郁令人震惊，拨开荆棘的手被刺伤，淌着鲜红的血，与沉默而咸涩的泪一起悄悄地流淌着，流进了那一片晦暗无底的空洞。因为疲惫，声音已经喑哑，漫长的诉说一直无人能懂，弦上的梦在渐渐枯萎凋零。

忽然在这时，远方出现了几点影影绰绰的灯光，那是夜睁开了惺忪的眼。回头看，那片荒凉已经从夜的海面上悄然退去，带着那道曾经深刻的创伤。已经没有疼痛，因为伤口已经结痂，只有麻木漠然与冷静

缕缕漂浮在劫后余生的废墟上空。

光在慢慢地把黑暗驱散开来，虽然还有点昏黄和朦胧。天亮时，太阳会重新出现，它会带来一个温暖的拥抱，一如以往那些曾经温和的安慰，还有透明的紫外光，会带来轻盈与空灵，让黑色的抑郁与沉重蒸发在湛蓝无际的天空里，消失得无影无踪。

于是，那朵曾经完美的花，带着一点暗暗的欣喜，轻轻地叹息一声，挣扎着，散发出微弱的残香。

午夜的收音机

午夜的收音机，在漫无边际的黑暗里孤独的乐曲和寂寞的声音。

万籁俱寂，零下20度悄悄在玻璃上编织着晶莹透明的花。散落的音符拨动了空气的弦，空气在轻轻地颤抖，发出悠长而伤感的回声，黑蜘蛛在墙上侧耳聆听。世界变得荒凉、辽远，一条静静的大河漫过荒原，波涛无声，暗流涌动，鱼在水底无声地挣扎。窗外的黑暗里，花瓣萧萧坠落，光秃的树木无声地诉说着白色的渴望。宇宙和大地沉稳而均匀地呼吸着，沉睡。

窗内一片温暖迷蒙，无灯，飘渺的旋律在黑暗中熠熠闪光。

午夜的收音机，白天的喧嚣在此时化为一个人的孤寂。红酒的沉醉伴随着那个低沉的男人的声音，迷人而富有磁性。他仿佛来自远古的洪荒宇宙，诉说着一个古老的故事，仅声音，已经忧伤动人。

都睡了，蒙娜丽莎也不再微笑，今夜无人，都在梦乡。只有思念一直醒着，像是睁大的迷惘的眼睛，穿过黑暗，想变成午夜的电波，发送到不知名的角落和想象中的耳边。

乡 愁

我的英文一直没有什么长进，使用总不是这么自如，虽然每天都用。每当感觉不够用时，我常常自欺欺人地想，这可能因为我的俄文太好了！我的俄文确实不错，基本接近母语，所以即使在加拿大，我也有一些俄罗斯朋友，都是在学校或者外面随便哪里认识的，我们像同胞一样一见如故地亲热，见面拥抱亲吻。我参加他们的Party，和他们一起讨论哪里可以买到新鲜大粒的鱼子酱，他们在家里做了俄国风味的好吃的食品会用饭盒给我装来。总之，彼此都没把对方当外人。混在他们中间，我觉得自己完全就是个俄罗斯人，无论他们讲什么，我也都能插得上嘴，比如当红的俄国歌星或者某一本畅销书什么的。他们也完全没有把我当外国人，也跟我扯一些诸如加拿大乳制品不如俄罗斯好吃之类的闲话，还有一些隐秘的话题，比如巴士上的邂逅和罗曼史之类。有时还让我帮着分析形势，出谋划策。

比起来，我的英文真是差远了。但我始终没有让它更上一层楼的深层原因并不是因为俄语太好，所以令英语相形见绌，而是——我已经完全厌倦了讲外语的日子，从心里对任何外语都没有兴趣了，包括我运用自如的俄语。

一直在过着需要讲外语的生活，这仿佛是女巫在我的生活里下的魔咒。其实，一门外语即使讲得再好，再像母语，它也是难以融化到你的血液里的，你使用它时，仍然只是词汇，缺少贴心贴肝的感情色彩。

1993 年回北京时特地去天安门留影

好与不好，熟练程度占的成分很大。

我以前留学时，认识一位著名的汉学家，他当时六十多岁，毕生研究汉语，用中文写过很多文章，普通话也极其流利标准。

有一次，他邀请我去他家做客，告诉我地址时说“第六元单”。我没听清，追问后才明白，他是想说“第六单元”。这种语言里出现的错误就是因为讲的不是母语。如果是母语，哪怕是目不识丁的文盲，可以不知道什么叫“单元”，但不会说成“元单”。

不能说母语的日子，心里总是惆怅而且意犹未尽的，特别是当你想传达某种微妙的感情色彩时。

所以，上世纪九十年代中期，刚回国的时候，心里那种由衷的喜悦难以言表。

特别是当你可以用母语脱口而出恰如其分地准确地表达你的感情和心情时，完全不再需要在大脑里预先的斟酌和切换。

其实，现在很多人选择回去，海归，语言仍然是一个很大的原因，因为多了语言的自如，也便多了生活上方方面面的如鱼得水和游刃有余。

国内虽然职场格外复杂一些，但语言上的方便也为你增添了不少战胜困难的信心。不似在国外，语言的因素无形中为你也设置了不少障碍与隔膜。

各有各的麻烦。有时都懂了，都明白也未见得就是好事。职场的复杂最好一知半解，似是而非，难得糊涂。都懂了反而需要装不懂，揣着明白装糊涂可以使自己一直立于不败之地。这是我们特有的中庸的哲学。

所以，没有了语言障碍也不一定就能畅所欲言，这也是生活中并不稀奇的某种现象。

那天和家人一起去森林公园玩，结果车子一直出问题。先是走在高速上，一个轮胎忽然彻底瘪了。只能停在路边，打上双闪，然后给朋友打电话求援。

女儿和爸妈在车外路边的草地上采起了野花，我和妹妹坐车里等。

等了一会儿，家里的亲戚JC飞车赶到，三下五除二，帮忙把备胎换上了。打搅了他周日难得的午觉，很是过意不去。

然后他回家接着睡觉，我们这一行人继续前往公园。

在公园的山路上来来回回转弯赏景时，忽然油表的黄灯又亮了，心一惊，因为路不熟。赶紧找出去的路，不敢尽情地大开着找，怕把最后的一点油耗尽就彻底走不了了。走一走，看看地图和路标，总算出来了，然后又开始找加油站。

经过瞎撞和问人，总算找到了加油站，至此，这一天出行不宜的烦恼才算告一段落。

以前在北京，我也犯过类似的错误。有一年，也是秋天，一个晚上，和两位老朋友在地安门的五福茶楼喝茶，因为很久未见，把盏品茗，相谈甚欢，酣畅淋漓，不觉间忘了时间，也忘了停在外面街上的车前灯没关。待时近午夜，各自言犹未了、恋恋不舍相约再见地走出茶楼，挥手各奔东西时，我上了自己的车，才发现电瓶已经没电，车子打不着了。

那时北京有个大陆救援俱乐部，可能现在也还在。给他们打电话，半小时后，来了一辆吉普，是一个年轻小伙子。他熟练地帮我接上对火线，重新启动，搞定。本来也就是个简单问题，只是当时我车上没带对火线。

然后，小伙子又好心地跟在我车后开了一段时间，直至感觉没什么问题了，才互相鸣喇叭告别。

这样的俱乐部加拿大也很多，但我还是首先想到了找家人求援，是习惯，也是因为有家人在身边。

我的家人其实基本都在加拿大，这是在本地的华人家庭里也很少见的情况。反而是以前在北京时，我时常是一个人，家人在这边。

我现在的日子仿佛是童年生活的翻版。有时清晨，在睡梦中，恍恍惚惚传来爸爸的咳嗽声，会一下子惊醒，然后有不知身在何处的感觉。每当这时，就会想起童年的某个冬天的早晨，躺在被窝里，其实早已醒了，只是贪恋被窝里的温暖，赖床。然后也是听见爸爸的咳嗽声传来，心跳开始加速，怕他过来掀被子催起床。

这已经是很久远以前的事了，我从十二岁就开始离家过寄宿生活，就离开了这样的被爸爸的咳声唤醒的早晨，现在这咳声在多年以后又出现在了我清晨的梦呓中。

遥远，陌生，熟悉，切近……，也非常亲切。

所以，想家对我来说，就是想念在北京用母语尽情地聊天，煲电话粥，大笑着看《闲人马大姐》，和小贩讨价还价，甚至大声吵架的生活。

那是流动在我血液里的日子，是和很多一起长大的朋友呼啸着出行的日子，是中秋节给很多人送月饼、很多人也给自己送月饼的日子，是不用随身带着“快译通”的日子。

此刻，坐在已经开始变红的枫树下，想起这些历历在目的画面，想起它们现在都成了曾经与过往，想起我不情愿却只能用字母描述的今天，望着天空上那一轮与大洋那端相同的皎月，心里感到温暖，更有像雾一样缭绕，挥之不去的愁——乡愁。

写于2007年9月25日中秋节

梅的意象

最近这两年，总有一种想法，想在后院种一棵梅树。因为加拿大的冬天漫长而寒冷，白雪皑皑，一片银色的世界，想象着那艳丽的红梅绽放在冰雪之间，该是多么迷人的景色。这样的景色我只在画里见过。

小时候，经常看爸爸画梅花，傲雪凌霜的红梅，冰肌玉骨，暗香浮动。这是中国水墨画的传统题材，松竹梅岁寒三友，是东方的文人墨客追求的高洁与孤傲的品格。爸爸画画的年代，画家们还总要在一幅梅花绽放的画面上题写毛主席的《咏梅》诗句：俏也不争春，只把春来报。待到山花烂漫时，她在丛中笑。

那时，家里经常高朋满座，都是爸爸的朋友，他们在一起饮酒、吟诗、作画。画家们操着河南话、山东话、河北腔谈古论今、调素琴、阅金经，然后借酒力激情勃发泼墨挥毫，画桂林山水，画梅兰竹菊，也经常写下一些豪气冲天的毛主席诗词。记得我家墙上那时挂的是“从头越，苍山如海，残阳如血”，后来还挂了条幅：“云横九派浮黄鹤，浪下三吴起白烟。”都是爸爸的老师来家里聚会时乘酒兴而写，现在这些人都已经做古或者年近百岁了。都是在中国领了一代风骚的墨客。

毛主席还有一句很著名的诗也提到梅花——“梅花欢喜漫天雪，冻死苍蝇未足奇。”说到这首诗，我总想起前些年读过的陕西女作家叶广芩的一篇小说《注意熊出没》。小说写的是一对在中国长大的日本战

争遗孤夫妻，回日本寻亲认祖的过程中经历的异文化冲击的羞辱与尴尬，而且他们无路可退。这对夫妻为了鼓励自己在这个已是他乡的祖

国坚持下来，春节时在东京家里的门上贴了对联，用的就是毛主席这首诗的另外两句：独有英雄驱虎豹，更无豪杰怕熊罴。

因为他们在日本的父母家是北海道的一个叫熊之巢的地方，那里经常有熊出没，所以到处都是提醒人们注意的牌子。他们以此来表达自己在这里背水一战的决心。有点悲壮。

加拿大很多地方也有这种牌子。行驶在高速公路上，一会儿会看见一个黄牌子，提醒此地有野鹿穿行，或者有黑熊出没，让你不由自主会放慢一下车速。每次看见这种提醒的牌子，我就会想起叶广芩的这篇小说，想起那用汉字写的“注意熊出没”。

加拿大是一个提倡多元文化共存的国家，但多元中仍然有强势与弱势的分别，东方文化在这里就是老外困乏打盹时提神的万金油，有点新奇和凉飕飕的感觉，但仅此而已，人家也不会有太大兴趣。最多喝杯茉莉花茶，比画两下太极拳，这种所谓的喜爱其实很肤浅。

更多的是冷眼旁观。

就像我这两天忙着给女儿月亮转学，注册新学校，芭蕾舞班，几乎每一个接待的秘书都要有点小心翼翼地问我：“您女儿的英语法语没有问题吧？”言外之意是如果这方面有困难可以先读专门给新移民子女办的培训语言的欢迎班。我有点哭笑不得地说：“一点问题都没有。”有时我会饶舌地加上一句：“我看她的汉语倒是有问题。”

我们在他们眼里也始终是外国人，虽然都拿一样的护照，每年纳税金额也许比他们还多。

因为不知哪里可以搞到梅树，所以，踏雪寻梅还只是停留在想象中。现在我的院子里有粗壮而枝叶茂密的枫树；这是加拿大的国树，有修剪成各种形状的柏树，还有一棵大概去年才种上的小白杨。我希望我能早日种上一棵梅花树，为此我一直在留意。

梅的意象现在对我来说，既是我追随的品格，也是我飘逝的诗与梦。

印度鸡

以前上学时有一个好朋友，是尼泊尔人，名叫苏诺。苏诺的爸爸是尼泊尔前教育部长，我们认识的时候他爸爸已经去世了。可能因为这个缘故，苏诺的几个兄弟姐妹分别在欧美各国留学和定居。

那时候，我们经常到苏诺那里吃饭，由苏诺为大家做咖喱鸡饭，我们称为“印度鸡”。非常好吃，比现在北京的一些餐馆里的咖喱鸡饭要好吃很多，可能主要因为使用了印度咖喱粉的缘故，颜色要比餐馆里的咖喱鸡饭略深，是接近棕黄色，不是浅黄色。

苏诺还给我们示范过如何用手来吃咖喱饭，这是正宗的南亚吃法，据说只有用手抓着吃才格外香。我试过一次，抓了第一口后看着满手不堪入目的深黄色的汤汁就无法再下手去抓第二下了，于是去洗了手，重新操起叉子。

前两天在饭桌上，不知怎么就和爸爸讨论起非洲儿童的生活来，每天我们经常在饭桌上天南海北东一榔头西一杠子、兴之所至信马由缰地关心一下中华上下五千年、五大洲四大洋亚非拉美各国朋友、南极的企鹅北极的白熊、加拿大今年夏天不热、地球气候在变暖、围棋是外星人的发明等热点话题。家事国事天下事，事事关心。

那天爸爸说到在电视里看到非洲的儿童围着一口大铁锅，用手捞出锅里的糨糊放在嘴里吃，这就是他们在“吃饭”。我忽然联想起当年用手吃“印度鸡”时的情景，忽然明白，之所以用手吃饭其实原来是因为太穷，穷到真正的一贫如洗，连吃饭的工具也置办不起，只能随手抄起来胡乱塞进嘴里，只求填满肚子充饥，顾不得这许多。

苏诺现在在美国。他在毕业后直接去了美国，投奔早已在那里定居的姐姐。这曾经令当年的我们这一群朋友非常羡慕。我们最后一次通电话时他正在华盛顿卖汉堡包，而我那时在莫斯科工作，说起来这已经是很多年前的事了，现在早已经与他失去了联系。

他几乎教会了周围所有的朋友做“印度鸡”。那时，我们除了经常在他那里蹭吃，还都分别在自己的家里炮制“印度鸡”，后来都做得比较地道。莫斯科有一个德里饭店，是印度政府投资开办的地道印度餐厅，里面从服务员到厨师均是从印度远道而来。因为苏诺，我们喜欢上了南亚美食，所以还经常去德里饭店吃印度餐，除了咖喱鸡，还有咖喱牛羊肉，印度抛饼之类，晚上还有印度艺人吹笛耍蛇的演出，去那里吃饭仿佛一次印度之行、恒河之旅。

其实我对真正的印度之行并不太感兴趣，不是对印度古老的文化不感兴趣，而是听说那里特别脏，人们随地大小便，死了以后尸体直接扔到恒河里。这些传说一下子就吓退了我。这样让我产生同感的地点还有非洲。我从来没有憧憬过涉足非洲大陆，只在迪斯尼乐园里参加过假设的非洲之旅的游艺，坐上仿造非洲式的顶子驮着行李卷、破铁盆、旧木箱子的敞篷火车假装在非洲荒凉的草原上穿行，遥望长颈鹿吃枝头的树叶，鸵鸟拔足狂奔。

我想关于非洲的旅行这样体会一下也就够了，印度也是。苏诺邀请同学们去尼泊尔玩，我没想过真去。在我印象里，尼泊尔跟印度差不多，虽然从苏诺那里我得知，这两个风情一样的邻国关系非常不好，经常闹别扭，磕磕绊绊。每次关系紧张时，印度就停止向尼泊尔供应盐巴，而中国就会在此时向尼泊尔伸出友善的援助之手，所以，尼泊尔和中国关系友好。

那时苏诺经常说："我恨印度人。"

这种恨可能就像中国人不喜欢日本人，有点像亲戚之间的纠纷，在外人看来。因为种族一样，文化渊源、生活方式、食品、服装都差不多。印度和尼泊尔都吃咖喱饭，用手。我们和日本都吃米饭、酱油，用筷子。

回到北京以后，我们在家里也会经常来一次"印度鸡"饭。每次全家人无论是第一次吃还是第N次吃，都风卷残云，一扫而光，也都津津乐道，赞不绝口。妈妈也学会了做，也经常做。

后来有一年，在北京东三环的某个地方出现了一个名为"亚洲之星"的餐馆，在当时的北京，算是豪华气派。"亚洲之星"几个霓虹大字在零落的街灯里分外醒目，门口还有一位皮肤黝黑、头上缠着厚厚的包布的印度门童为前来就餐的食客拉开那道亮闪闪的大玻璃门，很多的食客也是奔着这个令人格外新奇的外国门童而来，我们也是因为发现了他的存在以后便开始经常光临。"亚洲之星"的菜点包含了整个东南亚的美食，那里总是熙熙攘攘，门庭若市，宾客满堂，人声鼎沸，尽管在当年来说那里绝对价格不菲。记得那时我们常点的菜是马来西亚的"马拉虾酱豆角"，印度的"咖喱羊肉"、"抛饼"。做抛饼的印度厨师在大玻璃窗后面的操作台前把面团上下翻飞地舞动着，令人眼花缭乱。抛饼被装在一个小竹篮里送上来，用手抓着吃，这饼是千层饼和葱油饼的混合体，有很多很多层，每一层都薄如蝉翼，手一抓那饼就变成了丝丝缕缕的条和片，很香。以前苏诺没做过抛饼，这可能是一种比较特殊的厨艺，不是人人都会，就像拉面。

每次吃印度饭都会自然地想起苏诺这个年轻时的伙伴。他是一个爱热闹的人，身边总是自然聚拢了一大群朋友，大家经常在他那里大吃大喝一通后，一抹嘴留下杯盘狼藉就告辞了，他也不烦。第二天又做好了一大锅饭招呼大家来吃。他还是一个多才多艺的人，是跆拳道黑

带选手，好像曾经代表尼泊尔国家队参加过很多国际级比赛。应一些男生的要求，他在学校里开办了一个跆拳道学习班，每周授课两次。我曾经在走廊里与刚刚下课满头大汗的他相遇，此时的他一身黑衣，威风凛凛，脚下生风，不苟言笑，淡然与我打了招呼，擦肩而过，与平时判若两人，令我不寒而栗，肃然起敬。他的每个学生每月交学费250美元，仅此生财之道，他每月就收入美金大把。这可是上世纪九十年代初的事，他也还只是个留学生。

但苏诺的热情好客、豪爽大方，应该与有钱无关，我当时的同学尽是一些世界各国的王公贵族皇亲国戚，都比他要有钱得多，但也并未表现出如他一样的风范。这应该还是一种与生俱来的热情慷慨的天性。

已经很多年没去“亚洲之星”餐厅了，北京现在的高级餐厅多如牛毛，也云集了世界各地的食文化，我以为“亚洲之星”早已经或倒闭关门，或改换门庭了。

春天在北京时，朋友约吃饭，在东三环。夜色里我在朋友说的立交桥附近兜兜转转了好一阵子才找到朋友说的那家餐厅。很多年不在北京了，我对北京其实已经很不熟悉，对我来说已经到处都是新鲜景象。这是另一个总是不太想触碰的无奈话题。

几天以后的一个白天，我因在外办事，坐出租车又一次路过东三环，又一次见到路边的那个那天晚上让我在夜幕里摸索了半天的吃饭的餐馆，才赫然发现，原来那个餐馆旁边二三十米远，就是“亚洲之星”餐厅。

“亚洲之星”还在。只是那曾经显赫的门面被淹没在栉次鳞比的广告牌和食肆之中，已经极不起眼，好像一个穿着褪了色的时装的女子，眉眼间依稀可见从前的亮丽迷人与风情万种。

那天晚上在北京五光十色灯红酒绿的霓虹夜色里，我完全没有发现这个从前曾经是那么耀眼夺目的、曾经被我踏破门槛的熟悉的身影。

当然这也很正常，人生也就是在这种起伏不定、随波逐流的相遇、忘却，忘却、再相遇的时间之河里一点点地过去了，留下了一些为了忘却的记忆。回头再看，也许还可以找到旧时的痕迹，更也许白茫茫一片大地真干净。色即是空，空即是色。菩提本无树，明镜亦非台。

本来无一物，都是浮光掠影，水月镜花，黄粱一梦。

以前苏诺曾经送给我好几本当时欧洲的时装杂志，厚厚的。每次假期他都要去英国或者德国的兄弟家，每次回来他都会给我带一本当季的欧洲流行时装杂志。我现在才明白，那时的他是一个为人多么周到成熟的青年。这些杂志被我如获至宝地给朋友们传看着，有些还带着回了国，现在应该还在爸妈的家里。

现在能够证明在我的生活里确实曾经出现过苏诺这样一位朋友这件事的可能只有这些旧的时装杂志了。哦，还有我时常爱做的美食——“印度鸡”。

完美的夏天

每当我独自开车以箭一样的速度从山道上嗖地一下冲下去时，心里都格外高兴。眼前是无比高远的天空，湛蓝。上面飘着几片云朵，雪白。在心情无比愉悦的时候，我又嗖地冲上了高速公路，以140公里的时速。

我在开车时基本不开空调，只是大开着车窗，听着风呼呼掠过耳边，头发经常被吹得纷乱，但是心美得仿佛飞起来了。有时候，身边会有类似汤姆克鲁斯或者布拉德皮特一样的帅哥飞车而过，有时候我们还互相对望，相视而笑。哇！这一刻，人生太完美了！

非常喜欢夏天，哪怕是那种大汗淋漓的酷暑，也觉得比冬天好。冬天时，我的手脚总是冰凉的，不知为什么。我在冬天里整个人都萎缩了，只是面色苍白地坐在窗前，注视着窗外纷纷扬扬的大雪。而在夏天来到的时候，我的身体在艳阳下逐渐打开，每一个细胞都很快乐。

我是一个晒不黑的人，所以即使在大太阳下，也基本不涂防晒霜，就这么任意地晒着。最多是被晒红了，晒得通红，就像刚刚烤好的大虾，粉红。然后，很快就又恢复到那种白，白里透红，夏天的白皮肤不是苍白。

进入夏天以后，开始喝那种低度数的果酒，在冰箱里冰过几天后非常爽口。我是一个没什么酒量的人，稍喝就已经满面通红，每次喝完，就这么满面通红地坐在花园里等着夜幕降临，然后，点上我新买的

女儿月亮

中国宫灯。宫灯在白色的檐底映照出镂空的花纹，花纹隐隐地闪动着，有时候，泳池里的水波也会反射在阳伞上，我注视着星星渐渐地升上来，还有月亮，从黯淡一点点开始变得明亮。哇！这一刻，人生也很完美！

夏天是去见大海的季节。在我的人生里，第一次见到大海是在北戴河，与好朋友一起。那年暑假，我们一起去北戴河。我俩走在北戴河的山路上，向着想象里大海的方向漫步，走着走着，就听见了巨响，那是海的涛声。然后，我们就看见了那一片远远的深蓝色的无边无际。当时完全被震撼了，所以至今仍然记得那种目瞪口呆的感觉。我们互相望着，一次次地互相询问："那就是海吗？"有点不相信自己已经来到了真正的海边，有点不相信：原来海真的大得无边，一望无垠！

夏天还是旅行的季节。行驶在高速公路上，两边是广阔的绿色原野，有时是茂密的森林。起伏的远山都是弧形的，不是那种陡峭和尖利。有时候会路过像海一样一望无际的湖，水面波澜不惊，倒映着岸边的树，而心情在这种风景、这种山水的洗涤下变得非常单纯，就像那只

在透明的阳光下轻轻飞舞的蜻蜓，轻盈而热烈，随意而逍遥。极乐之余，只剩下了大踩油门，恨不得马达发出震耳欲聋的轰鸣——现在明白了为什么很多人在夏天为汽车装上类似噪音的声音放大器——为的是抒发一种夏天的心情，一种激情。

夏天真是好。小时候，因为一篇叫做《夏》的小说而喜欢上了张抗抗。现在想，其实是喜欢夏天，喜欢夏天的阳光，喜欢夏天这种明朗的感觉。在夏天的怀抱里，因为明净，因为开朗，因为逍遥，所以心无旁骛，所以无忧无虑，无欲无求，只有一片无色的透明，干净得没有一丝灰尘。

那天，已是午夜时分，和女儿都不想睡觉，于是随手抓起桌上的半个玉米吃起来。我吃玉米很慢，总是一粒粒地剥着吃，女儿问："你为什么不啃呢？"我说："不行。啃着玉米我就想起了卓别林。"女儿顿时大笑起来，因为前几天在旅途中她刚刚看了卓别林的《摩登时代》，那电影里资本家发明了一种吃玉米的机器，工人可以一边干活一边把嘴放在机器上，玉米自动在牙齿间转圈。

每次想起《摩登时代》都要大笑，这是我小时候看的电影，至今难忘其中很多可笑的细节。还有一个细节就是主人公从精神病院出来后走在街上，巧遇示威游行队伍，一辆车上掉下来一面旗子，他好心地捡起来追着汽车想送还，结果游行的队伍以为他是领路的旗手，一路跟了上来。最后，警察还把他当成示威游行的领袖抓了起来。

可见领袖很多时候产生于荒唐。

荒唐的领袖领导着盲目的群众构成了一个时代荒唐的笑料。

夏天的极致感觉就是漂在水里望着天上的流云。有时候还会有五彩的热气球从天上飘过，还有飞机喷气的轨迹。这一刻仍然觉得：人生太完美了！除了完美，无话可说。

故乡

从梦里醒来的时候
你已经近在眼前
我这里在飘雪
你那里依然飞花
故乡的人面桃花总是温暖
一些原本清晰的线条
在黑暗里越来越模糊，开花的细节
已经无法追究。还有——
我是在何时离开你，迷失在
通往故乡的伊甸园路上的
关于宫灯的记忆晦暗而破裂
演化为玻璃幕墙明亮耀眼的反射
七彩的霓虹与透明的阳光
是白天与黑夜不同性质的幻想
我在寒风中渐渐地迫近一种真实

与你相约，让你看见微笑与忧伤
激烈地混合在冬天的鸡尾酒里
波浪传递着和谐的共振
这一次无需断翅的青鸟，即使东风
无力

北京的冬天

北京的冬天有一种特别动人的气息。

树的线条变得清晰而简洁，大地也显得苍白并且坚硬。总是严寒与阳光并存，风并不刺骨，早上走出家门，阳光会突然刺眼一下，一股寒风吹来，你不由自主地眯上眼睛，精神会突然为之一振，一天就在这样的一振和冷不丁的一个寒颤中又开始了。

北京冬天的天空有点混沌，但街道显得异常干净。春天的浮躁，夏天的嘈杂和秋天的明净高远都变成了这个季节里的寂寞和冷清，行人无声而快速地穿行着，每个人都视线下垂，紧盯着脚下的路，表情冷漠而心不在焉。

北京的冬天从来都不是风吹杏花、雨打芭蕉、烟雨蒙蒙式的温柔与缠绵，而是人约黄昏、灯火阑珊、暗香浮动、月明星朗的开阔与黑洞洞的简单。开阔中也并不一览无余，简单里也色彩跳跃斑斓。白天的阳光显得有点黯淡无力，而夜幕降临以后一盏盏徐徐亮起来的街灯却令城市显得暖意盎然。

有时候会下雪，如果是晚上，雪会飞扬在路灯的光晕里，人会有点仓惶，不由得加快脚步，渴望推门进入一个也有明亮灯光却摆脱了湿冷气息的地方。如果是白天，雪不停地洒落着，人会觉得有点凄凉，会联想到另一种存在于脑中的路途的风霜与泥泞。雪花湿润着眼睛，也

刺激着内心的某种感慨和共鸣。下雪后，建筑物、树和街道黑白分明，人仿佛行进在黑白电影的背景中。

下雪的日子基本都是阴天，灰沉沉的。街道上的车缓缓而小心翼翼地行进着，与前面的车保持着距离，也绕开路上一堆堆的半融化状态的雪，那雪软弱无力，甫一落地，一半已经化成了水，于是半黑半白，凄惨地躺在随意的地方，等待在阳光下无声的遁形。

北京冬天的色彩基本就是黑白，夜的黑和日的白。有点枯藤老树，伸展在黑白之间，展示着这个城市的倨傲与肃穆，古老与伟岸。只有在节日期间，夜晚会出现栉次鳞比的红灯笼，星星点点地夹杂在并不繁密耀眼的霓虹的彩光里，朦朦胧胧地传递着一种苍凉久远的庄严。

不知为什么，每到冬天，就有点想念北京。想念那些在午后的阳光下小坐在街心小花园的长椅上发呆的时光，想念那些哈着双手走在暗影里的晚上。

2005年，整个冬天都在北京。因为生病，所以时而躺在医院的病床上，时而又躺在因为久违而已经有些陌生的家中。因为在加拿大，冬天一直是千里冰封，万里雪飘，走路一步一滑，在雪地上踉踉跄跄，难以健步如飞，所以，特别想念北京的冬天里，无所顾忌地走在无雪的街道上的日子。没想到，却因为突如其来的原因而躺在床上。对于我这个一向好动，闲不住的人来说，整天躺着是一种度日如年的煎熬。那一段时间，我躺在床上重新听起了斯美塔那的《我的祖国》，在一个个冬天的午后，《沃尔塔瓦》河优美的水声带着我行进在过去和未来的光与影中。因为躺着，所以感觉时间停滞、生活凝固，所以，唯独感觉不到现在。

那些午后的我，虚弱地飘在半空，俯瞰着床上那个脸色苍白、双眼暗淡无光的人，有点疑惑，有点新奇，有点惊诧，一直不太明白，究竟发生了什么。

就在那个冬天，北京的电视里在播放一部名叫《无限生机》的电视剧。我与家人每天眼巴巴地等在电视机前，津津有味一集不拉地看着。那部电视剧讲的是医院的故事，因为那一段时间终日出入于医院，与医生、护士、病友都成了非常要好的朋友，所以，看那电视剧时格外投入，仿佛自己成了其中的一员，一时间分不清何为戏，何为真。真实与虚幻在脑中混乱纠缠成一团，所以，经常会为了剧中人物的命悬一线而彻夜难眠。

后来还买了一套那部电视剧的光盘带来了加拿大。现在偶尔还会放上看一段，已经明白，那只是一部拍得非常一般的电视剧。反反复复看，是因为又想起那些日子啦。又想起了北京冬天的那些夜晚。

还有一个北京冬天的夜晚一直在我心里。有一年圣诞节，我和一群朋友在天伦王朝酒店，参加那里的一个狂欢夜。那天晚上演出的是一个英国乐队，叫“销魂”。销魂乐队时而铿锵激烈，时而舒缓深情地演唱着，蒸腾氤氲里，一片歇斯底里的气氛在弥漫。

我们就在明亮的舞台灯光的暗影里吃着火鸡，还跟着台上的歌手唱，所有的人都很疯狂，很尽兴，很销魂。

那也是我迄今为止过得最狂热的一个圣诞之夜，现在想起来，那一年在我的人生里有点重要：春天回到祖国，秋天顺利地换了新工作，冬天里，多次和这一群朋友一起狂欢。

现在这群人里有三四个生活在加拿大，其他也都四散在不同的角落，各自飘零。基本上已经不大可能再聚到一起。

不由得再次感慨我们漂泊无助的人生，场景的转换完全不以个人意志为转移。发生的同时也即意味着湮灭，相聚的同时也意味着分离。人所能做的就是惊回首，空叹息。

这几天街上已经开始洋溢着圣诞节的气氛了。商场里飘着欢快的圣诞歌曲，圣诞老人已经来了，在与孩子们合影，发放着小礼物。人们已经开始大包小包地购买节日的用品。因为圣诞节的点缀，冬天一下子活泼起来，轻快起来，也显得并不是那么漫长难熬了。

其实加拿大的冬天并不似想象中那么寒冷，每年一月才开始昏天白地的日子，三月，雪已经开始融化。而且，在下雪的日子里，艳阳映照在挂满白雪的枝条上，是一道让人心里充满阳光与感动的风景。

其实，哪里的冬天都是寒冷的，只是因为对那个城市饱含深情，充满依恋和热爱，所以，那里的冬天便也显得温暖。

就像我曾在北京冬天的夜晚里，开着车穿过二环，二环没有红绿灯，我在畅通无阻的路上一路向前，目不斜视。突然，前方的夜空出现一个庞大而巍峨的楼阁，静默而神秘地暗在一片黑里。

它奇异的造型在这个有点凄冷的夜里的突兀，就像平静中的一个传奇，划破了周围的漆黑和死寂。等到我明白这是雍和宫的身影时，它早已经被我身后无边的夜幕吞没。而我的心也忽然暖起来了，被远远地甩在黑暗里的还有那一直在心里萦绕不散的莫名的孤独，因为我已经看见了西直门立交桥——过了桥一直往西，再稍微开一段，就到我家了。

“碰瓷儿”加拿大

加拿大不过五一节。这个国际劳动节我们理所当然地劳动度过。

我的这一天在报税中进行。今年交了一笔令我乍舌的巨额税款，简单地说，就是把一辆新的福特车交出去了。

最近一直在进行一年一度的与会计的切磋。今年尤其需要认真切磋，因为去年小注怡情，小赚一笔。现在切磋的结果就是赚了一笔小钱，纳了一头大税。我心有所不甘，但上蹿下跳几日后发现于事无补，也便释然了，于是干脆地去交了支票。

上帝已经赐予很多了，所以，有所奉献也是应该的，作为一个天天在家歇着的天蝎能有幸为国家和人民做出微薄的贡献，幸莫大焉？在这个问题上我有足够宽广的胸怀和境界。更何况，我天性是一个大大咧咧，慷慨大方的人，铁公鸡一毛不拔，只进不出不是我的风格，当然，只出不进也同样不是我的风格。重要的是把握平衡。人生就是在不断地调整平衡中前进，所谓水平的高低全在于对平衡尺度的掌握与拿捏。

来加拿大后曾经多次以小人之心沾沾自喜，弹冠相庆，庆幸此生“碰瓷儿”加拿大成功，从此讹上了“大家拿”这个冤大头。可现在，几年下来，事实证明，“碰瓷儿”的结果究竟是我讹上了加拿大还是反成了冤大头，还真不好说。现在看来，人生的过程还是一个不断“碰瓷儿”的过程，不是碰别人，就是被别人碰，不必得意忘形，也不必患得患失。因

加拿大国会山下

为能量守恒，阴阳相长相消。人有悲欢离合，月有阴晴圆缺，花开花败，潮起潮落，大进大出，大花大有都是自然规律。顺其自然是也。

加拿大的共产主义，核心就是共产。我为人人，人人为我是社会弘扬的道德规范。自己有能力的时候为社会做点贡献也是我们应该做的事。在这里，雷锋精神同样适用。甘不甘心都得当螺丝，先把税交上再论其他。资本主义社会过渡到了共产主义以后，制度更加严谨，滴水不漏，无缝可钻，无懈可击。

也找不到个熟人"公关"一下。一群铁面无私、不通人情世故、一丝不苟、照章办事的人，用一句通俗的话说：完全无法"搞一搞"。

不"搞一搞"的生活风平浪静，波澜不惊，无忧无虑，无喜无悲，平安无事，平淡如水，有点闷，有点没劲。不像在国内时，什么都可以"搞一搞"，可以讨价还价，指手画脚，说三道四，声东击西，无端就生出许多乐趣。比如我以前和现在，在北京时，办事总要托关系、找路子，在这个过程里推杯换盏，称兄道弟，新知故交，一团和气，亲戚的亲戚，朋友的朋友，拔出萝卜带出泥，砸断骨头连着筋，过五关，斩六将，就没有找不着的熟人，办不成的事！而且期间烦恼无比，也乐趣无穷，结果且不问，过程很精彩。还比如以前在北京开车时，每被交警拦住，都做出无比虔诚卑微之态虚心接受训斥，然后也每每被过足了声色俱厉、挥斥方遒瘾的警察大手一挥，免了罚款，放行！缴税如果能够如此，根据态度的好坏与诚恳与否来决定税额多少该有多好！

可惜数字是无情的。数字无情，人也无情。

顺便解释一下什么叫“碰瓷儿”。这应该是一句北方土语，指的是蓄意敲诈、讹诈别人的意思。

还是以前我在北京时。有一次，北京晚报登了一条社会纵横的新闻，说在杏石路一带有一个碰瓷团伙，开着一辆旧奔驰，专门在路上故意剐蹭别人的车，然后借机敲诈钱财。后来，因为这辆旧奔驰频频出现在交管局的事故档案中才引起交警的注意，从而得以破案。

还有一种“碰瓷儿”就是当你行驶在路上时，也许会从路边突然窜出一个人或者一辆自行车，一头扎在你的车前方，然后就地撒泼打滚，软硬兼施，说你撞了他，要你出医药费看病，不磨得你倾囊而出，掏出随身全部大票钢蹦就不算完。最后，你只能自认倒霉，花钱买平安，破财免灾。

这两种“碰瓷儿”都让我胆战心惊。那时我经常开车经过杏石路去八大处，看了那新闻后，我就把去八大处踏青的嗜好停了。

前两年我还曾经经历过另外一种意义的“碰瓷儿”，这次被“碰瓷儿”至今有许多让我想不通和糊涂的地方，也许是被碰晕了，也可能是所处角度不同。在我看来是被别人“碰瓷儿”了，在别人看来也许是一片丹心，都不好说。反正都过去了，不好说也就不必说了。

所以，其实都会过去，成为过眼云烟。不管谁碰谁，火花之后就是沉寂，然后又是下一轮的对对碰。既然不是能掐会算，知道何时该碰别人，何时会被别人碰，就瞎碰一气爱谁谁吧。

所以，今天我在银行给联邦与魁省二级政府交了“碰瓷儿”费以后，就又转身进了百货商场。

我在百货商场买了一双新凉鞋，准备在这个五月的第一天里穿着它上路，双目如炬，两眼放电，四肢有力，脚下生风，投入新的一轮“碰瓷儿”或被“碰瓷儿”的人生对对碰生涯。

后知后觉

我突然明白了一件让我很多天都百思不得其解的事。好像电光一闪，就明白了。

我经常这样迟钝，后知后觉，被稀里糊涂地蒙在鼓里，大江大浪里胜似闲庭信步，小河岔子里却晕头转向，丢魂落魄。

其实是一个常识性的问题，我却一直想不出答案，或者说，答案明摆在那里，我却非要另辟蹊径，于是，好几天，就在偏僻的小路上徘徊，大道近在咫尺，却无意涉足。最后忽然明白，其实一开始的想法就是正确答案。

当然，只是一件无聊的事而已。以咱的IQ、EQ，根本不会在正经事上跑偏，桩桩件件小CASE，不用搞就搞定了。

哈哈！刚绕明白就又开始自吹自擂了。这就是乐观主义者，凡事总往好处想，被绕住的原因也在于此。

乐观与善良也是一把双刃剑。活到现在，我发现：所有的事情都是双刃剑。这应该是关于人生的一个真理。

以前还有过一件后知后觉的事情。有一年冬天回国，与几个以前的老同事在地安门附近的一个私房菜馆吃饭，是密友小姐妹L张罗的地方。

私房菜馆在一个四合院里，整个院子被搭成了玻璃房，阳光直射在青砖地上，想象着若是夏天坐在那玻璃院里就餐，一定很惬意。因为是冬天，我们没有坐在户外的玻璃房，而是在某间砖房里就坐，即使这样，也挺冷的，因为平房都没有暖气，靠的是空调吹出的热风，而老板往往为了节省电费还会在客人少时将空调也关掉，这使得整个房间的热度缺乏连续性，我们坐下后穿着羽绒服的老板连忙打开空调热风，殷勤地过来点菜，而等到热风终于充盈房间、暖意盎然的时候，我们已经唧唧索索地哆嗦着吃完了。

老板操着一口不知是哪个南方的南方口音。能在冷屋子里做生意的人基本都是南方人，北方人因为从小围着火炉长大，反而抗寒能力很差，这是我早就得出的结论。

南方来的老板在北京经营着不知来自哪个南方哪家的“私房菜”。

我一直不太明白私房菜是什么菜，但“私房”二字可能为熟知大食堂的人们带来了某种神秘诡异甚至高贵高雅的感觉，所以，称为私房菜的饭馆生意都不错，价格也很高。

最早北京的“私房菜”来自后海的一个胡同，号称“某家菜”（为了避免麻烦，我就不说出那个“某”了）。我也是从当年的一位同事那里知道的。有一天来上班，他神秘地凑到我面前说：“我昨天去吃了某家菜。”我丈二和尚摸不到头脑：“什么某家菜？”他更加诡秘地说：“这叫‘私房菜’，现在北京的有钱人都时兴吃这个。我的朋友从新加坡来，在新加坡时就预订好了。每天只接待一桌，必须预订。”他的话激起了我强烈的好奇心，咱也是一个终日大吃大喝，胡吃海塞，在食海里经过风雨见过世面的主儿，怎么没听说过这么高级的“某家菜”？我问：“多少钱？”他说：“大约2000多吧。”我又问：“吃的什么？”他说：“红烧茄子、炒土豆丝……”我大吃一惊，继续问：“那一定特好吃吧？”同事斩钉截铁地用他的东北口音回答道：“好吃个屁呀！”

这就是我对“私房菜”的第一认识，当然，我一直也没舍得花大钱去吃那如雷贯耳的“某家菜”，虽然我在去后海时曾多次从某家菜的小广告牌前走过，也曾偷偷地向里面瞄了几眼。那场所看着还不是个雕梁画栋气宇轩昂的四合院，也就是个普通的“小杂院”，在一堆自行车破筐映衬下东倒西歪的小砖房竟然引来了来自五洲四海的宾朋，甭管做的什么菜，本事都应该算够大的。

红烧茄子炒土豆丝倒也确是“私房菜”，北方人家，谁家都会经常摆上这几道。

那天与朋友们在冷屋子里吃的是什么“私房菜”，我早忘了，但那天说的“私房话”，让我至今记忆犹深。

席间，小L忽然有点诡秘地望望我，又看看坐在我对面的绅士Z，欲言又止，欲说还休地说道：“你们知道吗，当年，大家传过关于你俩的绯闻。”

我和Z手里的筷子或者勺同时停在了空中，我俩都张大了嘴，盯着小L：“是吗?！”

小 L 咯咯笑起来，说：“我一直在犹豫，要不要把这话告诉你们。这句话在我心里憋了很多年了。”

我和 Z 同时：“你太不够意思了！”

小 L 边笑边说：“我一直在观察，这俩人究竟是什么关系呢？”

我和 Z 同时：“别人不知道，你还不知道吗？”

是很好的好朋友关系，萍水相逢，惺惺相惜，在一起工作时，同吃同喝，同出同入，同甘共苦，同舟共济，出生入死，胡作非为，狼狈为奸，亲密无缝，水泼不进。每遇为难事，另外一个必定毫不犹豫，一马当先，仗义执言，拔刀相助。

我与Z的友谊充分证明了一件事：在男女间，纯粹的友谊是存在的；纯粹的友谊，不是传说中的第三种或第四种情感。类似Z这样的异性朋友或称蓝颜知己，我在其他不同领域还有几位。

小 L 与 Z 从小同学，后又同事，彼此相知很深，而与我是铁磁的姐妹，闺密，所以终于把“绯闻”告诉了我二人，尽管已经是多年以后，由此可见当年她心中的疑虑也是很深的。

我对“绯闻”完全不介意，哪个人没有“绯闻”，哪里没有“绯闻”呢。

“绯闻”让我和 Z 同时明白了一件事，关于当年的另一个人和事，那是我们的另一位同事。我们在冷屋子的饭桌上笑得前仰后合。

那天看“锵锵三人行”。三人谈起正在拍摄的《孔子》这部电影。据说孔子也曾传过“绯闻”，有人建议在影片里表现一下。我很喜欢的满腹经纶、书生气十足的梁文道大声地叹息着：“我们这是怎么了！怎么什么事都往这上面扯！”

梁文道古今中外引经据典地论述说，有专家认为现代社会对爱情或者情欲特别关注，是因为现代社会已经没有更加重要的人与人联系的方法，所以这便成了唯一的联系方法。而中国的特别之处在于，我们也是一直把爱情看作人生中一个重要的东西，但我们还将这种看法向外投射，使之成为评价别人的标准。因为将情爱看成是一个人最核心的内容，所以情爱也即成为一个人最大的隐私，人们往往认为，了解了一个人的情爱生活内容，才算真正了解了这个人。

我在看“锵锵三人行”这个节目时，经常叹服于梁文道天才式的敏锐犀利与温厚包容。而更令我叹服的是他温文尔雅而又准确成熟的表述方式与他实际上的年轻所形成的鲜明对照。

最近一次回国时，某日傍晚，坐在出租车里沿街徐行，忽然，在路边的一座新建的玻璃幕墙大厦上看见了一个熟悉的霓虹广告：某家菜。

人家已经做这么大了，这又是一件令我后知后觉的事。

唯有杜康

我在莫斯科留学时恰好赶上苏联的禁酒时期，那时候卖酒的地方很少，只有一些香槟，香槟对于俄罗斯的大酒鬼们来说与白开水无异，他们需要的是烈性的伏特加。每每喝得酩酊大醉后仰卧于夏天的花丛或者冬天的雪地，然后就成为路边的“冻死骨”。这也是当时苏联严厉禁酒的重要原因之一。

我倒是很喜欢俄罗斯的香槟酒，瓶口用铁丝捆得紧紧的，打开时会发出吓人的“砰”的一声巨响，在婚礼或者生日庆典上人们往往会特意打开一瓶巨大的香槟，这声巨响也无形中增添了很多欢乐的气氛。

那时候我的一些男同学在酒瘾上来时，经常像热锅上的蚂蚁团团转着到处寻觅酒精制品，甚至饥不择食，来女生宿舍求讨香水——据说香水里含有较高的酒精成分。

有一年暑假，我与一位男同学一起乘莫斯科——北京国际列车回国，途中，我们的包厢上来一位客人。这是一个中年男子，样貌饱经风霜，一看就是一位长年从事重体力劳动的人士。

他提着一个破旧的旅行包，坐下后就开始殷勤地同我们聊天。他自我介绍说，自己是个正在服刑的犯人，现在是回家探亲。听了他的话，我和同学互相交换了一个叵测的眼神。

列车咣当咣当地在俄罗斯的原野上奔驰着，犯人突然伸手拉上了

包厢的门，还别上了。本来对他就充满警觉之心的我们正在怀疑与不解之中，他对我们说："让我们喝点酒吧。"犯人的旅行包里有一个大大的白塑料桶，里面原来装满了自制的烧酒，我一直不明白，这酒难道是他在监狱里酿造的吗？在禁酒令期间，无论造酒还是在公共场合饮酒都是违法的行为，所以，一定要将包厢门反锁，以免被列车员看到。

我那时是一个滴酒不沾的人，那两天与犯人同在一个包厢的日子里，犯人每隔几十分钟就要关上包厢门，然后取出烧酒，与我的男同学每人斟上一小杯。喝完后，二人就打开房门，满脸红扑扑地若无其事地坐在那里。

犯人在别尔敏站下车时，他的白酒还剩少半桶，被他小心地装好。

我一直是一个没什么酒量的人，稍喝即晕，满面通红。但现在也经常性地每天要喝上一小杯红酒，纯属没事找事，借酒浇愁。我其实哪有什么愁，即使曾经有过很多的忧愁，也早已被我这个没心没肺的人忘得一干二净，抛到九霄云外去了。问君能有几多愁，恰似一江春水向东流。抽刀断水水更流，举杯消愁愁更愁。对于一个不是天生的酒鬼来说，杯中物从来不是消愁的手段，如果有愁的话。所以，我的喝酒纯粹是因为吃饱了撑的更加热爱生活的故弄玄虚。

虽然是故弄玄虚，但时间长了，竟然也大抵能品出了那酒的优劣。所以，现在喝红酒时，只喝贵的，诸如波尔杜之类，而不像以前，赶上什么是什么。

记忆里最好的一瓶红酒是在匈牙利布达佩斯的一个酒吧喝的。那年夏天去匈牙利旅游，当地的一个朋友带我们去一个夜总会泡吧，我们要了一瓶红酒。不知道是什么牌子，那酒颜色深浓，倒在杯子里时在杯壁上留下一行深紫色的清晰印迹。那天我也喝了不少，因为深感好喝。这是至今为止我关于红酒好喝的唯一一次印象。

喝的间隙我们还时常去舞池跳舞，在那种节奏剧烈的迪斯科舞曲里疯狂地发泄着当时过于旺盛的精力。

那天晚上还遇见了一位阿尔及利亚小伙子，在基辅留学，也是去匈牙利玩。我们很投机地交谈了半天。他夸我是他见过的最漂亮的中国女孩，我夸他很帅——都是半醉状态下的互相虚伪地恭维，顺情说好话，却也真美得心花怒放。

我现在有点搞不太清的是，那天对于那酒的良好感觉是因为玩得高兴了心情醇美似酒还是因为那确实是一瓶好酒。我们对一种酒的判断往往受到当时的情绪、后来的记忆和很多其他心理因素的影响。好像那瓶酒也的确比较贵，大约一百多美元的样子。接待我们的朋友其实并不熟，只是几面之交。但那个年龄的人都有一种赤诚和纯真，大家很快就可以打成一片，不分彼此地倾囊而出。

这也是青春最令人惬意的地方。恰同学少年，指点江山，中流击水，浪遏飞舟，无知者无畏。雄姿英发，风华正茂，啸聚出行，所向披靡。

所向披靡以后的醉卧沙场是另一种动人的意味，因为生命如红酒，芬芳扑鼻，随着时间的不断向前，人生趋于圆满，岁月如歌。此时，酒的香醇和人生的历练已经融为一体，品着那杯酒，你在刀光剑影之间躲闪腾挪，进退自如，游刃有余。这是酒带给人的独特享受。

现在每个周末基本都和全家人聚在一起喝酒。喝完了，七嘴八舌地聊一聊锅碗瓢盆的国家大事，然后于半醉与销魂间作鸟兽散，各自重新开始新的一周的孤军奋战生涯。

每次与家人一起喝酒都格外兴奋，这就衬托得有时独自喝一杯的时候，心里总有些落寞。

也因为落寞所以更需要喝一杯。何以解忧，唯有杜康。这时候说出这个千古名句好像我已经成了一个职业酒鬼。

我不是。我只是在岁月的流逝里对酒多了些新的认识而已。

春天里来百花香

华人世界总是充满血腥、暴力、挣扎、焦虑、躁动、粗野、肮脏，除了黑社会就是妓女。这是台湾电影《停车》给人的印象。

我和女儿月亮专程驱车去三十多公里外的一个从未去过的影院观看这部参加渥太华电影节的影片，我们共同的动力是想看看女明星桂伦美，结果却发现这部电影还有些儿童不宜。

电影结束时，已经将近子夜时分，我们沿着并不太熟的来路往家狂奔，路上的车已经很少。有一个路口我走错了，很随意地就地掉头。

月亮说："我有点后悔来看这部片子。"她后悔可能是因为这样的题材不吸引她。

我沉默地开车，目视前方，心里也有点后悔，因为儿童不宜。影片还行，不是那种叫人看不下去的片子，特别是摄影不错。有些画面美轮美奂，在整个充满血腥感的故事的发展中可以使人稍稍平静一下。

平静。好像华人的生活从来就缺少平静、淡然、温和，似乎永远是东跑西窜、狼奔豕突、颠沛流离、剑拔弩张、焦虑不安、打打杀杀的状态，所以在电影里也不大可能突然呈现出一种冷静的平淡自然的生活，无论是张艺谋、陈凯歌、冯小刚还是侯孝贤、王家卫、周星驰。

艺术源于生活，这样的生活形态造就了这样的文艺作品，正常。

前两天又陪月亮看了一部儿童片。看介绍是讲天外来客飞碟故事

的，我喜欢这样有点神秘奇幻的故事，于是就张罗着出发了，进了影院才发现，孩子很多。电影放映后才知道，是迪斯尼公司拍的，是那种给孩子看的科幻片。

我们还是看得饶有兴致。这是迪斯尼公司的儿童片的特点，无论拍得如何，反正观看的时候还是觉得挺有意思的。坐在我们前面一排的是一对夫妇带着两个四五岁的孩子。开映前两个孩子一直在放映厅的台阶跑上跑下，可灯黑下来之后，孩子们马上安静了下来，一直很安静地看。

小女孩穿着绿花儿的连衣裙和高统的黑皮靴，就是一个活生生的芭比娃娃。看着她，我想起了月亮小时候，我也总是把她打扮得古怪精灵，引人注目。那时候还在国内，有一次，也是暮春初夏时节，我抱着她与妹妹Echo一起走在午后的大街上，月亮穿着一件深蓝色的连衣裙，头上带着一顶与裙子配套的鹅黄色的编织帽。看着她可爱的小脸蛋晃动在我眼前，我情不自禁地对Echo说："月亮长大了一定很好看，会比我们好看，因为她长得紧。”我说的“长得紧”是想说明她五官的紧凑、小巧、精致。这时我怀里的月亮细声细气地搭话了：“我长得紧，你们长得松。”

我和Echo惊讶地对视，哈哈大笑起来。

那时候月亮大约两三岁。转眼间已经将近十年过去了，现在我给她买衣服都要经过她的亲自过目认可。

有些衣服我真不觉得好看，但她觉得好。

影院里小女孩的妈妈对他们讲法语，而两个孩子用英语回答。那个爸爸讲英语。我们这里这样的双语或多语家庭很多。

月亮也可以讲英语和法语，我们之间讲普通话。谢天谢地，我们还可以用普通话交谈，我们还是单语家庭。月亮不但可以用普通话交谈，而且遣词造句极其准确恰当，未必比在中国长大的孩子逊色，也许还更胜一筹。

我们经常像两个大人一样地交谈，她已经时时表现出冷静和头脑清晰的特质，这种特质令我高兴，在很多事情上常常愿意听听她的想法或者企望得到她的肯定。

最近看了很多电影。今年奥斯卡的几部热门片子都看了：《朗读者》《虐童疑云》《本杰明的奇幻旅程》《贫民百万富翁》《革命路》……

这是近几年来奥斯卡提名电影我看得最多的一次。

没觉得哪部片子特殊好，都不如《泰坦尼克号》。我就是一个俗人，我特别喜欢《泰坦尼克号》，喜欢这种从故事到摄影到演员到音乐都很完美的片子。这部电影当年我连续看了三次。后来再也没看过这么完美的片子，那些影片总会在某一个重要的方面有所欠缺。

前几年在蒙特利尔曾经看过一部中国的地下电影，是纪录片，纪录的是在北京的一个在夜总会工作的三陪小姐的生活。电影大约半个多小时，原原本本地记录了一个小姐从起床去工作到深夜返家洗澡的过程（除了接客的细节）。影片里小姐简陋的生活环境和艳抹残妆无精打采潦倒慵懒的状态给我留下了很脏的印象，所以便一直记住了那片子。

这种地下电影其实也无所谓编导的才华，只是呈现而已，但因为真实客观的呈现在中国并不是一件容易事，所以往往会引起一些关注。

我还是觉得一部电影在呈现之余还应该有形而上的内核贯穿与弥漫其间，或者是凌驾其上。

使观众可以感悟到这种内容的电影应该才能称之为好电影。

看完电影回家的路上，月亮忽然说："小胖子尼克拉要把头发染成黑色。"

小胖子尼克拉是个金发碧眼的法裔男孩，月亮的好朋友，也可能因为此，疯狂地迷恋东方文化，也收藏着大量的中国歌星日本歌星韩国歌星的CD、DVD，痴迷于玩日本动漫游戏《火影忍者》。

我连声说："那可不好看。你赶紧劝劝他，千万别弄。"

月亮也点头，表示同意我的意见。

想象着尼克拉顶着一头黑发，瞪着蓝眼睛的样子，我觉得非常滑稽，忍不住笑了起来。

雪已经很少了，都蒸发与消失在春天的阳光里。大好的春光总是催着你出门，我们蠢蠢欲动，频频出去逛街、购物、吃饭、看电影。

一年之际在于春。使劲花钱，拼命玩，也是珍惜时间，热爱生命的一种重要的方式。嘿嘿！

充满友爱的土地

最近，关于奥巴马的新闻铺天盖地。他成功地当选美国总统好像使整个地球都为之一振，变得有点亢奋。

主要原因就因为他是个黑人，而且，还很年轻。在西方，四十七岁还算是青年，一个黑人青年成为了几乎是地球上权力最大的总统，确实是一件令人耳目一新的事。

其实一直感觉在北美，种族已经是一个被相当淡化了的话题，更确切地说，就是，没有感觉到种族歧视的存在，只感觉到对资质不够的人的歧视的存在。如果你谈吐得体，举止不卑不亢、落落大方，谁会歧视你？如果你贼眉鼠眼，鼠头獐目，唧唧索索，谁又不歧视你？

关键因素还是在自身。

其实无论任何种族，你是出色的，就是出色的，如果说有种族歧视存在的话，也只是因为在某些族裔里资质不够的人占了大多数，于是引起人们对整个族裔的普遍怀疑，这种怀疑其实也是可以理解的，但不影响有识之士对某个个体的判断。奥巴马就是一个很好的例子，从他战胜希拉里到战胜麦凯恩，无不说明，有实力就是有实力，强者就是强者，与肤色关系不大。

也一直为希拉里惋惜。她是令我万分崇敬的少有的几个女性之一，她的聪明、干练、美丽、优雅也说明：出色就是出色，与性别关系也

花园

不大。强人不分男女。希拉里的强悍并没有使我们忽视她作为女性的性感魅力，这就是真正的女强人。

作为女性，在承认男性在这个世界强有力的统治地位时，也承认，强有力的女人并不逊色于男人，甚至强于很多不太强的男人。

说起来好笑。我的阿根廷探戈学习班里有一位黑人同学，叫艾迪。第一次与他结伴练习后，我回家对月亮和Echo惊呼："我现在竟然可以和黑人跳舞了。"我曾经是一个害怕黑人，对黑人存有偏见的人，我对黑人一直有心理障碍。以前上学时，有一次，一位在电梯里认识的肤色不是特别黑的黑人邀请我去喝咖啡，在俄语里，菲律宾和埃塞俄比亚发音很像，我当时听错了，以为他是菲律宾人，于是欣然前往。咖啡喝到中途我才明白，原来这个貌似棕色人种的人来自埃塞俄比亚。当时正是非洲闹饥荒，传说中埃塞俄比亚哀殍遍野，人吃人的时期，得知此人来自埃塞俄比亚后我顿时吓坏了，赶忙找借口匆匆逃离。可能我的态度的变化已经被人家留意到了，而且猜出了我匆忙告辞的原因，后来这个埃塞俄比亚人再见到我态度冷淡，爱搭不理的，我倒也无所谓，正合我意。

我对与黑人艾迪共舞的大惊小怪引起了女儿月亮和妹妹Echo的一致斥责。月亮说："妈妈，你这样可不应该。"在她的脑子里已经完全没有种族的概念。Echo也说："也许人家艾迪还是哪个政府部门的高官呢。"艾迪戴眼镜，穿戴体面正统，我第一次见到他，脑海里闪出的是"马丁·路德·金"这个名字，我不知马丁·路德·金长得是什么样，但感觉就是艾迪这样。

艾迪的言谈风趣，举止温文尔雅，气质胜过班里的一些白人学生，倒是很有可能是任职政府的官员，我没有问过他。但Echo这样说其实也还是说明在她心里与我一样，对黑人还是或多或少有偏见。

很不应该，当然。

听说经济危机一段时间了，好像还没有感觉到，既没看见传说中的往大海里倒牛奶，也没看见大批的失业人员流离失所，睡在大街上。街上的流浪汉还是那几张老面孔。星星还是那颗星星，月亮还是那个月亮。

可能是因为我不炒股票的原因？经济危机等于股票危机？不懂。因为不懂所以无知者无畏，在商场里照常大把花钱。

我与同道们在货架间摩肩接踵，左顾右盼地挑选着，每个人都推着一个装满了服装、工艺品的购物车，看谁都不带着正在承受经济危机的样子，可能经济危机跟不在华尔街供职的我们八竿子打不着？也可能越听说危机了，越能激起人们内心深处歇斯底里的亢奋与癫狂？

暂时确实还是没太看出来金融危机在加拿大的影响。开车行驶在路上，看见一辆辆新崭崭的车从身边飞驰而过，我不由感叹：加拿大真是个世外桃源，永远有自己独立于世的悠闲的节奏和自在的生活，这种生活和与世无争的态度造就了加拿大人单纯、善良、厚道的品格。据说曾经有一次世界范围的社会调查显示，加拿大人是全世界最容易轻信的人群，我想，这完全是加拿大诚实纯朴的社会风气所致。

其实也是这里的人民的一种慷慨大气。这是一片满溢着友爱与包容的土地。

我也开着新买的红色的丰田RAV4去接刚参加完中学考试的女儿月亮，远远地，就看见披着黑色长发的女儿如众星捧月般醒目地站在一群金发碧眼的小男孩中间，小男孩们齐刷刷地向我来的方向偏着头。我在月亮面前停下车，月亮开门上车，回头招手："白！"五六个男孩一齐招手，齐声说："白！"眼睛里闪着新奇和羡慕。

他们都是月亮的同学。

月亮说："妈妈，咱们这个红车在阳光下特别漂亮，很显眼。"

她的同学都记住了我的新车，我去学校接她时，总有同学用手指着告诉她：你妈妈来了，在那边。同学是看见了我的车。

民以食为天

莫斯科有一个布拉格餐厅，在著名的阿尔巴特街上，我在莫斯科留学时，经常去那里吃饭。大概每星期总要去个两三次。那时，在那里吃饭要排队等很长时间，通常是一个小时左右。若是赶上冬天，这滋味真是不好受，一边呵着手、跺着脚，一边等，就像卖火柴的小女孩，望着窗里温暖的灯火，抵御着吹过耳边的凛冽的寒风，想象着饕餮大餐，垂涎欲滴。

进去以后就是天堂。

先有一位老服务员帮你脱去大衣，挂在门口的衣帽间里，然后，你对着镜子，整理一下被风吹得稍微有点乱的头发，拽平了衣襟，然后郑重其事地在同样衣冠楚楚的服务员的带领下走到餐桌前坐下，开始点菜。

俄罗斯人是一个讲究礼貌与风范的民族，即使是在经济委顿不振、物资匮乏的时期也仍然保持着某种社交的礼仪和分寸，保持着某些早年流传下来的欧洲贵族的生活方式，他们的社会主义并不影响他们喝酒、涂脂抹粉地打扮和男人女人之间的互相吸引和卖弄风情，所以他们的社会主义和我们的社会主义是有区别的。相同点在于国家的政治体系和马列主义意识形态，而不同点则是民众个体的生活方式和生活内容。

我很爱吃布拉格餐厅的炸子鸡这道菜，还有首都沙拉，这是我每

次必点的两个菜，其他每次会有些变化。

首都沙拉我后来学会了自己做，现在偶尔也给家人做一次，比较受欢迎，女儿月亮最爱吃。每次都光吃沙拉，不吃别的了。里面我放上土豆、苹果、胡萝卜、火腿、鸡蛋等，用沙拉酱搅拌在一起，很香。

就是做起来有点麻烦，因为要先将土豆和鸡蛋煮熟，然后再切成小方丁。而尽管这样，我觉得还是比做中国饭简单，主要是干净，煮一煮，拌一拌，大功告成。

中餐做着太麻烦。

以前在国内时，因为忙，也因为懒得动手，更因为美食满街，自己基本上不怎么做饭。来到这里后有很长一段时间我也是带着月亮整天混迹于唐人街的中餐馆里。后来发现，极不好吃，有时吃完甚至感到反胃。就又开始尝试着在家做起饭来。

有一段时间热情很高，照着菜谱做那些相对简单，自己也还算爱吃的菜，然后就请客来吃。为的是验证一下自己的手艺究竟如何。客人说好吃或不好吃，我心里都很紧张。当然没有人这么没礼貌，当面说不好吃。我那时很爱做梅菜烧肉这道菜，但隐隐约约觉得自己做的有哪个地方不对，因为那菜看起来干巴巴的，缺少光泽，咬在嘴里也是纠缠不清，撕扯不开。可我确实是按菜谱的步骤做的，分毫不差，所以一直有点狐疑，不知问题在哪里。

后来有一个渐渐相熟了的朋友点拨了我一句："这道菜是需要放很多油的。"

我豁然开朗。

看来自学确实要走很多弯路。自学成材更不容易。

从此以后我做这道菜就放很多油，油汪汪的，很好吃，虽然有时有点腻。

油汪汪的还有家里的厨房，清洁起来费时费力。

那段时间还学过做盐水鸭，是向一个台湾老先生学的，据说他以前是蒋经国的侍卫。我在女儿月亮的中文学校认识他，他在中文学校教画画，教太极拳，没课时和我坐一起聊天，我们俩有的是话题，从蒋氏家族聊到他在加州的亿万富翁弟弟，聊到台湾的政争，聊到去大陆投资。老先生打开话匣子，像说评书或相声，有声有色，而我则负责哼哼哈哈地"捧哏"。我等月亮上课的无聊也因为与老先生的畅谈而一扫而光，有时候她下课时间到了，老先生故事还没讲完，我还意犹未尽地带着点悻悻的遗憾回家，心里暗暗期盼下次上课的日子。

我们俩的聊天还有一个内容就是做饭。那段时间这正是我感兴趣的话题。据老先生自己说，他曾靠开班教犹太人做中国饭挣了一笔大钱，他发明了一种锅，成本是14加元，他按140加元一个卖给了这些犹太人学生。不知是真是假，但老外好蒙倒是真的，他们还以为咱们中国人天天在家吃炸春卷呢。在他们心目中这是顶级美味，中餐馆里每个老外食客都必点此项，搞得我们偶尔要请一些西人朋友来家吃饭时还得声明“只是一些家常菜，没有Spring roll（春卷）。”好像还有点歉意。我还真是不会做春卷，也没兴趣学。

老先生做饭手艺究竟如何我不知道，只听过没见过。但我见过他在中文学校教画画。在讲台上摆个苹果让学生画，画光与影。据说画了将近一年，把很多学生都画跑了，到其他班去画卡通或者什么好玩的去了。所以我没让月亮上他的班。

老先生教过我做北京烤鸭，我觉得太麻烦了，还得先吹气，让鸭皮和肉分开，这样才能烤出所谓的“脆皮鸭”，仅这第一道工序我就晕了，根本就没有勇气尝试。

盐水鸭简单得多：将鸭子涂上调料放几个小时或一天，让调料入味，然后煮熟就可以了。我爸妈以前去南京旅游回来对南京夫子庙的盐水鸭赞不绝口，现在吃了我做的，也觉得很不错，我就又把制作方法教给了妈妈，现在每次基本都是妈妈做。

我现在又不怎么做饭了，因为爸爸妈妈在我这里。

做饭是真本事，这是一个朋友说的话。由衷地赞同。但因为不是爱做饭的人，所以，即使满桌子人竖着大拇指夸你做出的美味香飘万里，仍然没有成就感。更何况还饭量越来越小，还固守着“减肥”这个永恒的话题。

其实是想说，很想放弃中餐改吃西餐，以为这是我愿意并且可以毫不费力地做到的事情。因为也喜欢吃西餐。

新家的油烟机只是个摆设，对做中餐来说。

以前的画家主人根本不明白油烟机的功能，他对我说：“这个是过滤油的。”

我说：“我是要做chinese food的。Chinese food，你知道吗？”

他微微扬起头，做出陶醉的表情说：“O！Chinese food！我知道！”

我差点没接着说：“你知道什么叫油烟吗？”

搬进来后，我们决定以后少炒菜或者不炒菜，不要把每次做饭都搞得像张思德烧炭。我们要尽量保持厨房的一尘不染。于是，我们经常吃三明治，最多再熬点白米粥。

也经常在后院烧烤，这是久居此地的人在夏天比较热衷的一件事：一家人，一群人在后院，在公园，在河边，支起炉子烤鸡翅、小排、肉串、玉米……喝啤酒。

最近生菜吃得比较多。还有生黄瓜，青椒，后院里种的西红柿。用时髦的话说，都是健康食品。

一切为了拥有一个干净无油的厨房。

结果我现在基本没有什么食欲了，每天吃饭就是实在饿时随便划拉点什么。

好在每天都喝点酒，大多时是一杯干红，有时是冰酒，加拿大本地特有的一种葡萄酒，据说是采集冬天的葡萄上面结的霜酿制而成，也因此而显得珍贵。我不是一个好酒之人，纯粹是觉得没什么吃的，那就喝点酒吧。

酒的好坏对我是一样的，品不出来，但品得出饭菜的香。

可就这点口腹之欲仍然要受到爱干净，爱漂亮等等“爱”的限制，变成“不爱吃”。

可见人生就是终日的顾此失彼，鱼和熊掌不可得兼，得到就是失去，失去也是得到，悲欢离合，阴晴圆缺，此事古难全。

很无趣。

我有时甚至幻想自己练气功，进入辟谷状态，不吃不喝算了。

气功是我一直想练的，暂时还仅限于向往灵魂出体与蓝天大地万物融为一体的阶段，未敢真涉足是怕万一练得元神走了就回不来了。

唉！

血肉之躯就是个动物，少吃一顿饭就饿得眼花缭乱，别提高级不高级！

战争与人性

最近几天，夜以继日，一口气把电视剧《雪狼》看完了。

很久没有这样投入地看一部电视剧了，被紧张迫人、环环相扣的故事情节与人物感人至深的命运深深地吸引着，看得屏住呼吸，有时还热泪盈眶。

故事发生在三十年代被日满统治下的哈尔滨，讲述的是一系列人物在抗战这个大的历史背景下个人命运的起承转合。从已经名留青史的女英雄赵一曼的为国捐躯，到一个普通知识分子个人命运变化的选择，从热爱中国文化对中国怀有复杂感情，集儒雅明礼凶残毒辣于一身的日军高级军官，到为了家族的荣誉而隐忍忠诚地投身伪满政府的“大汉奸”警察厅长，几乎每一个剧中人物都刻画得深刻、饱满、生动。国家、民族与个人的命运，历史与现实，良知与背叛，矛盾与选择，理智与情感，生死爱恨情仇等等在剧中纠缠交错、跌宕起伏地展开。

惊心动魄。那是一个令人惊心动魄的时代，《雪狼》的故事也惊心动魄，气壮山河。人物深沉浪漫的情感世界，错综复杂的心路历程，强烈的戏剧冲突和引人泪下的悲情都深深地打动了观众，引起观众内心的巨大共鸣和对一系列问题的深度思索。

对于历史的记忆来说，战争仿佛是人类永远无法摆脱的伤痛。在战争中人的主体诉求被异化，人性被扭曲，互相残杀，你死我活成为战

争的手段和唯一目的，人性的变迁与异化，动机的单纯抑或是复杂，选择的艰难和意外，通常已经被各种主义和集团利益所遮蔽，成为历史

的一种隐秘的断层。恩格斯说："人来源于动物界这一事实已经决定人永远不能完全摆脱兽性。"所以问题永远只能在于摆脱得多些或少些，在于兽性或人性的程度上的差异。所以战争的残酷血腥，和敌我友几方在战争过程中表现出来的凶残冷血，其实都是人类兽性在特殊条件下的膨胀，人性的相对萎缩。这是人性的空隙，是人类整体的悲哀。

而《雪狼》最为可贵的一点就是还原了人性的真实。在对战争背景下人性和人物命运的展现上，我以为《雪狼》堪称经典。它超越了同类题材的很多作品，作者试图抛开偏见和民族之间的恩怨，站在一个更高更宏观的的角度来审视人性的善与恶和人类在特殊条件下有意识或本能的选择，在特殊条件下感情内涵的变化。所以，在《雪狼》里，每一个人物都难能可贵地没有失去本来面目，没有脸谱化，不是简单的好人坏人，不是做着程式化的动作，讲着空泛的台词，都在以人物本身的性格来打动观众。无论是女英雄赵一曼的精神气节，还是中日知识分子在战争中的漠然软弱徘徊觉醒，每一个人物的塑造都没有脱离人的本质与特点。我们既见到了鲁莽草率、说话生硬的地下党员，也见到了通情达理、人情练达的日军军官；既见识了地下党员"雪狼"作为知识分子的本性的软弱和优柔寡断、儿女情长，也见识了被赵一曼的精神所征服，帮助赵一曼逃跑的伪看守的倔强不屈与无畏；既表现了"大汉奸"的文雅博学、慈祥和蔼，以及在乱世里对家族利益和个人命运的犹豫思量，也表现了日军七三一部队中日本年轻知识分子对所从事的反人类科学研究的困惑不解和正直、善良、单纯……每一个人物都个性鲜明，有血有肉，活灵活现，真实可信。从他们身上，也表现出作者对人类敏锐的洞察与思考，反映出作者朴素真挚、悲天悯人的情怀。

无独有偶，刚刚看完《雪狼》，又看了李安执导的电影《色戒》。两部作品主题十分相似，都是写的日伪时期的地下抗日斗争的故事，都在企图从人性的角度来剖析个人的命运和历史的瞬间的关系。这不由得使人对这两部主题十分相似的作品在内心进行不由自主的比较，而比较之后，我的结论是：《雪狼》的内涵似乎更丰富，更深刻，更胜一筹。

在两部作品里，我们都看到了女性为民族大义所做出的贡献与牺牲。《雪狼》里是赵一曼，《色戒》里是王佳芝。非常喜欢《雪狼》里有关赵一曼的几场戏。赵一曼美丽、智慧、成熟、坚强，气质超凡脱俗，曾在苏联接受了良好的教育，她的人格魅力和为了国家民族英勇献身、宁死不屈的精神感动了医院的小护士和伪看守，他们不惜性命把她从敌人手里救出。她的视死如归、大义凛然甚至赢得了日军高级军官的尊重和敬佩，在枪决时破例请她坐着接受行刑。《雪狼》的主人公，代号“雪狼”的地下党员刘栋梁也正是在赵一曼的精神感召下从一位超然世外、不问政治的普通知识分子毅然投身到抗日的洪流中，将个人的生命、爱情、亲情置之度外，将自己完全交给了时代和民族大义的选择，从而完成了个人命运在历史中的转折和悲壮的升华。

而同为抗日，王佳芝的命运却比赵一曼更复杂和悲惨。作为在历史中曾经真实存在过的人物，她们美好的生命同被特殊年代和历史所左右，柔弱的她们在如花似玉的年龄却被卷入战争的漩涡并遭受灭顶之灾，这也是战争野蛮的本质的一个真实的写照。赵一曼的牺牲已经得到历史和后人的承认，换来了丹心照汗青的荣光。而王佳芝的被动参与地下间谍行动直至贡献生命，却换来的是被同伴内心隐秘的鄙夷和被历史和今天的人们的遗忘。很难想象，如果没有《色戒》这部电影，我们是否还会从尘封已久的档案里翻出张爱玲原同名小说人物的原型——女特工郑苹如的故事。与赵一曼的光辉相比，王佳芝的命运悲剧充满悲凉和凄惶。

《雪狼》的男主人公刘栋梁是一个在日本接受过良好的高等教育，家庭幸福、显赫、富有，为人冷静聪明、心思缜密，有着成熟的价值观与世界观，有着良好职业道德的医生。与《色戒》里懵懂幼稚、孤苦伶仃、年轻冲动，为了爱情而投身抗日，又最终为了爱情丢掉性命的女大学生王佳芝相比，这样一个成熟的知识分子的心路历程显然更加艰难与复杂。最终，刘栋梁因为自己的选择而失去了自己优裕的职业和生活，并且最终与自己的爱人、亲人和家庭生离死别，这样的一种令人撕心裂肺、百感交集、感慨万分的悲剧命运的塑造也比王佳芝的盲目幼稚，甚至带有些许滑稽色彩，压抑而随波逐流式的选择要深刻动人得多。这也是我认为《雪狼》比之《色戒》更为恢宏，更加波澜壮阔，更为震撼人心的一个及其重要的原因。

张爱玲曾说，每个作家都具有其特殊的感觉、经验与气质。感觉、人性的经验以及想象力领域，永远要比政治社会问题的领域更为辽阔。《雪狼》与《色戒》的两个作者对相同时代背景下类似故事的不同角度的观察、阐述与开掘恰恰说明了这一点。《色戒》的故事冷淡而不动声色，《雪狼》的故事则生动而饱含激情，但二者都在以不同的叙述方法来表现人性，表现那场战争给各种各样的人带来的不可挽回的创伤。比较而言，我认为，《雪狼》的层次更丰富，涵盖更宽广，对人物命运挖掘得更深刻。而关于那场战争和地球上绵延至今的烽火与硝烟，关于生命的意义，关于人性的抑恶扬善，关于人类应该如何和平共处在同一星球，放下仇恨，永远不再重复那曾经的野蛮应该是至今仍然并不过时的、所有人都须再三深思和拷问自己内心的问题。

因为电影的投资更为庞大，并且有国际水平的制作班底和一流的明星阵容，摄影精美，表演到位，所以电影《色戒》的影响力显然比电视剧《雪狼》大很多，这也是令人感到十分遗憾的地方。《雪狼》的思想内涵和文学剧本基础都要超过《色戒》，但电视剧制作规模上的不足，细节处理得不够精致，人物造型的略显粗糙单调，表演上的一些浮浅之处都成为这部电视剧的明显不足。但，尽管如此，瑕不掩瑜，在看这部电视剧时，我们仍然能够强烈地感觉到剧中人物身上人性的光辉穿越过历史的时空隧道在我们眼前熠熠闪光，那是令我们一直追随、永远不会退色的永恒的魅力。

《雪狼》的编剧是好朋友全勇先。《雪狼》的剧作保持了他作品一贯的朴素、厚重、真挚、热情、浪漫、成熟、大气的风格，而且内容与节奏的把握更加凝练、老到、自如。想说，作者是一个具有高远情怀的人。情怀在我们这个时代与真诚纯洁同样成了稀有之物，其实，优秀的深入人心的文学作品都是饱含作者的情怀和纯真的作品，这几乎是一条经过实践检验的真理。但尽管如此，仍然有很多作者在创作中忽略了这些最可贵的品质，热衷于言之无物的风花雪月、家长里短、醉生梦死、无病呻吟。其实这样的创作态度和作品是自欺欺人的，是缺少打动人心的力量的，也是很快将为时代所淘汰，难以被以后的读者和观众记起的。当然这种现象的普遍存在也与我们所处的时代大环境的整体性浮躁有关。仍然要说，人是历史的产物，摆脱时代的局限性是艰难的。而一旦摆脱，化茧为蝶，就是一个战胜自我的洗礼和超越自我的重生的过程。能够享受到这样一个过程其实是一种难得的幸福。

看着自己熟悉的朋友写出这样气势恢弘、壮丽的史诗一样的作品，感觉非常奇妙和感动，也为之感到骄傲。祝福勇先！期待一直保持对生活的思考和敏感，保持创作的活力和锐气，走得更快更远，写出更多更好的作品。

此时，一缕阳光正照在我的书桌上，窗外是澄澈蔚蓝的天空，万里无云。想起《雪狼》和《色戒》里的天空，好像一直是灰暗无光、阴霾密布，战争的阴影投射在人们心中，也反映在天气里。今天是加拿大的战争纪念日，纪念第二次世界大战结束的日子。这几天街上到处是胸佩红罂粟表示缅怀和纪念的人们。战争的本质始终是野蛮的，人类确实应该深刻地反思历史，总结和吸取血的教训，以博爱之心善待自己的同类和一切生灵，珍惜今天明媚的阳光与和平自由的生活。

时间与阅读之美

在我十几岁的时候，曾经非常痴迷于海明威和杰克伦敦。那个时期，我最喜欢的小说就是杰克伦敦的《马丁·伊登》和海明威的《乞力马扎罗的雪》。我整日沉浸在他们的世界里，为他们痴迷。那是一些坚硬、苍劲和充满力度的男人的世界，也有一些颓废、迷茫和萎靡不振的气息弥漫其中。

我曾经为马丁·伊登最后的自杀而流泪，而辗转反侧，夜不能寐，我觉得自己离他如此近，很多时候，他就是我，我就是他。

这两个作家笔下的人物都是硬汉，迷惘的一代中的硬汉。尽管最后他们都是对生活彻底失望的失败者，在由真相和假象交织而成的生活面前选择了自觉或被迫地死去，选择了逃跑，但他们仍然保持了胜利者的风度。

现在想起来有些匪夷所思：那时，我只是一个小女孩，天真，纯洁，从没有接触过一丝一毫负面的生活，对生活充满信心，对未来充满幻想。而且我从来都是一个好孩子，乖乖女，从不叛逆、乖张，稍有一些嚣张和离经叛道的行为也是因为活得完全随心所欲，旁若无人，脱离现实和人间烟火，是出自于性情，并不是为了一种“酷”的姿态。

这样的一个胆小、柔顺、循规蹈矩的小女孩心里竟然纠结的是马丁·伊登式的烦恼，是内心深处对苍凉的硬汉和玩世不恭的浪子的崇拜与向往，这令现在的我也难以理解。而且，现在想起来，我对他们并

不是雾里看花、一知半解，还真的是看懂了。

后来，我还喜欢过莱蒙托夫，喜欢《当代英雄》，喜欢里面的主人公皮却林。仍然是这种浪子情结。

可能是浪子的率真和对人生适度的天真与我内心的某一部分暗合吧。那样的一种潇洒不羁，却是一种不伪饰与干净，这是我向往和追求的一种情怀，至今。

以前还曾经非常喜欢读陈染的作品。喜欢她文中那个忧郁、叛逆、内心挣扎、心高气傲的女孩，敏感，勇敢，也害羞。那是令我着迷和向往的大女孩的内心世界，品味着弥漫在那些人物身上神秘、曲折、幽婉的气息，我也在开发和探索着自己从小女孩到女人的路。

粗犷豪放的硬汉和心思幽闭、深不可测的女人——这是我曾经喜欢的两种人物的极端，就像现在的也喜欢柴科夫斯基，也喜欢周杰伦。

现在都不大读这些人了，尤其陈染，现在已经对她的作品不大感兴趣。

因为已经时过境迁，那样的一种有些病态的情绪只属于青春期。

我后来喜欢的作家是帕斯捷尔纳克，是米兰昆德拉。

喜欢日瓦戈医生，喜欢托马斯。这两个在社会主义阵营生活很久的作家笔下的这两个主要人物都是医生，这也是一种奇怪的巧合，可能与一种审视的角度有关吧。医生是一个总在审视别人的职业。两个东欧的作家在自己的作品中借主人公医生的眼睛完成了对暴力革命和集体媚俗的思考和精神审判，而这是中国作家对相同的意识形态背景思考的集体无意识或集体缺失。

根据这两部小说拍摄的同名电影都不是特别好，没有表现出小说中那触动人心弦的精髓和气息。这也说明当文字的表达达到一种极致的境界，图像、音响难以将其内涵诠释到完美。

所以艺术的多种表现形式一直并存，谁也无法取代谁。各有各的美妙。

今天读到陈染的一篇小文，已经很久没有读她了。

在这篇小文里她谈到灰色。她说，现在，灰色成了她喜欢的一种生命颜色，因为灰色内敛、朦胧、低调、有弹性。

这已经不是我们所熟悉的那个陈染，那个陈染是属于偏执、愤世嫉俗、不妥协的叛逆反抗的黑色，而现在，时间和经验已经把她漂染成灰色——中性与包容的颜色。

这就是时间的力量。它在改变着每一个人，改变着你曾经的坚持。就像以前，无色透明的我心里执著向往的却是那黑色的幽深，而当黑色真的笼罩进你的生活，你选择的却是避之恐不及，是远远地逃离。因为生活的很大部分其实是我们的想象，是图腾，就像门前端坐的石狮子，我们已经习惯了它的样子，而其实它早已远离了真实的狮子形象。如果不告诉你，这是狮子，你会认为它是吗?

而如果是一头真正的雄狮卧在你面前，你跑还是不跑?

时间使我们生命的颜色不断地发生着变化，只要是真实的，就是美的，因为七彩的霓虹终究只是一种幻觉。

民间口头文学

在莫斯科大学留学时，有一门课，叫“民间口头文学”。

教这门课的老师是一个六十来岁的老头儿，长得很民间，很通俗，不像是世界名牌大学王牌科系的教授。他总是垂着眼皮，面无表情地往讲台后面的椅子上一坐，没有一句多余的废话，马上开讲。

垂着眼皮的老师讲课时眼皮几乎不抬起来，即使有时候，讲到一些有趣的内容时，他自己忍不住笑起来，可那眼皮仍然是低垂着的，这往往给人一种错觉，就是他是在闭着眼睛讲课。

这门课的主要内容就是关于那些流传于民间的俄罗斯民歌、民谣、图腾、民间故事，神话传说等等，都是千百年来口口相传，流传至今的东西，也算是一种经过了时间的考验和荡涤后沙里淘金而存留下来的经典。这门课是一门不太主要的科目，以及格通过为标准，不分优良中差。在我的记忆里，好像甚至连走过场的考核也没有进行，闭着眼睛讲课的老头自动就让所有人都PASS了。

从这一点来说，他又很有大教授的风范。

现在，那门课的内容几乎在我的记忆里也PASS了。我只记住了“民间口头文学”这个词的俄语说法，当时看了课程表后，是特地查了字典才懂了这门课的名称的。在此之前，无论中文还是外文，我都没有接触过这个词。

去留学的只有这么几个中国孩子，我们被插在不同的班里，与俄罗斯同学混在一起朗朗读书，而除了上课时间外，我们这几个中国孩子又很自然地聚在一起，吃吃喝喝，说说笑笑，玩玩乐乐，打打闹闹。

聚在一起时，有一个同学，嘴里经常叨咕着天津快板：我来到了天津卫，我嘛也没学会，学会了开汽车，我轧死二百多，警察让我上派所（派出所），我说上厕所……每次说到这里，他就停下了，后面的词他不知道了，别人当然更不知道。

有时候，我会凑趣，接上话头：竹板这么一打呀，别的先不提，说一说刘少奇访问印尼。这是我会说的一句天津快板，是从哪里学来的，不知道。

还有另外一个同学，会摆出怀抱三弦的姿势，一只手在胸前弹拨着，唱：那火红的太阳刚出山，朝霞映红了半边天，大路上走过来人两个呀，一个老汉一个青年呀，啊……

这是一段京东大鼓，在我们童年时，收音机里每天都要播很多次，所以很多人都会唱这个段子，可是，到我们留学时，也已经很多年不播了，所以，大家几乎渐渐淡忘。那个"呀"字要特地挑上去，而后面的"啊"却要忽然一下子压低下来并且拖长，这种唱腔的难度也就在这里。每次他突然挑上去又突然压低下来的时候，我就已经笑得上气不接下气，捧着肚子躺倒在自己坐着的小床上。然后，我会笑着请求："再来一段！再来一段别的！"那个同学就在大家的笑声中重新摆出弹弦子的姿势，表情得意，嘴里叨叨着鼓点和前奏，唱道：张玉兰今年二十七，找个对象叫陈起，小伙子今年二十九岁呀，身体健壮劳动积极呀，啊……

虽然词和曲不一样了，可是到了"呀"和"啊"那里又九九归一，完全一模一样丝毫不差的腔调。此时，我们几个听众大笑着起哄、跺脚、尖叫，屋顶都快被掀翻了。

这可能也算是一种民间口头文学吧？虽然不是纯天然的方式，而是一种人为的创造，因为曾经的大面积的轰炸式填鸭式强迫式传播，这种人工创造在我们这一代人中间广为流传，也变成了一种津津乐道信手拈来的娱乐形式，这里面也包含着我们的某种淳朴的也是真实的并不是强颜欢笑而是发自内心的快乐。

想起这些是因为，前两天，我在一本书里读到了同学当年说的那段天津快板的完整文本。

我当时坐在月亮的小提琴老师的家里，月亮在上课，我在一边捧着一本书随意地翻看着等她，突然就看到了这段文字。

这段文本是这样的：

我来到了天津卫，我嘛也没学会，学会了开汽车，轧死二百多。警察来抓我，我说不是我，我连滚带爬钻进了女厕所。厕所没有灯，我掉进了屁屁坑，我和屁屁作斗争，我差点没牺牲。

当时，在月亮吱吱呀呀的琴声里，我捧着书，使劲克制着自己别笑出声来，全身无声地颤抖不停。

天津话有着特殊的语音和语调，是一种很有特点的听上去就很幽默的语言。这次回国去天津时，我们还特地去了天津著名的名流茶馆听相声。天津是曲艺之乡，很多著名的相声演员都是天津人，很多来自全国各地的游客也都慕名前来名流茶馆听相声。

我们去听的那个晚上，前排的位置已经都被预定了出去，桌子上摆好了水果瓜子花生茶水。我们坐下一会儿后，从外面浩浩荡荡地进来一群清一色穿着深色衣服的中年男人，大约二十来人。后来从报幕员的欢迎词里得知，是某个以采煤业闻名的中等城市的市长带队来津的代表团。

从这些人彼此间的称呼来看，市长带队的团员可能都是当地的一些政商名流，局长或者大老板之类，这场演出因为这些人在场而热闹了许多。每个节目结束后，老板们轮流举着几张百元大钞送上台去，这种举动让我和月亮有点惊奇，着实开了眼。尤其是月亮，不停地感叹着：“怎么这样！怎么这样！”回到加拿大后，她还特地将此告诉二姨：“我们在天津听相声时，看见有人往台上扔钱。”像是在说一段天下奇闻。

妹妹Echo用征询的眼光看看我，我点头，说：“是。”

Echo叹气：“唉！还这样。”

我当时也有同感。本以为这些年社会进步了，人民的素质提高了，这种大款秀富、斗富、不差钱的游戏早已经绝迹了，原来，还这样。

皮肤黝黑，黑得直渗入到每一条皱纹里的老板们举着钱上台的时候，我一直在观察市长的反应。市长就坐在离我不太远的地方，我断定他是市长，是因为那个位置是正中间最好的位置。有点秃顶的市长没有上台去送钱，就端坐在那里毫不矜持地随着演员们抖出的一个个“包袱”，朗声大笑着；市长旁边的那个人却一个劲儿地上前去送钱，有时，还举着钱招猫逗狗般地招呼演员过来取，嘴里还说着：“来几段有意思的。”演员就笑了，市长也笑，大家都笑了，似乎心领神会，心照不宣。

“有意思的”的意思大约就是带点“颜色”的，不是特别能登大雅之堂的那种相声段子。我因为带着儿童，所以，心里很怕他们说出什么“有意思的”不雅之辞来。

演员们往往顺水推舟地把钱接过来，放在眼前的小桌上，一般来说，下台前，不会忘记把钱收走。只有一对二十来岁的年轻演员下台时忘了带走自己收到的那几张大钞，那几张红色的百元大钞抖抖索索地摆在聚光灯照耀下的小桌上，我真怕它们被风吹跑了。

这对年轻演员是那天晚上表演得最精彩的一对。因为年轻，可能还单纯，不是那么世故、圆滑、脸皮厚，当大款们上台送钱时，逗哏的小胖子脸都红了，他没有顺水推舟，而是一个劲地谦让着，说：“其实您不用这样，您的掌声就是对我们最大的鼓励和支持。”

小胖子在节目里调侃自己那个瘦瘦的伙伴，说伙伴每天早晨都到天津的海河边去练声，练功。小胖子用很浑厚的话剧嗓音模仿着伙伴放声朗诵的样子："为人进出的门紧锁着，为狗爬出的洞也锁着，一个声音高喊着：（改用天津话，语调惊诧地）介你妈怎么都锁着？"

全场顿时笑翻了天，坐在我前边的市长笑得直用手擦眼睛。这是一首著名的、也是我们都很熟悉的革命烈士在国民党的渣滓洞监狱里写的诗，我们这一代人都耳熟能详，琅琅上口，倒背如流。原文是："为人进出的门紧锁着，为狗爬出的洞敞开着，一个声音高叫着：爬出来吧，给你自由！"

现在连狗洞也锁上了，现在需要翻墙。

第二天恰逢下雪，我端起相机，瞄向窗外，想拍一张故乡的雪景。

嘿！因为窗上都安了铁栅防盗护栏，竟然找不到一个清晰的开阔的视角，雪在镜头里被一道道的铁栏杆间隔着，完全看不出美感。我于是就放下相机，没拍。

有点恼怒之余，我忽然想起了昨晚的相声词儿："介你妈怎么都锁着？"

灯下 天涯

无法驾驭的不只是时间
百花凋零时梅的诗意还没有彰显
当雪已经成为一种司空见惯的飞舞
真空里仍然只有脆弱的似是而非
薄如蝉翼的质感温和并且令人舒服
语言的速度永远也赶不上思维的闪电
那把利剑总在瞬间把万重山的火焰劈开
当成群结队的大雁已经踪影全无
在飞翔的渴望里，又一次
体会到没有翅膀的痛苦
就写诗吧，让激情慢慢冷却
在诗的吟诵中，无力的字符
在天空汇成苍白的交响曲
心的潮水在驿动里渐渐平息
一次次地在神秘中交织和融化
无需烦恼，有很多的方式触摸漫天的飞花
迷雾总会散去，不是一直
在同一个梦里徘徊吗？我们
存在于彼此的字里行间，虽然——
你在灯下　我在天涯

世上只有妈妈好

昨天，女儿月亮放学回来跟我说："妈妈，同学都问我是不是领养的。"

她现在这个新学校基本没有东方面孔。前几天看见一个东方小女孩，一问，是本地法裔从中国的孤儿院领养来的。月亮说："我们已经认识了。她告诉我她被扔在中国的大街上。"

领养在本地是很普遍的一件事。这两年，尤其有很多西人前往中国办理领养孩子的手续。从中国领养的大多是女孩儿，偶有男孩也一定是有残疾或先天性疾病，这与我们传宗接代、男尊女卑的文化传统有关。西人推崇"博爱"，非常喜欢孩子。在他们眼里，孩子没有性别和亲生、他生的区别，都是需要人保护与宠爱的小天使。灰姑娘后妈的故事早已经是久远的传说。在结婚离婚再婚复婚都很平常的今天，没有血缘关系的大人孩子其乐融融地生活在同一个大家庭里的情况很普遍。

很多领养家庭本来也都是有孩子的，但只要条件许可，他们仍然会继续收养或领养孩子。并对所有的孩子都一视同仁，不分亲疏。

被领养的不全是孤儿，也有很多其他情况。比如政府发现家长对孩子有谩骂、殴打或虐待等行为时，政府就有可能为孩子另外寻找监护家庭。在这里，孩子是属于国家的，甚至属于全人类，并不属于家长所有。虽然在执行过程中也有失之偏颇和过于机械的地方，但这个观念我还是赞同的。因为虽说清官难断家务事，但章法和原则总要有。

2008 年与妈妈、月亮在纽约华尔街

女儿月亮过去学校的班里就有一个本地法裔女孩一直生活在监护人家里。据月亮讲，这个女孩性情粗野，缺少教养，满口脏话，经常被老师拖到校长室去，然而本人还满不在乎，得意洋洋。

看来中外的坏小孩都一个德行。

有一次月亮回来又说："今天她妈妈（就是监护人）被老师找来了。她妈妈说也很讨厌她，都不想要她了。"听到此，我的东方式的"妇人之仁"顿时被触动起来，满心充满对这个孩子的同情。我说："你可不能和同学一起欺负她。她多可怜啊，没有亲妈妈。"

月亮没再说话。

世上只有妈妈好。这是歌词，也是真理。

这几天，妈妈没在我这里，生活顿时有点乱套。

天下雨了，才发现昨天晾在外面的衣服忘了收，家里的雨伞也不知放在哪里。早上醒来，又发现昨夜忘了关窗，秋天的夜晚已经很有些凉意。更为可怕的是还忘了锁上通往后院的屋门，如果有坏人来，完全可以大摇大摆地长驱直入……这些事妈妈在我这里时，我连想都不用想，现在妈妈不在，就都成了疏忽与纰漏。

好像大家都预想到了我有可能出这种“事故”，所以爸爸妈妈临走时再三嘱咐月亮：“听妈妈话，晚上提醒妈妈锁门。”结果月亮也没提醒我，她早忘了。幸亏坏人还是少。

在家里，我是中坚力量，却一直生活在妈妈和月亮的双重“保护”下，想起来，有些好笑，有些不好意思，也很温暖。

月亮大概两岁时，有一次，我俩躺在北京家里的大床上，我给她读故事书。一边读，我们一边在床上来回翻滚，结果把被子都挤到地上去了。我继续读着，视若无睹。猛然发现跟床差不多一样高的月亮正站在床下奋力地往床上甩着那条大被子，甩上来一点，掉下去更多。我不但不赶紧去帮忙，还看着这个小人拼命使劲的样子大笑了起来。

我就是这么个妈妈，经常出离状态，出离角色。

但，是个好妈妈。这是妈妈在月亮很小的时候给我的评价。

因为在家人的印象中，我一直是个非常娇气，怕苦怕疼怕累的人，可是，生月亮以后，我出乎所有人意料地能干起来，在工作上，在家中。本来我是个工作吊儿郎当的人，那时刚回国不久，也不了解国情，也不适应环境，所以就整天任意妄为，上班想来就来，想走就出去玩了，还经常有一拨拨的朋友来办公室找我谈笑聊天，我脑子里完全没有约束和框框。后来才明白，这在一个中央单位里简直是不可想象的事，当时大家肯定都被我惊呆了，只有我自己浑然不觉。

后来的改变都因为有了月亮。

月亮出生以后，我忽然产生了巨大的责任感。忽然觉得有人在看着自己了，而这个人就是你的孩子。自己本也不是个“俗人”呀！应该有让孩子仰望的资本，为她做出榜样。于是从此开始了每天迎着晨曦上班，披着星星下班的生活。努力认真、狂热投入地工作，并最终工作业绩还算不错。

“勤俭持家”始终没做到，但对月亮倒是一直不遗余力，尽职尽责。

这就是母爱的力量。

想说，母爱之所以伟大是因为它是一种人类的本能。是人类与生俱来的天性，完全不以个人意志为转移。

你不知不觉地就被它改变了。

今天是妈妈的生日。妈妈今年66。

上周末我们已经提前为妈妈庆祝。我送给她的礼物是一件鲜红色的毛衣和一双鲜红色的皮鞋。想让这个老太太在渥太华街头“火一把”。

我还为妈妈定了一个红色的蛋糕，我告诉卖蛋糕的女孩：“请你写上HAPPY BIRTHDAY。”哦，不对！我马上又补充说道：“写上HAPPY BIRTHDAY MOMMY。”小女孩冲我笑着点了点头。

加上“妈咪”很重要！多么甜蜜的称呼。月亮这样称呼我，我却从没这样称呼过自己的妈妈，总是叫“老妈！”。现在想，这个称呼不好听。

还是应该软软地叫上一声“妈咪”，让她老人家心醉。

也经常觉得人生是一个非常无趣的过程。每逢人生的一个又一个真相被揭开时，在这种对人生感到沮丧和悲观的时候其实是有些厌世的，特别是当你面对烦恼、疾病、失意等等人生永远克服不完的苦闷时。但面对孩子的笑脸，你永远需要打起精神振作，你也确实就能够做到。面对她的笑脸，你无暇萎靡和颓废，你就是充满力量忘我地向前走着，满面微笑地掩饰着你所有的忧伤和不快，带着她。

这就是母爱。

这也是我在有了自己的孩子以后才明白的道理。

若为自由故

我开车经常路过的一个教堂，门前总是聚集着一些流浪汉。有时候恰逢午饭时间，会看见他们三一群五一伙地围坐在门前的桌子旁吃饭。傍晚时分也有时看见他们有的背着一个背囊，有的两手空空，排成一个小队等着领床号进去睡觉。

教堂里有一个收容所，负责提供免费的食宿。

流浪汉基本都是青壮年，有不少帅哥。不吃饭和不睡觉的时候，他们就坐在教堂门前的石阶上聊天，嬉笑打闹；有的也会站在十字路口，等待红灯时向过往的车辆讨点零钱买咖啡。

我赶上心里高兴的时候，也会给他们掏出两个硬币，但大多数时候不给。我秉承着“不劳动者不得食”的概念。

这个星期一是我们这里的劳动节，劳动者们都休息，我的劳动者邻居们都开着家里的房车或游艇到远方去度假了，借这个难得的长周末来完成夏天最后的疯狂，而一无所有的流浪汉们天天过节。

很多流浪汉是自己刻意选择了这样的生活方式。

因为经常路过，所以有些流浪汉已经看着面熟，他们每天出没于此，吃饭时候来领饭，睡觉时候来领床，白天闲逛在街上。

收容所白天是不让进的，即使你每天住在这里，仍然需要每天来排队领床号，偶尔可能还会有领不到的时候，没领到床号那夜就得换

秋天去坐蒸汽火车

个地方，或者干脆在哪里凑合着眯一宿吧。这就是他们和我们这些有家的人的不同之处。我们的随意在于可以无论昼夜随时躺在家里的大床上来一觉儿，因为那是我们的领地。而他们的随意则在于因为无家可归，反而可以四海为家。

家既是我们的领地，其实同时也是桎梏。因为拥有这个领地，你就一直不能无牵无挂、潇洒自如地随意漂泊，而流浪汉们却可以。所以有人说：流浪即天堂。

我理解这里天堂的意思其实说的是自由；因为有自由，所以是天堂。

自由其实是很难的，也是当你拥有它时习以为常不为察觉，而当你失去它时却觉得是最宝贵的东西。我们都知道那首著名的诗，“生命诚可贵，爱情价更高，若为自由故，二者皆可抛。”这样的诗只有曾经失去过自由，深知自由的弥足珍贵的人才写得出来。

其实作为人这么一种地球上的动物，如果缺少自由，广义的身与心的自由，是一件非常可悲的事。

我们都深谙其中滋味，不必多说。

加拿大是一个自由的国度。因为生活在这个自由的国度里，所以我有时会忽略它的存在，有没有它，我都照常逛街、做饭、收拾房间、接送孩子上下学。

但最起码我可以畅所欲言而无须担心自己的生活会因此发生什么变化，而且是不好的变化。

以上所说的是广义的自由。

对于每个人来说，很多时候你可能还缺少狭义的自由。这些限制你的因素来自你的自身。

一个朋友说，人生不一定辉煌，但一定要有伟大的动作，因为生命太短暂而且不可复制。

赞赏他的话。这里面包括一种为了梦想不懈的努力和追求与奋斗的执著精神。伟大的动作不一定是惊天动地的，但一定是能打动自己的，改变或者实现自己就是伟大的。

做出伟大的动作的前提也是自由——狭义的，针对每个个体的自由。

其实拥有这个前提就很难。每个人都会受到自身和自身生存环境的种种约束，你做任何事情都不可能无所顾忌，只是一味地冲锋不止。从这个角度看，流浪汉的选择倒是超凡脱俗的，也是伟大的。

而很多时候，我们因为缺少做出伟大动作的前提，只能无力地吟唱：我是一只小小，小小鸟，想要展翅飞却总也飞不高……

当然你也总想冲破樊笼，苦海长渡，到达期待的彼岸。为了理想的实现，无论怎样的尝试都是值得的，但不一定做得到。

而当认识到个人能力的局限性时，会觉得很无助很无助，也很无奈，在这样的时刻也会有些忧伤。

在自由的概念上，人的确还不如在天上展翅飞翔的鸟，无论广义，还是狭义。

后海

2005年回北京短住时，还经常去后海。

后海是在我离开北京以后才出现了很多的酒吧，成为著名的酒吧云集的地方的。以前就是一片野水，也有租脚踏船的码头，还可以随意下水游泳。我和妹妹Echo夜里去划过船，昏暗的灯光映照着有些混浊的水面，一团团船的暗影影影绰绰地浮动着，还有夜泳人的头影在缓慢地移动，时隐时现。

那时没有酒吧，荷花市场里是一些摆着花瓶、古玉、木镯、玛瑙、铜佛等旧货的小摊儿，我曾在一个小摊上买过一个青花瓷的笔筒，根据与爸爸聊天得到的一点皮毛知识，我反反复复来回端详，觉得像是一件真正的老货。虽然出自明末、晚清，还是民国，实在是语焉不详，但觉得上面的风尘和随着岁月和时光的流走渗透到白瓷底面上的已经晦暗无光的蓝，不像是做的。于是开始划价，从要价120划到20，成交。

回家拿给爸爸看，这位“老专家”竟然也看不出究竟。但“老专家”说：“是件老东西。”

那时的摊上还可以淘到真宝贝，所以爸爸经常夜半出门去潘家园市场。但他是否淘来的都是货真价实的真东西，我不敢说。要都是真的，这国宝也太容易得到，件件是宝，那还有宝吗？

不管怎么说，20块钱值了。现在这个笔筒还在我北京家里，里面插

着多年没有人触摸的笔，和笔筒一起落满灰尘。我一直想把它带来，还有我以前“收藏”的花瓶、笔洗之类。但因为心里拿它们当真宝贝，所以怕海关查获说我“偷带文物出境”，也就算了。反正北京也是我的家，花开何处都是花。

以前不经常去后海一带玩，那里离家远，每每就直接去了旁边的北海公园。后来几年，听说那里成了热闹的所在，一向爱凑热闹的我回国后就赶紧慕名前往了。

第一次去，选了最开阔的湖面旁边的位子坐下，要了一杯可口可乐。服务生说他们自己调制的鸡尾酒“红粉佳人”十分好，我没有要，不知为什么，一直不喜欢喝鸡尾酒。当然，我其实也是根本就不懂。用国内时髦的词说，很不“小资”。

一直没搞清小资这个词是形容一个人特别洋呢，还是特别土？特别有见识呢，还是特别不开眼？是夸奖呢，还是讽刺呢？是添彩呢，还是露怯呢？

不懂。

因为不懂，所以回避。

坐在湖边，杨柳依依，微风拂面，大木船在湖面上荡漾，船头坐着身着红衣古装的琵琶女，正在嘈嘈切切错杂弹，不时有凌乱破碎的琴音飘过耳际。眼前是都市的俊男靓女，脚步杂沓地穿流而过。我旁边桌前是一个老外小伙子，在用手机通话，讲法语。他的面前是一瓶啤酒。

很想上前去用法语搭咯两句，在加拿大，一直生活在法国人扎堆的地方，现在在故乡见到说法语的人，不由得感到亲切。也终于还是没过去，又一次悟到对我来说，法国人永远还是外国人，不信，如果是在蒙特利尔街头的酒吧里我见到一位讲普通话的人，一定会立马冲上前去相认。

后来经常去的是海后面胡同里的一家小酒吧，因为那里有一位驻唱的歌手，唱的都是许巍的歌。就坐在摆在胡同里的小桌前，随便喝点什么，听他舒缓地唱。许巍的歌里有一种淡淡的惆怅，但又不是那种深深划入你心里的疼痛，只是一种浅淡的微妙，像一股微微的风，随意地在你心里轻轻吹起一小片涟漪，瞬即平静，风过无痕。

歌手在唱"当你偶然回首昨天，四季悄悄在流转……当你仰望头顶蓝天，才发现一切很平常……"

一切很平常。

那天刚被医生通知去住院，心里有点乱，脑子有点懵。然后就给好友LX打电话。他本来要去上海，马上说："我不去了。晚上见。"于是就约地点，他住通州，北京的最东端，我住海淀，北京的最西端，他让我定，我就定了中间的后海。后海见。

然后就去了后海的少帅府。

也好几年没见了，经常不在一个城市里，以前上学时互相踏破门槛儿，不是天天见，也是每周见几次。其实住处离的也并不近。

那时一起玩的是四个人，两对儿。整天在一起有说不完的话，一起聊天，一起做饭，一起乘火车去德国。我现在家里还摆着一张四人在白桦林中的合影，两个女孩子都穿着红毛衣。

那年冬天，约好一起去柏林。从各自的住处出发，结果我们晚了，竟然没赶上这一班火车，也没见到LX他们，估计“被迫”准时出发了。我们乘下一班车来到了华沙，走出车厢，一眼看见LX双眉紧皱，郁郁寡欢地站在站台上。赶紧喊他，他睁大眼睛惊住了，然后几个人好像几个世纪没见面一样，欢叫着拥抱在一起。

美好的旅行自华沙始。

那次，就在华沙的站台上，我的羽绒大衣的拉链卡住了，几个人来回试，都无计可施，最后是细心而又有耐心的LX跪在地上，一个齿一个齿慢慢地给拉顺了。我至今想起来都好感动！

现在四个人已经散落在地球上不同的角落，我们都成了单飞的雁。前尘往事的云烟，只有在我和LX偶尔的见面时才会提起。

我们嬉笑着用诧异夸张的语气问对方：“最后怎么把他(她)给混丢的？”

那段时间LX正在排练他的话剧，他导演，主演。所以，他的脑后揪着一个马尾，头发是卷曲的，因为演的是外国剧。

LX一直很帅，还极聪明，一直特立独行，有点傲视群雄的感觉。身后永远是望不到头的粉黛佳丽乱跑卷起的尘土飞扬。

感觉他并不回头顾盼。

心中自有持久定力。这也是我觉得他优秀的一个非常重要的原因。

那天我们聊了聊我突如其来的病，又聊了聊以前的他她，聊了聊其他共同的朋友，尽管和他们都不像我们之间这样如此地知心、贴心，一语解千愁，还聊了聊他在演艺圈的“事业”。

他说：“没有那么利欲熏心，并不想求大红大紫。”

我相信他说的是真心话。因为我们是无需伪装客套的朋友，也因为他的家其实一直在北欧，在国内是因为所从事的事业的要求。在国外这么多年，他的心早应该很静很静。

其实我也是很矛盾的，既希望朋友事业蓬勃发展，名利双收，但又不希望他成为那种光芒四射的大明星，觉得那是一件特别可笑的事。成为明星对于一个人生命的本质改变不了任何，却影响作为一个正常人的生活，也许还影响作为正常人的心态。

散发着正常的光彩就可以了，不必夺目。眩目逼人未必就是美丽。

他导演和主演的话剧我去看了，经典剧本，演得也很精彩。LX是一个喜欢经典，追求经典的人。

演出结束后，LX未卸妆就跑出来，我却因天色已晚，秋意寒凉，匆匆与他告别，未多言，未多停留。

我有时是一个特别不善解人意的人。当然，也有时特别善解人意。

到家后接到他的短信：你来我特别高兴。很知足。

多日后，在一个白天，我独自在家，又回味着他话剧里的台词和场面，忽然明白了他在我们毕业分手以后这些年，在北京独自打拼这些年的含意，明白了这个话剧对他意味着什么。我心里猛地一阵激动。因为这猛醒让我发现，尽管岁月过去了这么久，尽管已经经历了很多的风风雨雨、日夜兼程，尽管奋斗充满了不为人知的艰辛，但时间和生活的污泥浊水并没有将我们打得面目全非。我们其实都还是原来的我们，依然保持着自己。我们依然纯净，依然真诚，依然怀有梦想，并且依然在为梦想而执著地追求。我们是幸运的，因为不是所有人都能这样。

我给LX发短信说了以上的话，LX回短信说：很激动。我们不愧是相知多年的老朋友。

这几天一直想找姜文的新电影看一看，一直没找到。在网上看到很多评论，一片“看不懂”的喧嚣。很喜欢姜文，他的《阳光灿烂的日子》

一直是我非常喜欢的电影，也是LX很喜欢的。我们共同喜欢的细节就是夏雨手持望远镜在米兰房间里转圈的那段画面，这是多年以后我们重逢，在谈到这部电影时有点惊喜地发现的心有灵犀。

很想看看姜文这个天才又焕发出了怎样的异彩。

因为姜文，也因为想到了《阳光灿烂的日子》这部片子，又想起LX。

他最近在写戏？在拍戏？在排话剧？他怎么评价姜文的新电影？

窗外在下着绵绵的秋雨，落叶萧萧。在这样的天气里，有点想念他。

也有点想念后海那些华灯初上的晚上。

四海是家

回到北京，进入我那两年空置布满灰尘的家，一种尘封已久的感觉扑面而来。两年前，临走前几天我读的书，还静静地摆在床头柜上；两年前我听的CD，也还在音响里；两年前我在北京街头小店买后还没来得及穿的衣服，也还原封不动地挂在衣柜中。家里到处是我两年前留下的痕迹，我进到这个房子，仿佛顺着时光隧道回到了两年前。

两年前我在北京度过了很长的一段时间，然后，这两年，我在大洋的这边，北京的家里是我的空档期。

大洋两边都是我的家，是专属于我的舞台，我是一个活动的人形道具，在太平洋和大西洋之间穿梭。

每次回到一个家，都有点陌生的感觉，因为有些事情已经在疏离中淡忘了。然后，记忆会慢慢地像水一样一滴滴地渗进来，慢慢地把大脑一点点填满，然后就重新走进以前那种水乳交融、曾经熟极了的生活，在那个生活里的故事和人就会重新浮现在你的面前。

人生就是在一条起伏不定的河上航行，在各种幻觉中游走，所有的前尘旧事、未来往生，其实都是幻觉。生命的吸引人之处，就在于幻觉的五彩斑斓与不可重复，在于幻觉的不断破灭，在于永远存在着不断重新开始新的幻觉的可能性。

所以，很多时候，坐在自己的家中，也经常会产生不真实的感觉，

在哥伦比亚冰原

一时忘了身在何处。

那天开车去蒙特利尔，去我以前的家整理房子，准备出售。

这几个月没去，已经草长莺飞，冬去春来。后院里的小树已经像手腕那么粗，不再是弱不禁风的样子，栋梁之材已具雏形。葡萄藤上也发出了新叶，那葡萄藤在那几年每年的夏天都结出一串串的小葡萄，很酸很小，没法吃的那种。地面的砖缝里也钻出了春风吹又生的一蓬蓬的小草。

那是一座意大利风格的小房子，不大，地面铺着很漂亮的意式高级瓷砖，屋顶是枝形吊灯，像个小宫殿。以前，我经常坐在小客厅的窗前，品着一杯香茗，注视着门前小街上的过往车辆，看春天的萌芽，夏天的暴雨，秋天的红叶，寒冬的落雪。

那里也有我的故事，有路上的一片风景，现在，那里的幻觉渐行渐远，终成一片曾经拥有的虚无。而搬家以后，每次回去，走进房门，当熟悉的感觉又扑面而来，对这座小房子就顿时又充满喜爱与恋恋不舍之情。

人生亦是在不断地舍弃中前进的过程，直至最后完成对自己的完全舍弃，所以，其实无所谓真实还是虚幻，只有那些能够存在于意念中的东西或许还稍具意义。比如雨夜里的一次孤独的漫步，温暖灯光下的一场众里寻他千百度，高山流水遇知音的酣畅淋漓的谈话，与那个似乎前世就认识的人惊鸿一瞥、电光石火的目光交接，那些在风中传递的尽在不言中的灵犀——也许这样的一些意象里的存在，可以被你一直携带到下一次轮回？

只是也许，无处寻找答案。

从蒙特利尔回来的路上，天空乌云密布，下着瓢泼大雨，雨点在高速公路上激起一片片白烟，又疯狂地扑打在我的车窗上。我在烟雨迷蒙中将车速开到了140迈。

在雨渐渐小起来的时候，前方的天空出现了一片海市蜃楼一样的风景，翻卷着的灰白色的云像一幅水墨画铺展在天边，有山有水有留白，恍若仙境。被这美景惊呆了的我大踩油门，一直向着那仙境疾驰而去。

不知开了多久，而我与仙境的距离好像一直是这样的可望而不可及，然后，我就真的在仙境里迷失了。当我意识到自己已经远离目标时，我已经找不到回家的路了。

路两旁是广阔的原野，有叶子还不太茂密的树矗立在原野上，前后有车，无人。我盲目地跟着前面的皮卡，期待着能够随着它走上回家的路，谁知，前方路边出现一座农舍，而皮卡竟然左转驶进了农舍的车道，原来人家到家了。我正惊诧，对自己盲目的follow哭笑不得之时，身后的本田也猛地加速，迅即超过我，一溜烟驶远了。而这时的我再也不敢追随前去，总不能再跟着人家回人家家吧？

而我可爱的家呀在哪里呢？

于是开始了在心里默默地祷告，祷告后就看见了那座雨中的十字架。我有点焦虑的心也旋即平静了很多。又朝着那个远方的幻觉行驶了一会儿，终于遇见了一位印第安人，停车问路，原来我来到了印第安原住民区。在印第安兄弟的指点下，我终于踏上了真正的归途。

回家的路也像仙境一样美丽，我在仙境的包围中，飘飘欲仙地朝家的方向飞奔，在看见渥太华的万家灯火的一刹那，欣喜若狂。

已经习惯了四海有家、四海为家的感觉；已经习惯了在飞翔与奔驰中，从一个家奔向另一个家的感觉。虽然在一次次与那处所的相逢与离别中，在从一个又一个宿命的幻觉里沉沦又醒来时，也经常会怅然若失，虽然有时也会迷失在那来来往往的路上迷人的景色里，但最终，还是为自己有幸经历在这个星球上如梦如幻的旅程，而一次次地在心底由衷地感谢上帝。

秋凉

不知不觉间，秋风已经不是乍起，而是四起，八面来风，风里充满秋意。

已经对秋天的到来有点麻木了，在经历了很多个的春夏秋冬之后。特别热的那几天，高温里心情烦乱地看着遍地恣意生长的茂密的草木，甚至有点嫌它们过于旺盛了，有点厌弃起夏天来。

本来热爱夏天的人还没来得及把这突然而生的厌弃消化和领会，几场同样喜欢的雨随风潜入秋夜，在清晨潮湿的泥土和青草的芳香里，秋天已经悄然而至。

这个夏天其实有点短。我说的短不是指时间，而是，这个夏天的气温其实一直不算高，除了那几天。

那几天我每天心情无奈地泡在游泳池里，借水降温。借水降温是因为房里的冷气突然打不开了，本来东海岸的夏天冷气就是可有可无，如果硬要使用，也只有几天之需。但在百年难遇的高温下，它却突然打不开了。于是只能另辟降温蹊径。

现在回味，那几天是今年享受的真正的夏天的感觉，实际上从时令讲，也不是夏天了，是初秋的“秋老虎”。

夏天这个享乐的季节的很多享乐，我们还未来得及去体验呢。比如蒸汽火车游。在我们附近的小镇有一个蒸汽火车站，这是一种旅游

月亮小学毕业那天，我为她献上一束花

项目，人们乘坐着古老的蒸汽火车在周边风景秀丽的小镇完成一些特定的旅程，JUST LIKE THE GOOD OLD DAYS。这是蒸汽火车游的广告词。

女儿月亮对于乘坐蒸汽火车旅行并不太感兴趣，这有点出乎我的意料。仔细一想，也是，她还没有到那种愿意在蒸汽火车上眺望着窗外的落霞孤鹜，回味往事，享受日落晚餐和百年孤独的年龄。

我虽然已经到了那个年龄，但对蒸汽火车也不是十分感兴趣，皆因为，在我的记忆中，儿时的电影里或者火车站里，铁道上见到的或者乘坐的，就是蒸汽火车。

这个东西对我来说算不上新鲜玩艺儿。我把此事告诉月亮，月亮惊奇地笑了。

她的确应该惊奇，因为对她来说，那确实是一个遥远的世界，也许比外星还远。

在我二十多岁的时候，有一年乘坐国际列车从欧洲返京，当然，那国际列车是电气火车。我们的列车进入中国境内的某站后，车上的几个西方人举起相机，对着对面站台上停靠的列车嘁哩喀喳不停地拍起来。

我当时曾经觉得奇怪，一个火车有什么好拍的。我问一个正在拍照的小伙子，明白了，原来他们是对蒸汽火车感到无比稀奇。

蒸汽火车在欧美已经基本等同于古董。

在秋意渐浓，天气渐凉的某一天，房子里的冷气忽然恢复了正常。已经穿着长衣坐在屋里的月亮说："这不是气人吗！"

我们让一个夏天没有使用的冷气，在秋天的房子里小小地循环了一会儿。

是为了表示我们对夏天的留恋？

代表夏天结束、秋天开始的最重要的标志，就是暑假结束了，学生们今天开学了。

月亮也背起了鼓鼓囊囊的大书包，从今天起正式跨入了中学生的行列。

虽然有校车，但今天早晨我还是开车将她送到了学校。

此前，我们曾经专程参观了她即将就读的这所中学。这是一个好学校，设施很好，有硕大的体育馆，几乎与首体一般大。里面包括游泳池、排球馆、冰球馆、体操馆、健身房等。当在学校的教学楼走廊里穿行的时候，我的心始终被一种淡淡的忧伤包围着。

那是一个与小学校有所不同的世界，更加地接近成人，而我像任何一位母亲一样，总是觉得自己的孩子还没有长大，还没有准备好接受一个更成熟，更严苛，更冷漠的世界。我的忧伤源于一种担心和对这种担心的无能为力。

开学的日子，校门前学生格外多，熙熙攘攘地进进出出，中学与小学开学明显的不同之处，就是来送孩子上学的家长很少了，只有零星的三三两两。月亮下车，背起自己的大书包和装在其他袋子里的文具、运动服，说："我自己进去吧。"我说："好。"

我为她拍照，纪念这个人生新阶段的开始，她不再像小学时那么扭捏，而是大大方方地站在了那里，对着镜头笑。然后，又忽然走上来拥抱我，在我耳边笑着小声说："妈妈，我还是有点紧张。"

我也笑了："勇敢点，没什么！"

她马上神色庄重起来，说："好，我去了。拜拜！"

那穿着校服的小身影，随即消失在一片几乎同色的人流里。

有时候我盼望着她快点长大，心里总在盘算着：再过几年她就可以去学开车了，再过几年她就要考大学了，想起这样的未来画面时我心里是欣慰的。但我也总回忆起她小时候的情景，那个无比可爱精灵的小娃娃，特别是见到商场橱窗里展示的别致可爱的娃娃装的时候。每逢此时，我不由自主地会想，如果月亮还小，可以给她买来穿。

然后我就会有点感慨，因为已经不可能了。

时光不可能倒流。

其实时光无论正流或者倒流，与人的关系并不大。昨日不可追，今日不可留，明日不可期。拥有过去，把握现在，或者展望未来，都是对镜花水月的追逐，是一场空。每当想到此，我就恨不得时光走得快一些，赶紧把此生对付过去得了，多少的荣华富贵、纸醉金迷，其实都没有什么突破性的意义。

但每次看见我的孩子时，我又会企望自己平安、长寿，如果能够更富有一些，当然更好。当年，这个赤子从天外降临到我身边的时候，望着她一尘不染的小脸蛋，我就顿时生出无尽的感慨：赤子终会被尘世污染，孩子，你的路就这么开始了。你自己的人生路还是要靠你自己慢慢走，妈妈愿意为你披挂上阵、保驾护航、开疆拓土、所向披靡、清除障碍，为你奋不顾身、舍生忘死，替代你承受所有人间的苦难，遮蔽所有人生的真相与风雨。而这一切均来自本能，与奉献无关，因为为你所做的一切，其实就是为了我自己，你就是我，我就是你。从小，我就称呼她“宝中宝”。自从她来到，我分分秒秒都在享受着我们在宇宙洪流中的相会，为这种天定的莫大的缘分的到来而激动，而诚惶诚恐。我与她朝夕相伴，带着她走南闯北，飞越太平洋、大西洋，穿行在东方、西方。她总是乖乖的，跟我配合默契，充满对大人的体谅。小小年纪，甚至就懂得把一些事情、一些感受藏在心里，有时候于不经意间流露出来，往往让以为我们彼此间无话不谈、没有任何秘密的我大吃一惊，而每逢此时，我都对她充满加倍的爱怜。然而，也像每一位母亲一样，我也最终将只能望洋兴叹，捶胸顿足，叹息于力所不及、无能为力，无法越俎代庖，只能默默地看着她在自己的天空里渐渐振翅飞远。对于她，我只能借用一句歌词真实而又虚弱地说：你问我到底爱你有多深，月亮可以代表我的心。

我想亲眼看着她长大，从小女孩成为一个真正的美人，看着她结婚、生子、越过自己的人生路上那一道道我已经十分熟悉而对她却是完全陌生的山梁。我愿意在她翻山越岭的过程中为她提供一些实际的帮助，这可能也是我在已经感到厌倦的生活之路上不能放弃和松懈的最大的动力了。但我也必须面对一种现实，那就是我必须慢慢地放手，让她逐渐地学会自己飞，一点点地越飞越高，慢慢地远离我的视线。电影《肖申克的救赎》里有一句台词让我印象深刻：有些鸟是注定要飞得很高的，欣赏这些鸟被关在笼中是一件残酷的事情。

我是一个不奢望让自己的孩子飞得太高的母亲，但我愿意她拥有很好的飞行能力并且保持，保持一种平稳安逸的状态，而我始终能够平静地注视着她，当她需要休整或者加油的时候，我就是她理所当然的港湾。想到终将有一天，我将无法为她帮上任何忙，我只能束手无策地呆立一旁，注视着她在人生的大熔炉里煎熬、挣扎、打拼、苦斗，如我们所说的锻炼成长。仅是想象一下这种即将到来的场面，我就已经心如刀绞，疼痛难忍。我愿意一直担当她最忠实的观众，在她成长的路上，为她的每一步鼓掌喝彩。并且，在她脚步趔趄不稳的时候，疾步冲上前去，援手相扶。如果能够，就把她身上所有的担子都卸下来，放在自己已经羸弱的肩上，即使被压得气喘吁吁，寸步难行，只要她能无所顾忌、心无旁骛、身无负累、大步流星地轻装前进。

叛逆期

进入了叛逆期的女儿月亮，现在不但在家跟大人顶嘴，还学会了跟老师顶嘴。前几天她坐在我面前大发牢骚，说现在这个老师管得太严。我请她举例说明，她举例说，前几天老师布置了一项在电脑上查资料，并归类汇总分析的任务，班里有一位女同学花了三天时间完成了这份作业，结果老师只扫了一眼就否定了。

我忙问："那你完成了吗？"她狠狠地说："我告诉她，我们家打印机坏了。"家里的打印机不是坏了，而是自从买来后一直没有连接使用。我追问："老师怎么说？"月亮气愤地提高嗓门说道："她告诉我可以去图书馆打印。"的确，社区图书馆的电脑都可以免费上网、打印资料。月亮接着说："我问她，图书馆在哪儿？"

我又赶忙问："老师怎么说？"月亮说："她没说话，让我给噎回去了。"

这就是叛逆期。上星期的一天，我循循善诱，耐心地对她说："最近我要为你找画画老师了。"

她瞪大眼睛，惊奇地说："我姥爷就是画家，你还让我出去学画？"

我说："那好，那你最近就开始跟姥爷学画吧。"

她又耸耸肩，说："虽然我姥爷是画家，但是我姥爷画的人像个猪八戒，你还让我跟他学？"

我顿时笑得崩溃了，这句话让我笑了一个多星期，现在想起来还想笑。

月亮在学校操场荡秋千

说实话，我对爸爸画的所谓中国水墨画，也不怎么感兴趣，或者说完全不感兴趣。我对齐白石、张大千、范曾的中国画都不感兴趣。

这几天太忙，没顾上询问她在学校的情况。昨天有个同学的爸爸给我打电话，说下周那个同学过生日，想请月亮前往参加生日PARTY，而且要在同学家过夜，到别人家过夜是本地的孩子热衷的一种游戏。

放下电话后我问她，才知道原来要过生日的孩子就是那个从中国领养的孩子。

她们之间好像很自然就建立了比与其他孩子更亲密的友谊，可能还是因为外表的认同感，或者称为归属感吧。

这种认同和归属其实也是来自天然，源于血液。

昨天晚饭时，我问她："最近在学校没跟老师顶嘴吧？"

月亮说："如果她说得对，我干吗要顶嘴！"

我忙说："对对对，不要和老师顶嘴。"

月亮说："如果她说得不对，我为什么不能反驳！"她接着说："你就是太注意要听老师的话。”

我小时候是老师眼里又聪明又乖的好孩子。中国人讲究师道尊严，老师的话就像“圣旨”，学生对老师是万万不敢说个“不”字的。我出国留学以后，惊奇地发现，在我上学的那所大学，学生当面顶撞、反驳老师是家常便饭。学生没有那种发自内心的对老师的恐惧，老师对学生的争论与反驳也不以为忤。

我后来也学得开始斗胆顶撞老师了，甚至在考试中也敢反抗老师，经常反抗完了还得个五分。

所以，我其实并不把与老师顶嘴这件事看得太严重。

月亮抱怨说:“这个新学校这么多破事儿。”

破事儿就是新学校今年的主题活动是“把你的色彩加进来”。为了这个主题，专门写了主题歌全校传唱，还将以此主题排演一场话剧。而月亮之所以愤愤不平，是因为她没被选上去演话剧。

全校一共选了八个人，分别扮演各种颜色。

我由衷地说:“看来这个新学校比以前那个学校好。”

月亮瞪了我一眼，说:“去年那个学校也有主题活动，是‘像太阳一样闪光’。以前蒙特利尔的学校也有过‘彩虹’主题活动。难道你不知道吗？”她气愤地反问着我。现在经常用愤怒的语气跟我讲话，要不怎么说是“叛逆”呢。

我还真不知道。

月亮接着反问:“难道你在中国上学时，没有这样的主题活动吗？”我说:“有，有。我们的主题活动是‘我们是共产主义接班人。’”我随口唱了那歌直愣愣的第一句，这句月亮也会唱，是2005年回中国时在电视上学会的。当时，在北京的家里，第一次听见在加拿大长大的她忽然唱出“我们是共产主义接班人”时，我笑得直不起腰来。

月亮有点忧伤地说:“我们现在在讨论叛逆期的问题。”哦！我来了兴趣:“怎么讨论的,说说看!”

月亮娓娓道来:“老师说,我们现在之所以叛逆,是因为我们已经开始寻找自我,想知道‘我是谁’,可是大人不了解我们,所以我们就叛逆了。”说实话,我被她使用的“寻找自我”和“我是谁”这两个词震住了,原来咱孩子已经进入了思考人生阶段。可是这个人生,这个起伏不定、时好时坏、无规律可循的破人生,连她妈妈还没整明白呢。

但愿等她将来明白人生的真相时别埋怨我,这也是我现在凡事顺从她的原因。有时候我有所要求而她无情拒绝时,我也会把丑话讲在前边:我可以不要求你,但你要记住,这是你自己的选择。

晚饭后,月亮忽然拿着网球王子扑克牌来找我,要一起玩。我是一个不爱打扑克的人,我想推托和拒绝,我说:“你去找姥爷一起玩吧。”姥爷正在客厅看电视。月亮说:“我刚说过叛逆就是因为与大人沟通少,你还不陪我玩!”原来,沟通就是一起打扑克。

我无奈地叹了口气,坐到桌前。我问:“是玩争上游、拉大车,还是憋七?”她问:“争上游是什么?”这几种玩法她以前玩过,但不熟,她最熟拉大车,又觉得没劲。最后决定玩说瞎话。

玩了四把说瞎话,四把她都输了,有点沮丧。我笑说:“姜还是老的辣。”

她提议玩本地的一种“SEVEN UP”。她简单给我讲了讲规则,我们就开始“SEVEN UP”。彼此都有输赢。

她现在已经可以接受输的结果,尽管不情愿。以前玩时,输了就大哭大闹,所以我们这几位大人还得让着她,假装输,还不能让她看出来是让着她。

很多事情我没有教她,但她自然就领悟了。比如昨天还说到,在班里讨论颜色时,老师问她:“你觉得中国是什么颜色呢?”月亮答:“黄色。”这个颜色选得很恰当,老师说:“是是,我在电视上看见北京奥运会的主要颜色也是黄色。”

现在新学校的老师和同学也都知道她来自北京。

昨天我还谆谆教导月亮说："要平和，不要叛逆。"月亮反唇相讥："这是我的个性，我的同学们也都很叛逆。即使你在家纠正我几个小时，我到了学校还是要叛逆。"

看来最近比较流行叛逆。

叛逆就叛逆吧，爱怎么着怎么着吧。她妈妈很不负责任地这样安慰着自己。

街上的很多树已经黄了，有些已经开始变红。月亮告诉我，每天上下学的路上有一棵树红极了，漂亮极了。昨天我开车过那条街，看见了那棵已经红透了的树。很红，红得不带任何杂质，在蓝天的映衬下十分醒目。

在叛逆期，我们也有和谐相处不叛逆的时候，比如早上，她经常到我卧室来翻找她想穿的我的衣服，而我总是慷慨奉献，乐于提出搭配建议，她也总是乐于接受我的建议。

然后就穿着我建议的服装去上学了。每当此时，她又乖又听话，像个温顺的小绵羊，一点也不叛逆，因为有求于我。

今天晚饭时，月亮又提议：咱们一会儿还玩牌吧。我好像也有点上瘾了，欣然同意道："好。"月亮问："妈妈，你知道扑克牌的四种花色都代表什么吗？"我还真不知道。月亮认真地讲解说："红桃代表爱，梅花代表幸运，方片代表金钱，黑桃代表死亡。"

我若有所思地点着头。

我想起曾经有一度，这个小宝儿每天拿扑克牌为我算命，煞有介事地讲解着我的财运、福气、男朋友、女朋友、贵人、小人之类的话题，而我也还觉得有点准的，总是目不转睛全神贯注地听着，领会着。

那时她大概八岁。

而现在十一岁的她已经开始寻找自我了。

透过历史的尘埃

我刚到莫斯科留学的时候，两国关系还处于小心翼翼的破冰时期。当时经常会有一些官方组织的“民间”友好联欢活动，以显示双方的友好诚意。

忘了是一个什么活动了。那次活动来了一些当地华侨，他们有一个“熊猫”俱乐部，在联欢会上表演了太极拳。我们这几个小孩表演了中国民族舞，因为留学生太少了，我们就像是调味品，不管什么活动都把我们这几个小孩洒进去。使馆每次举行国宴，我们都是被邀请对象，混在贵宾人群里跟着胡吃海塞一通。宴会散了，我们却要留下来，帮着收拾一片狼藉的残局，刷碗。后来长大了，不愿意再去为了混一顿饭还得刷碗，使馆再来邀请，就开始想法推脱，又不敢直接拒绝，就让一个模仿能力很强的同学，模仿着负责管我们的那个年龄稍大的同学的声音，给使馆的老师打电话，编一个要考试之类的不去的理由。放下电话后，都哈哈笑疯了。

那个被我们模仿的同学，至今不知道曾经发生过什么事。

接着说联欢会。

那个联欢会表演结束后，照例是舞会。有一个身穿翠蓝色民族服装、年约四十岁的男子一直在请我一起跳，他是那个“熊猫”俱乐部的成员，刚刚表演了武术。这个人瘦瘦的，面色苍白。不像别人，是边跳舞

在渥太华市中心某条街道上

边聊天，他不跟我说话，只是有些羞涩地笑着，眼神温软。偶尔我们目光相遇，他会马上躲闪开。

我其实更想在旁边和别人聊聊天，好能借此机会知道点儿华侨的新闻。莫斯科的华侨政治背景都比较复杂，各人都有很多难言之隐，不像其他国家，最早的华侨都是去修铁路的广东人。我们和华侨平时接触机会并不多，麻杆儿打狼——两头害怕。所以很想借这个难得的机会，“窥探”一下华侨们的真实面貌。但每支曲子响起，这名男子都来邀我，他好像很爱跳舞的样子。出于礼貌，我还是去和他默默地共舞。

一直跳到舞会结束，互道“再见”。

回家的路上，一个同学对我说：“你知道一直跟你跳舞那个人是谁吗？”

我说：“不知道。是谁？”

同学说：“是王明的儿子。”

我在王明的墓碑上见过他的照片，这么一说，这个人长得有点像他爸。

对于我们这一代人来说，王明曾经是个熟悉的名字，是我党早期的领导者之一，共产国际在中国的代言人。但我们知道他是因为在我们小时候，毛主席还活着，收音机里经常响起王明的名字，他一直被当作混进革命队伍的敌人批判，所犯的错误有教条主义、左倾冒险主义和右倾投降主义等多项。他后来去了苏联，1974年病逝在莫斯科。被葬在莫斯科著名的“新圣女”公墓里，离赫鲁晓夫墓不远。

后来知道王明的儿子在著名的远东研究所工作。他几岁时随父母去了苏联。父母去世后，苏联政府收回了大别墅，给了他一套小公寓，他独身住在那里。现在我明白了他不同于其他人的沉默了，当时在国人面前，他身份比较尴尬。

现在应该不尴尬了，因为记得王明的人已经越来越少了，即使记得，也都是我们这些无关痛痒、漠然视之的人。然而王明的儿子注定要在这个马列主义的故乡孤独地度过自己的一生，连母语中文也讲不大明白。

还想说说另一个早期的革命者张国焘。来了加拿大以后，在本地中文电视台的一次访谈节目里，才得知张国焘的后半生是在加拿大多伦多度过的。张国焘是我党最早的创始人之一，但后来却叛变了革命，直至最后客死在多伦多的养老院。国内曾经有报道说他是被冻死的，我觉得是讹传，加拿大不是中国，即使是1979年的多伦多，室内也应该不会冻死人，应该还是病痛致死。

历史就像一幅长卷，由一幅幅小的画面组成，每个画面都有自己的主角和底色。有些画面其实就是人类钩心斗角和血腥厮杀的斑斑劣迹。上帝把长卷慢慢地展开，又一点点地卷上，那些画面上的人物渐渐出现，又渐渐隐去。

后面画面上的人永远在七嘴八舌、自以为是地议论着前面那些已经逝去了的传说，捕捉着那些散落在风中的信息。

而上帝默默无语。

他老人家从高处遥看着芸芸众生，嘴角上一直挂着一丝充满善意的讥讽的微笑。

我们都爱列宁山

这两天在网上读到一篇新闻:一位在莫斯科大学就学的中国留学生因不堪学业压力,跳楼自杀了。

莫斯科大学是我的母校,当年作为中苏断交多年后的首批公派留学生之一,我在那里度过了五年的学生生活,所以那篇报道中所提到的那位中国留学生生活与学习的场所,都是我非常熟悉的地方,尽管专业科系不同,但我有同样的人生内容。

可能那曾经是比较艰苦的一段人生吧:学习的内容繁多,而当时小小年纪身在他乡,孤独地抵挡着种种人生的凄风苦雨,应接着形形色色的打击、挫折、幻灭与诱惑,确实不容易。之所以说“可能”,是因为关于那艰辛种种,在我的记忆中几乎没有留下太多印象,现在想起来我只记得其中那些生动有趣的片段。这一方面说明我是一个天性乐观,甚至近乎没心没肺的人,也说明人的大脑具备自动删除那些潜意识里不愿记住的东西,而只记住自己感兴趣的事的功能。比如关于考试,莫大的考试基本都是口试,就是在指定的日子到老师那里逐一与老师就学科内容聊天,我想说,这确实不是一种很科学的方法,虽然也有一些指定的题目,但因为是面谈,所以随意性很大。老师兴之所至天南海北地问起来,往往难以招架。但如果对于一个熟练地掌握了学科知识的学生来说这种谈话也是很过瘾的,尤其文科。我记得讲戏剧评

在列宁山上莫斯科大学前

论这门课的老师，是个当时年约四十岁左右的帅哥。此君经常衣着时尚休闲、手拎网球拍前来开讲，语速快而信息量大，字字珠玑，旁征博引，谈古论今，其滔滔不绝幽默风趣的话常使得课堂笑声连天，而学生们目不转睛，笔走龙蛇，生怕错过每一句至理名言和每一个翩翩的手势与表情。这个老师的课我一次也没有逃过，每次总是早早地去阶梯教室占座。在听课的时候，心里已经开始期盼期末考试和他面对面交谈那一刻的到来。

考试的日子到了，我夜以继日地博闻强记，全力以赴地准备去和帅哥老师当面“切磋”。此时传来消息，他安排我们几个外国留学生另择日由他的博士研究生单独主考，因为那标准可能会放宽一些。这既是对我们这些外国学生的体谅，其实更是他的一种高傲。我再三犹豫，仍然决定在苏联学生考试的日子去找他，我太不想失去和这么一个从外表到才学都令自己倾倒的人谈话的机会了！

那一天，我去考试，夹杂在一群本地学生中排队等候，然后终于和自己喜欢的老师对上话了。已经不记得都和他谈了些什么，只记得最后他问了我一句意味深长的话："你如何评价列宁和斯大林？" 这个问题当时在两个国家都有基本相同的标准答案，但我不想说，我想他也不想听，于是我笑了，他也笑了。在这笑中，我们明白了彼此心中心照不宣的真实想法。

那门课我得了5分。

其实我当时基本上每一门课都是5分。在经历了最初一段时间的盲人摸象、不知所云之后，我在某日忽然感觉茅塞顿开，于是从此势如破竹，不可阻挡地一路优秀下来。

我那时经常下课后在图书馆埋头苦读，然后在夜幕中踏着雪，乘上回宿舍楼的无轨电车。著名的莫斯科大马戏团就坐落在我们教学楼的对面，经常，我走出教学楼，一眼见到的就是华灯初上的马戏团圆形剧场，他们已经开始迎接晚间演出的观众了，而我在此时心中往往会有一丝孤独闪过，但稍纵即逝。我还沉浸在学习所带来的充实与喜悦中呢。

我们学校位于莫斯科的最高点列宁山上，列宁山现在已经改名为麻雀山。

我父母那辈人上学都学的是俄语，我从小就听他们经常哼唱一首很好听的歌"亲爱的朋友，我们都爱列宁山，让我们迎着黎明的曙光，从高高的山上我们遥望四方，莫斯科的风光多么美好……"这首歌的名字就叫《列宁山》。我没有想到，多年以后自己就站在儿时一直吟唱的那座山的山顶，拥有那一片风景。而且，这首歌几乎就是莫斯科大学的校歌，在学校的周末迪斯科舞会上，总是先传来一个男高音深情的歌声："亲爱的朋友，我们都爱列宁山……"此时，欢呼声与震耳欲聋的迪斯科音乐，在瞬间同时响起，我的心中充塞着激动与无比的骄傲——为自己如此不可思议地置身于童年的梦中！

离开学校已经十多年了，几年前我去莫斯科出差时曾特地到学校主楼食堂吃了一次饭。就在那个食堂旁边的小礼堂里，当年，那位领袖面对一群在共和国成立之初负笈海外、风华正茂的中国学子，发表了那一篇激情四溢、语重心长、至今被广为传诵的演说：“世界是你们的，也是我们的，但是归根结底是你们的。你们青年人朝气蓬勃，就像早晨八九点钟的太阳，希望寄托在你们身上！”在我上学的时候，那些五十年代的老留学生兴奋地把当年坐在这里亲耳聆听领袖教诲的经历，讲给我们这一批年轻人。又坐在这里，喝着红菜汤，对我来说时间仿佛停滞了，一切都历历在目，一切都是那么的熟悉，一切都没有变，我又回到了过去那些亲切的日子——那些青涩的成长中的岁月，它们渗透在我的血液中，在我的人生旅途上与我相伴。当我跋山涉水，东奔西突，也许从容淡定，也许踉跄仓皇，但一直带着它们不可磨灭的印记。而所有的寒窗之苦，在后来的日子里都显得那么的微不足道，甚至都成了我那印记中闪着特别斑斓的光的那一个部分。

梦系夏日

在最鼎盛的热烈中
忽然被提醒
你将远行
树叶依然茂盛
树影浓郁
一望无际的夏天
走到了这次轮回的尽头
不想沉没在叶子的背面
银河的群星却已经稀疏
白天仍然很长
尽量睁大眼睛
不做梦
在绿色里恣意地飞翔
把梦留给黑夜
然后在醒来时
与成熟的斑斓相逢
今天你还在
最后的那朵玫瑰
正在吐露芬芳
凝视着梧桐树的光斑
害怕那些即将到来的
没有你的日子

蓝色海岸

其实，加拿大的春天很短，或者说根本就没有春天。这里冬天一结束，基本上夏天就开始了。

四月初，我刚从北京回来时，还有一片片的残雪尚未消融，而现在，几天之间，雪已经消失殆尽，而气温竟然已经接近三十度。所以，人们马上坦胸露背地穿上了夏装，穿上了凉鞋。

季节的轮转是如此令人欣喜，同时也有点无情，这就是所谓的时间不等人。人既然无法阻挡时间前进的脚步，就跟随着自然的律动调节自己的吃喝穿戴的内容，这就是顺其自然。

夏天的加拿大美丽得令人屏住呼吸，难以置信。鲜花盛开，绿草茵茵，阳光透明。昨天，晴空万里的下午，一个硕大的黄黑条纹图案的热气球从我家屋顶飞了过去，热气球发出呼呼喷火的声音，在地上投下巨大的影子，小狗虎子冲着天上这个庞然大物一通狂吠。

这种场景好像曾经出现在我童年的梦幻里。

刚从我的会计那里知道，原来，这个我大约住了已经快一年的区叫"蓝色海岸"。知道这个名字后，我不禁精神为之一振，甚至有点激动。我家附近有一条河面非常宽广的大河，就像大海一样一望无际。其中有一段波涛汹涌，水流湍急，我家就住在附近的丘陵上，这条河可能就是此处被称作"蓝色海岸"的缘由。

“蓝色海岸”这个词让我想起了小时候经常在收音机里听到的一个男声演唱的歌曲:“我爱这蓝色的海洋，祖国的海疆壮丽宽广……”蓝色总是引起人浪漫的联想,而且都是开阔无边的画面,比如蓝色的大海、蓝色的天空。蓝色是一个充满包容的颜色,传递出各种复杂的内涵,比如浪漫、高雅、美好、纯净,还有……忧郁。

蓝色还代表忧郁,这是一个有点让人意外的话题。我经常无法把蓝色与忧郁联想到一起。前一段,痴迷于读王朔的小说。王朔现在的小说基本上已经不再编故事,写的都是个人的心路历程,而读了他的这些不编故事的“小说”,就觉得,以一个故事为主线的文学作品是那么的浅薄没劲——人生不过如此,有什么可编的!王朔现在写自己对生命宇宙的思考,写自己的内心撕裂与挣扎,写自己从肉体到灵魂世界的脱胎换骨,写自己对女儿的牵挂与挚爱。写得深沉、悲壮、犀利、深刻、波澜壮阔、荡气回肠、感人肺腑。

在小说《致思想》的结尾,他写女儿时这样写道:“有时她自己坐飞机越过天空来看我,她在夜天上航行时我就想,那飞机可别断翅膀,可别起火苗,那她该多害怕呀。想到这我脑炉子就死了,就黑墙了,漆煤里那缕火苗就灭了。

一闭眼就是彩陶世界。脑子里有一窑瓷器暗花浮动,一屋呢缎铺,一炉铜亭子,秋阳照耀,一群灰鸽子似的念头振翅飞走,影子依依留在天上,黑玻璃泡着烤焦的百合,花丛屏风,他管那叫蓝。”

我一直不明白最后一句话的涵义,直到某一天,忽然有一道闪电样的光从我心里划过,我忽然明白了,王朔的蓝就是——忧郁。

而明白以后,我也有点忧郁了。

那一段时间,我为王朔的新作品里所揭示的痛苦的内心生活和人生滋味所打动,所纠缠,辗转反侧,挥之不去。尤其在夜深人静,不能成眠之时,翻开他的书看上一段,我的心经常会飘飘忽忽地飞起来,有时甚至能听见心哗地散落在风中的声音。

王朔的忧郁因为深邃隐秘、却又透彻洞明,而更加动人。

我是一个喜欢蓝色的人，我更喜欢其中的浪漫色彩，就像蓝色海岸。昨天，开飞车行驶在50号高速公路上，湛蓝澄澈的天空在眼前与地平线相接，蓝色海岸这个词一次次地出现在脑海里，让我有点兴奋。一个很像布拉德皮特的男人从我身边驶过时，回头朝我笑了一下，我也回之以微笑，马上目不斜视，握紧方向盘，心里却顿时洒满阳光，非常开心，蓝色海岸这个词又一次在脑中闪过。

车内，许巍在唱着：你是我记忆中最美的春天，是我难以再回去的昨天……

我飞驰在奔向蓝色海岸的路上，心情愉悦，也有一点淡淡的蓝色的感伤。

他管那叫蓝
倾斜的天空直线泻下的暴雨
波涛汹涌翻腾的海面
颠簸起伏的帆
热带雨林在城市的水泥丛中疯长
烧焦的百合
在透明的屏风上定格
暗红色的血在大地上汩汩地流淌
成为翅膀上沉重的羁绊
青花瓷晦暗的花纹反射出梦幻般的光影
灰鸽子在秋阳里渐渐飞远
黑色
所有的一切都浮动在黑色的背景下
飞到星空的身体一次次地坠落回大地
挣扎变得无望而简单
永恒很单纯

只是一幅倒转的画面

想义无返顾地离开
于黑暗中回到那个出发的彼岸
却无法摆脱宿命的纠缠
远方驶来的列车带来刻骨的牵连
在否定的疼痛中
他无声地发出歇斯底里的哀叫
撕裂复杂而深刻得难以承担
炉中的火苗因为疯狂的燃烧而熄灭了
寂静中的焦灼与伤感
像是一朵绽放在海里的花
他管那叫蓝

——读王朔小说有感

写于2008年4月10日

你就是幸福

深夜，又悄悄地来到花园里的泳池边，悄悄地进入水里。

这次是真的万籁俱寂了，远山像一团沉默的黑影卧在那里，只听见我击水的声音，还有蝉鸣。

夜凉如水。而夜的水却是温暖的。这是一种奇妙的感觉，我在水中与天上的星星对视，感觉着自己和天地万物遥远的距离和自己的卑微与渺小，而泛着月光与星光的池水以它温柔的怀抱包围着我，支撑和安慰着我此刻的孤独与落寞。

游一些来回后，我上岸，在葡萄架下坐定，稍事喘息。

一种微妙的快意弥漫在心中，尽管还有些微的惆怅，而其实那惆怅也是莫名的。

想起了小时侯，姥姥家院里也有一个葡萄架，夏天的夜晚，我们经常在葡萄架下互相讲鬼故事，还有口口相传的《梅花党》和《绿色的尸体》。又想起经常听妈妈讲起的她年幼时一位邻居大哥的趣事。这位舅舅性格有些愚钝、木讷，所以年轻时结交过很多女朋友，却一直都不成。他妈妈却是一位极其精明厉害的人，有时在院里当着众人就训斥自己这个老实儿子："傻子！和人家女孩逛街，别忘了给人家买瓶汽水喝。"据说这个舅舅谈恋爱屡屡不成的原因就是和女孩出去约会时，完全无话，只是闷着头一个劲儿朝前走。

月亮喂松鼠

让年过花甲的妈妈至今讲起来还笑个不停的是，这位舅舅每天晚上晚饭后会坐在葡萄架下用手轻拍肚皮，曲调婉转地唱道："吃了饱的撑——的——"

听妈妈讲着，我们也笑个不停。我在姥姥院里见过这位舅舅，他头发花白，表情木然，眼神空洞。见了大人小孩都不爱打招呼。你招呼他，他先定住看你几秒，然后才像突然明白了一样地回应。我见他时，他已经成家了，有三个孩子，媳妇不好看，甚至有点丑，听说曾经让他爱面子的老妈妈很不满意，但也无奈。我们中国人的观念里，无论什么都是聊胜于无，哪怕这种"有"，只是带来了麻烦与不快。这个丑媳妇后来还患上了精神病，整天怀疑她那个耳朵已经聋了，也因而显得更加呆若木鸡的老公又爱上了别人，所以情绪激动地大吵大闹，夜里还把菜刀放在枕下，随时准备起来拼命，很吓人。那一段时间连院里的邻居睡觉时也是草木皆兵的。

去姥姥家要经过他家门，每次我都提心吊胆，看看左右无人，赶紧溜过去，如果恰巧与她打了照面，我会闪开眼光，目不斜视，内心狂跳不止，生怕的是她举着菜刀追上来。

他家经常敞着屋门，我偷着瞟进去，房间很小，电视机高高地在大衣柜顶上闪着幽暗的光，孩子们坐在床上仰着脖子看。

现在想想，那场景其实很温馨，可年幼的我心里没少笑话人家。

只是没见过那位舅舅在葡萄树下拍着肚皮吟唱的情景，记忆中的他一直面无表情，后来知道那时候他已经有些耳聋了，当时他其实还不到四十岁。

2005年回国时又听到了他的消息. 一个来姥姥家串门的老邻居说，他现在很好。最小的儿子也刚刚结婚了，据说婚姻大事也曾让他父母伤脑筋，因为跟他爸年轻时一样，与人家姑娘谈恋爱时不说话，所以不知最后找了个什么样的女孩。

我很好奇。

来串门的老邻居也有很多年没见过我了，大呼小叫的。她从小看着我长大，还记得我跟比自己只大七岁的小姨打架，坐在地上嚎啕大哭的情景。让她一说，我也觉得一切历历在目，好像就在眼前，脸都红了。我小姨在一旁哈哈大笑。

那个小院和葡萄架现在都没有了，那块地方盖了高楼。我坐在加拿大家院里的葡萄架下想着这些往事，心里很温暖。

还想起八大处。2005年秋天在北京时，我很爱去八大处。那里离家还算近，去着方便，人也比较少，很安静。当时我突然患病在身，主治医生建议我到那里去多走走，他说他自己也经常在假日去八大处走走，放松一下终日绷紧的神经。我去了以后觉得果然不错，是一处都市里久违了的青松苍郁山泉潺潺的清净所在。

有一天从山上下来，忽然听到一阵手风琴声传来，拉的是《莫斯科郊外的晚上》。顺着琴声望去，见前面大树下有一个中年男人在拉琴，走近看，原来是个盲人。

我被那乐声吸引着坐在了附近的一棵树下，乐声停下来，我给他鼓掌。盲人感觉到了我的存在，向我所在的方向点头示意，更加起劲地拉起来，是另一首苏联歌曲《山楂树》。

悠扬的琴声柔软地抚摸着我心底的某处，拉琴的人在用心地拉，听琴的人在动情地听，在那个北京深秋的午后，仿佛周围的一切都不存在了，只有那在空气里飘飞的音符……

那天我一直听到公园关门的时间到了，盲人起身收拾坐椅准备回家，我匆匆地给了他十元钱，低声说："谢谢。"然后，赶紧掉头走进了北京渐沉的暮色里。

那一刻，心里是满足，是兴奋，也有些苍凉。

但总之，是幸福。

幸福就像一个隐形的天使，无声地落在我们的肩上，悄悄地扇动着翅膀。而我们却一直茫然无知地环顾四周。其实，所有这些存留在你心中的瞬间都是幸福的。它们不一定甜蜜，不一定完美，也许还有些忧伤与晦暗，这只是一种感觉，就像你行进在人海茫茫的街头，突然遭遇到一个让你怦然心动的眼神，就像和一大群熟悉得不能再熟悉的朋友一夜放歌至天明，就像邻家舅舅顾自击节的感慨，就像这午夜带着太阳温度的池水……

而且，这时，你仰望天空，繁星点点，想象那星光可能是穿越了几亿光年的路才来到你眼前，能和它们在今生相遇，其实是不是也是一种难得的幸福？

音乐的国界

其实音乐还是有国界的。

刚来加拿大时，在一个成人英语学校学英文。班里的同学来自世界各地，年龄也是参差不齐，男女老少皆有，文化程度各异，有博士，也有文盲。这些人从地球的各个角落来到枫叶之国，当务之急就是操练英语，然后讲着带各自口音的英语开始在新大陆的幸福新生活。在这样的学校，上课虽然不可能将英语学到多么高深的水平，但因为每个学生都有与他人不同的文化背景与人生经历，所以大家的交流内容是很有意思的，上课的过程也是引人入胜的。

记得有一次，老师给我们布置作业，让大家各自准备介绍一段自己国家的音乐。我选择了《二泉映月》，准备用瞎子阿炳那哀婉而如泣如诉的琴声来打动他们，我在心里暗自设想着，也许能让他们想起自己背井离乡的辛酸，想起祖国泪如雨下呢，也说不定。

可是结果与我的预想大相径庭。当天，我首先洋洋洒洒长篇大论地介绍了阿炳悲惨的一生和音乐所想要表达的主题内容，大家听得全神贯注、目不转睛，我心中窃喜地放上音乐，《二泉映月》低沉的乐声响了起来。谁料不到一分钟，阿尔及利亚小伙子达门就冲着我大声说："Bonie，你开车时可千万别听这音乐！"所有的人哈哈大笑起来，我也笑了，有点凄惨的音乐在大家的笑声中结束。

秋天在郊外

瞎子阿炳内敛的郁闷、难言的悲伤与压抑，确实难以引起这些人的共鸣，这些人的躁动不安与愤懑需要借助强烈的节奏和大幅度肢体运动发泄出来，即使古典，他们需要的也是老柴式的悲怆，是贝多芬式的内心翻滚的疯狂，几年后我有点懂他们了。

前几天，女儿月亮回家说老师让她带一盘中国音乐去给大家听一听。我略加思索，把那盘电视剧《京华烟云》的音乐CD交给了她。这是我很喜欢的一张碟，是交响乐的形式，我认为是我近年来听到的最好的音乐。作曲是王黎光。

我担心他们不能理解音乐的背景，想略微将几个曲名翻成英文以帮助理解，我拿起唱片，只见上面赫然用英文印着：MOMENT IN PEKING 。

简直是太妙了！那个“京华”如此贴切地使用了“PEKING”而不是“BEIJING”，历史感、神秘感、沧桑感扑面而来。而MOMENT——瞬间——已成烟云。

月亮说在他们默读的时候，老师就放上这盘音乐。这个老师是一个年轻的法裔女孩，漂亮而文雅。她曾经告诉我，这个学年结束后就要暂时告别工作，到叙利亚去旅行。也很想去中国。

我也是经常，在夜深人静时放上这盘，让时而轻柔时而浑厚的弦乐回响在空旷的房间里。

两天后，月亮老师让她带给我一张纸条，上面写道：“非常感谢美好的音乐！”月亮说：“我怎么以前没听过这盘音乐呢？真好听！小朋友们都喜欢。”

昨天，我忽然听到卧室传来这熟悉的旋律，推门一看，床前的CD机在响着，而月亮躺在大床上，脸上敷着一条毛巾。我惊奇地问：“你在干吗？”

月亮的声音透过毛巾微弱地传来：“在养颜。”

人类生活

每次开车行在市中心的繁华街道上时，我的心里都有一种既兴奋又不太真实的感觉。我在这种不太平静的心情中尽量放慢车速，打量着街上来往的人流和道路两边的风景。走在市中心街上的人，大都衣着时髦，也大都脚步匆匆。车窗外掠过的风景，分别是反射着刺眼阳光的玻璃外墙的摩天大楼，有着浅褐色的石头外墙，兀自带着一种古老庄严气质的政府办公大楼，尖顶哥特式风格的大教堂，栉次鳞比花里胡哨的酒吧餐厅……

这是一个西方大国的首都，这里的市中心的场景应该反映的就是人类生活最光鲜亮丽的那一面了。

然后，也许我会拐进一条小街，通常在这种小街上，我会依次驶过形态和颜色各异的一幢幢小房子，普通住家，小杂货店，洗衣店，面包房，五金店，书店，律师楼，诊所，有时候还有殡仪馆，殡仪馆通常是那种四四方方的单层建筑，每次经过时，我都会莫名其妙地产生肃穆的感觉。小街上一般行人很少，行人的穿着也往往比较随意，都是运动休闲或居家打扮，很少见到穿着西服套装的人。

这大概就是人类生活庸常、平淡、真实的那一面了，如果市中心是前台，这里就是后台。它们共同构成人类城市生活的内容。乡村生活虽然场景略有差别，但内容大抵如是。

初春·家

今天在路上开车时，望着窗外在风里哗哗作响着摇摆的小叶杨树，望着在湛蓝天空映衬下教堂尖顶上的金属十字架。车里，FM98.5在放一首老的乡村歌曲，吉他的伴奏在这个午后舒缓，悠扬，慵懒。我忽然产生了上面的那些关于人类生活的联想。

前几天读杨绛老人在96岁高龄写的新作《走到人生边上》。这是一本好读的书，语言朴素、直白、随意，却又引人入胜，这样的语言风格基本上是所有的大家的风格。这是一本一个世纪老人对人生的思考、回望和总结。书分为两部分，前半部分是老人对人性的本质、人生的价值、命与运、灵与肉等等一系列问题的形而上的思考的记录，后半部分则是老人对人生百态的现实写照，老人称此部分为"注释"——对前面的人生哲学思考的注释。

如果你想从书里得到什么格外的启发，也许你会失望。因为在前半部分的哲学思考中，杨绛老人终其一生好像仍然对人生这个旅程没有什么新鲜特殊的见解，她谈天说地、说古道今，却只是一再地强调了一些平常的，我们也许司空见惯的真理。这些真理被一个96岁高龄的智慧老人在人生的边缘再三地阐述，也说明了它们的的确确是含金量很高的真理。

读完，合上书页，回想书的内容，关于人生这个话题好像书里什么都说了，又好像什么都没说。心里很满，心里也空荡荡的。于是不由得轻轻发出一声不易察觉的叹息。

看来人生大抵也就如是了。就像这本书给人的感觉，在激越的阅读过程中慢慢走向平静，慢慢心静如水，波澜不惊。

正如那首每次我去K歌时都爱点唱的《在雨中》里所唱的："你说人生艳丽我没有异议，你说人生忧郁我不言语，只有默默地承受这一切，承受数不尽的春来冬去。"

人生就是一个过程。这是一句被很多哲学家多次反复引用的话，我们有时候经常会忘了这只是一个过程而已，常常拼命勉强去争取一个个的结果，其实每个人的结果都只有一个。

每每这样一想，就有点泄气了，对未来的期待便也减弱很多。

很多时候是一个悲观和消极的人。可能也因为一直比较幸运，反而缺少了奋斗的动力与企图，当然这里所谓的“奋斗”是完全世俗层面上的。在另外一个层面上，却是一个认真、执著、矫情，甚至有洁癖的人。吃过的一些苦头，也都与这种自我的较真有关。当然，在走过了那些急流险滩、崇山峻岭后，回头望去，仍然觉得幸运，幸运自己在有生之年能有机会与这样的风景相遇，这样的起伏也造就了内在更加的从容不迫、镇静自若、勇敢无畏。

杨绛老人说：“人活一辈子，锻炼一辈子。一个人经过不同程度的锻炼，就获得不同程度的修养，不同程度的效益。”“人有优良的品质，又有许多劣根性杂糅在一起，好比一块顽铁得火里烧，水里淬，一而再，再而三，又烧又淬，再加千锤百炼，才能把顽铁炼成可铸宝剑的钢材。黄金也须经过烧炼，去掉杂质，才成纯金。人也一样，我们从忧患中学得智慧，苦痛中练出美德来。”这不是她的独创观点，仍然是几千年来前辈们总结出的关于人生的至理名言，而只有在自身经历了人生的高山大河，平原滩涂以后才会对这些道理产生切身难忘的体会。

从这个意义上来讲，生命太短暂了。世界上有很多事情我们无缘经历，无缘见识，也就无缘从中亲身体会和感受先人的真知灼见。我们的生命在宇宙的版图上，实在只是走过了一个小得不能再小的点，这样一想，又有点悲观，但是知道人生最大的真相也不过如此了，所以也坦然平和。

在这本讲人生的书里，杨绛老人很少提到男女之情，在涉及男女之情的简短篇幅里讲的也是爱情短暂、两性难以长久保持对感情忠诚和忠贞的例子，没有直接讲到爱情这个我们通常以为的人生重要内容，这又一次令人对千变万化的爱情是否真的存在产生疑问。相对于现实的人生来说，爱情可能是另外一种内容，这应该是属于灵性层面的内容，是灵魂的舞蹈——当然我指的是所谓真正的爱情。我好像还相信这个童话的存在。好像？在这个问题上，我又充分表现出了乐观主义的性格。

不管怎样，我们来到这个世界上，在有限的生命里体会无限的宇宙、无穷的世界，吃苦也好，享福也罢，痛苦也好，开心也罢，都是一种难得的机遇和有趣的刺激。尽可能扩大自己的活动领域，放大自己的生活范畴，增加自己的生活阅历，在有生之年尽可能地走更多的路，见更多的风景，与更多的人相遇，自由自在，随心所欲——这就是完美人生。而在人生的中途，能够有幸听到一位年近百岁的智者头脑清晰地为我们奉献出自己咀嚼一生的经验和毕生体会，也是人生的美事之一。

向往德令哈

2000年春天，我曾经去过位于柴达木盆地的小城德令哈。

那时，我还没读过海子的那首诗《姐姐，今夜我在德令哈》，那时也还没有刀郎那首《德令哈一夜》，德令哈对我来说完全是个陌生的地名。

我去西宁出差。当地的接待单位对我们一行盛情款待，每日觥筹交错，纵情声色之后，又热情地派了一辆吉普车送我们这几位“钦差大臣”沿青藏公路一路向下，直奔沙漠中的玉门关和敦煌。

就在那次的途中，我们来到了德令哈。

我们来到德令哈时已经是傍晚。柴达木盆地里的这座小城，比起沿路干燥的戈壁与荒漠来说，气候稍微湿润了一些。街道的两旁零散地种着一些不太茁壮的胡杨树，在柴达木的春天里，舞动着那刚刚萌发的稀疏的嫩绿色的叶子。

街道还比较狭窄，一些小小的店铺的招牌在傍晚的风中反射着正在落山的夕阳。

街上人也很少。

我们先被前来热情迎接的当地朋友带到了一个可能是在当地最豪华的海鲜大酒楼里。那酒楼在北京大约相当于中低档水平，我们穿过并不宽敞的大厅，直接进了一个包房。印象中，那天大厅里客人不多。

那天，我们吃了一顿并不太新鲜的海鲜。海鲜的内容具体是龙虾，

那年在青海湖

还是象拔蚌、鲍鱼我已经忘了，只记得当我知道晚饭即将吃海鲜的时候那种稍稍有点失望的微妙心情。我其实更想吃一些沙漠里的特色风味饭菜，哪怕是树皮草根带刺的仙人掌。但在这个遥远的内陆小城，主人仍然从不是海市蜃楼的荒原里备上了遥远的海鲜，来尽地主之谊，其赤诚与淳朴之心日月可鉴，所以，客随主便就是此时对主人最大的尊重。

于是就宾主频频举杯，把酒言欢。

那天的服务生是一个小胖姑娘。席间，一位当地的朋友偶然与之搭话，得知小姑娘竟然是一位大学生。当地朋友向她介绍我们说："这几位是北京来的客人。"小姑娘马上抿了一下嘴唇，眼睛一亮，露出了羡慕的表情。我微笑着真诚地说："以后有机会欢迎去北京玩！"小姑娘竟然十分认真地回答道："我正在考虑这件事。最近农业银行推出了一个贷款旅游项目，我还想去了解一下。"

小姑娘的话一下子让我们有点刮目相看了，席间出现了短暂的沉默。

小城的夜晚风有点硬，但弥漫着一种温暖。

当天晚上，我们下榻在州政府招待所。这是当地最高级的宾馆，是一座四面围绕着大堂的三层楼房。我住在二楼，房间不大，有一些基本设施。

因为旅途劳顿，一夜无梦，我一觉睡到第二天清晨。然后，在德令哈的晨光熹微中我们悄悄地离开了这片沙漠中的绿洲。

多年以后，偶然读到海子的那首诗，我才知道，海子曾经在德令哈这座小城度过了一个漫长的不眠夜。在海子的笔下，德令哈是“雨水中一座荒凉的城”，是“唯一的，最后的，抒情”，是“唯一的，最后的，草原”。在这座小城寂静的夜晚，海子思潮汹涌，写下了“今夜我只有美丽的戈壁空空？姐姐，今夜我不关心人类，我只想你”这样灼烫至美的诗句。

春天回国，差点去西藏。

初抵北京，在为我接风洗尘的饭桌上念叨起这个预谋已久，却一直因为左顾右盼、瞻前顾后而没有成行的愿望时，我的几个铁杆朋友决定舍命陪君子，在积雪尚未消融，寒冬尚未远走的三月，与我一起携手出行，奔赴世界屋脊。

我们于是托关系找路子，买好了3月16日出发的软卧车票，准备沿青藏铁路一路向上，直奔拉萨。

3月15日，朋友的朋友来电相告：西藏出事了。

老大哥S说：“咱们不管那套，按原计划出发。”此时，他刚从超市买好了白酒和烧鸡烤鸭火腿肠等下酒菜，各类干鲜果品，正摩拳擦掌，蓄势待发，准备一路在火车上胡吃海塞，然后于微醺中直奔布达拉宫。

此时，我也刚备好山楂片开口松子牛肉干江米条等各种零食。并且，在有经验的“老驴友”的指点下已经服用了一个多星期的红景天，以增加血液中的含氧量，应付即将出现或者不出现的高原反应。而且，我还每天都在读一本特意为本次旅程买的书《坐火车去西藏》，就是在这本书里，我又读到了德令哈这个名字，并由此对本次旅程产生出无尽的遐想和向往。

经过一轮轮频繁的电联切磋后，我们几个人决定：还是把旅行取消吧。万一被暴徒们无端一顿乱拳打翻在地再关入山门扣为人质可怎么得了！

于是几个贪生怕死的人的旅行就这么在即将出发时夭折了。

其实比起拉萨，本次旅行更吸引我的地点是德令哈——这个我曾经在它的怀抱中度过平常却难忘的一夜，并且以为今生再无机会与之亲近的小城。在我读了海子的诗，听了刀郎的歌之后，我对这个曾经擦肩而过的地方产生了浓厚的兴趣。我很想再去看一眼那些在沙漠里顽强生长的胡杨，再吹一吹那在沙漠里少有的略带潮湿感觉的风，然后，以一种温暖伤感和陌生神秘混杂交织的心情体会和探究一下：当年这座荒凉的小城究竟是为何唤起了孤独无助的海子心中那一泻千里磅礴跌宕澎湃沸腾感人至深的激情？

在刀郎的《德令哈一夜》这首歌中同样充满孤独的感伤。刀郎唱道："是谁把我昨夜的泪水全装进酒杯，是否能用这短短的一夜把痛化做无悔。毕竟泪不是飘落在窗外无心的雨水，却要被打碎，就会随风飞。"

德令哈在海子的诗与刀郎的歌中充满孤独的魅力，吸引着我不由自主地想再次靠近它。

且把此心留待来年。

在微风里沉醉

那天在妹妹Echo家，大家都没少喝酒。

她新家后院的木台很大，她在上面摆了一张大桌子，这个夏天我们几次围坐在大桌子周围烧烤，眼前是一片小树林。她买房签字过户时才知道，她家后门外的这片小树林也属于她家所有。我说："那不错嘛！"文立有点不屑地说："有什么呀！我又不能砍了卖钱！"首先想到的就是破坏！

初秋的太阳已经带着些金红，涂在小树林有些蓬乱的树梢上，我们对着正在坠落的夕阳，喝酒，碰杯。

文立刚从多伦多带回了一瓶山西杏花村汾酒，多伦多华人多，唐人街也大，来自中国的货品较全。我们去多伦多时感觉就像回国，在香港人开的太古广场里选着来自国内的服装，各种生活用品，小摆设，茶壶，就像徜徉在北京的西单商场里，逛累了还可以到顶楼的小吃城吃一碗云吞面什么的，舒适随意。昨天我们喝着汾酒，还在议论春节时干脆全家去那里，有舞狮灯节，还有中国菜做得很地道的餐馆。关键是有节日气氛，人多，有气势。

喝了汾酒又喝红酒、啤酒。

文立是爱喝酒的人，也有点酒量。以前在北京时，我们每次出去吃饭，他都要一个"小二儿"，就是小瓶二锅头的简称，一定要红星牌。现在我们这里也有二锅头，是牛栏山牌的，据他们说喝过后不舒服，怀疑是假的，或者就是品牌口感的差别，于是改喝汾酒。“借问酒家何处有，牧童遥指杏花村”的杏花村汾酒。

在北京时，有一次在家里喝酒，文立喝多了，话特别多。我们几个人都在，因为知道他醉了，所以也没人理会他。文立见状，开始弹钢琴吸引眼球。钢琴是Echo新买的，那段时间Echo在练钢琴。文立在钢琴上扫出一连串的琶音，震耳欲聋，我们不得不停止说话，都看着他笑起来，也没人制止他。他边弹边微闭着双眼摇头晃脑，表情非常陶醉。

在加拿大这边他家里没钢琴，现在喝多了的表现是到处打电话。

有时在家里，我们会突然接到文立打来的电话，语音清晰，措词得体，就是说的那事让人听着觉得哪儿有点不对，这八成就是文立又喝多了。有时恰好女儿接电话，听几句后她会对着话筒说：“你跟妈妈说吧！”然后把话筒递给我，说：“是舅舅，可能又喝多了。”女儿叫文立是舅舅，一直这么叫。我就笑着接过电话，开始和文立东拉西扯。

每逢这时，他的话就格外多，所以得说半天也不撂电话，我拿着无线话筒在几个屋之间边穿行边哼哼哈哈地应付着他。

见面时再问他，他根本就不记得打过电话这回事。

这种醉态还是可以让人接受的。以前小时候，有一个我们称他为“二舅”的人经常来家里。他是爸爸画画的朋友，又是姥姥家的邻居，是爸爸妈妈相识的牵线人。这是一个著名的大酒鬼，因为醉了就撒酒疯，发脾气骂人，拍桌子打板凳。

二舅高个，仪表堂堂，络腮胡子，身上带着一股不可一世的霸气。那时都穿中山装，很多人前面的口袋上别一枝钢笔，这是当年流行的一种儒雅的派头，而二舅在中山装的口袋里插一枝毛笔，借此来凸显他卓尔不群的画家风度。

他也确实与众不同。走在人群里你一定会先看到他。

二舅好酒且易怒，酒后画画时激情喷发，泼墨挥毫。画作完成后他挂在墙上反复端详，如果不如意，就一把扯下来撕掉，团成一团扔废纸篓里，我赶上过他在我家这样的时候。有些画很好，很可惜的。

有他在的场合，别人自然就成了配角，光听他一个人的了，别人都在一旁点头称是，主要是怕他一不合意就开始借酒撒疯。

二舅的妻子是一个很有风韵的女人，漂亮，比二舅大十几岁，说话柔声细语。二舅因为教她儿子绘画而与之结识，遂开始疯狂地迷恋与追求，终于走到一起。这个舅妈也善酒，外表温顺，实则性情奔放豪爽。此二人终日在家对饮，日子过得不一般的癫狂。

且乐在其中。

有一次二舅来我家，忽然想起盘问我和Echo的学业，问我们是否习画，我们答："未习。"二舅又问："是否习书法？"我们仍答："未习。"爸爸好像从不要求我们近水楼台地练书习画，可能因为看出我们都不是这块材料，也因为他本身是一个没有什么耐心的人。其实Echo是这块材料，有这方面的天赋。后来她也偶尔画一些，画得不错。在大学里她参加学校的画展，老师一眼看出其中洋溢的灵气，把她找去问，问师从何人。答："无师自通。"那个老师恰好认识爸爸，所以明白了就里后，还让Echo担任了学生书画协会的会长。可惜Echo画画从来都是一时兴起，也没坚持下来。这是后话了。

当日酒后，二舅得知我们终日在外面跳房子追打疯闹，既不习书也不作画，勃然大怒。当场一拍桌子，说："以后每天都要写一篇大字。我每日会来检查。谁不写就挨揍！"我们本来就怕他，见到他像老鼠见了猫，这次他矛头直指我们，我们一下子吓傻了。

那一段时间，我和Echo每天都认真地坐在桌前写大字，临摹字帖。

然后越写越不认真，越写越潦草，直到有一天二舅再来只顾大杯喝酒，谈笑风生，根本没问此事，我们提了一半的心落了下来，知道他

已经忘了自己对我们的“威胁”了，从此不再写。

爸爸是从来不管这些的，他只管自得其乐。

我酒量不大，喝一点儿马上脸很红，通红。

有一年去青海西宁出差，纯朴的当地人在酒桌上敬酒时，每次会同时端来几个小酒盅，六个或者八个，然后说一大套祝酒辞，逼你将这几杯全部喝掉。都是白酒啊！而且你还根本无法推辞。

那次在西宁的几天里，每天被迫喝，不醉不归，最后我都害怕吃饭了。西宁海拔4000多米，我在那里还有些高原反应，饭后去唱卡拉OK时，很不OK，喘不上气来。所以就坐在旁边听的时候多，也借机醒酒。接待我们的年轻的刘处长邀我跳舞，因为也喝多了，给我讲了很多他家的事情。西宁人多是内地当年支边而去。刘处长发牢骚说，当初父母都是大学毕业自愿来到边疆，以前这里的工资待遇还很高，现在是无论工资还是城市建设都比内地差太远了。

刘处长这么说时，眼睛看着远处，眼神有点迷茫。

“北京多好啊！我很喜欢北京。”他又说。

我也喜欢北京，现在想起来更喜欢。

那次离开西宁后并没有马上飞回北京，而是开一辆吉普从青藏高原往下走，直奔敦煌。到了敦煌，我的高原反应马上没有了，登时身轻如燕，精神矍铄，气息舒畅，判若两人，一口气走一步退半步地登上了著名的鸣沙山。

在西宁的委靡，可能也跟天天喝酒有关。因为我那时实在不是一个嗜酒并能体会出个中乐趣的人。

现在有点逐渐喜欢喝酒了。

当然，喝不多。

喜欢那种微醺的感觉，然后，对着远处的群山，独坐，在微风里沉醉。

现在，山已经渐露微黄，秋天的颜色越来越近。心情无比晴好之时，和妈妈聊起以前这个房子的画家主人，感慨他作为一个画画的人，一定非常喜欢这里的风景，然却因为事业的发展、人生的多变而放弃，转战多伦多。

不知他在多伦多的新家是否也在画中？

妈妈说：“所以，谁知道人生会有什么变化呢。一切都是上帝的安排。”

《圣经》上说：“不要为明天忧虑，因为明天自有明天的忧虑。一天的难处已经够一天担当了。”

就今朝有酒今朝醉吧！对酒当歌，人生几何？譬如朝露，去日苦多。慨当以慷，忧思难忘，何以解忧？唯有杜康。

日本印象

自从第一次去日本，我便产生了这样一个疑惑：我总是感觉日本城市里的高楼似乎比北京或者欧洲、美洲城市的摩天大楼要小一号。高度似乎差不多，但宽度、占地和一格格的窗子似乎都显得小了一圈，我一直未搞清这是我的错觉还是确实如此。多年来心里一直隐隐约约地带着这个疑惑。这次去日本，望着东京那些同样高耸入云却又似乎有些细小的、栉次鳞比、摩肩接踵的大楼们，我忽然又想起了这个曾经使自己困惑的问题，于是便将问题提给了住在东京很多年的朋友。

朋友说："确实小，开间小，举架也低。"

小，是日本除了一尘不染的洁净之外的另一个突出的特点。

因为人口众多，而又国土面积狭小，所以，日本的现代舒适便捷，都无不充满局促狭隘、螺狮壳里做道场的感觉。房屋与房屋之间几乎没有距离，然而，两面几乎紧贴的山墙上各家还要开一扇窗，因为距离太紧密了，所以，家家无论白天黑夜都挂着窗帘，这也是日本的一种生活习惯。朋友刚来时，因为不知道这个习惯，每天起床后的第一件事就是打开自己所租的公寓的窗帘，"透透气呀。"朋友笑说。他的这种行为，可能在习惯了拉上窗帘保护自己隐私的日本人眼里太不可思议了，太奇异了。邻窗的日本老头竟然在某一天叫了警察。警察来敲门，朋友一头雾水，莫名其妙，不知犯了什么法。而警察逡巡了一圈，发现

富士山下

这是个外国人之后，马上明白了问题的症结所在。一个警察有点不太好意思地告诉他，通常，日本人是不会长时间地打开自家的窗帘的。

朋友恍然大悟，从此，轻易便也不再打开自己的窗帘。

在拥挤得缺少私密空间的国度，生活在窗帘后，以一层白色薄纱来试图有效地保护自己，也是一种现代文明发展进程中的无奈之举。

所以，我觉得日本虽然发达，生活质量其实较欧美还是有差距的，但作为亚洲的老大，它的生活水平的确还是远远地超越了亚洲的其他国家。

日本很像中国。街上的店铺招牌基本都是汉字，银行就是银行，书店就是书店，料理就是餐厅，地铁就是地下铁，一目了然，没有任何疑问。我们在东京的地下铁里手持一张从酒店前台拿到的地铁图上上下下，健步如飞，从秋叶原到银座，从银座到涩谷，从涩谷到新宿，一点也没走冤枉路，感觉一点也不像是在外国，只要不开口说话，根据地图或者路牌的指示行走在这个陌生亚洲城市的感觉，几乎与走在北京没有什么区别，当然，没有区别指的只是文化心理层面上的认同感，其实还是有区别的，区别就在于：同样的熙来攘往，人头攒动，日本的流动是紧张有序的，多而不乱的，目的性明确的，而北京的人潮涌动则是混乱的，充满焦虑的，盲无目的随波逐流的。我们这次在北京，也多次乘坐地铁，这也是缘于甫到北京，家人就建议我们多多使用北京的地铁，还为我们备好了北京的地铁图。北京的地铁现在已经不再是单一的直线，已经构成了四通八达的网状，通往北京的每一个遥远或者不遥远的角落，很方便。我其实已经很多年不使用公共交通了，即使是在我现在生活的城市。然而，东京地铁给我们留下了非常良好的印象，所以，在回到北京后我们也开始欣然乘地铁出行。

欣然，也是因为住处附近就有地铁站，比较方便。与东京地铁相比，除了洁净程度相差有点远，其他方面也还好。

日本的"小"，还表现在汽车上，好像大街上奔跑的汽车都比我们的车子要窄一些，但无论是什么型号什么款式的车，都锃新瓦亮，都像是刚出厂的新车，这可能与整体环境的干净有关吧。

日本的人也是瘦小的，这里到处是身形瘦小的人，皮肤白白的，几乎很少见到胖子，或者是那种彪形大汉。女人都妆容精致淡雅，男人的衣着发型也都看似经过细心的打理。他们就是一群活得很在意的人，衣食住行，虽然不是那么宽裕，却都经过了认真的料理和安排，所以，外表看去都是挺让人舒服的人。

让人舒服的还有一点：人们都非常有礼貌，非常。

每当我们在街上偶尔停住脚步查看手里的地图，有些踯躅犹豫时，总会有人主动上来询问是否需要帮助。很少日本人会讲英语，即使会讲几句，发音也是一塌糊涂，难以分辨讲的是日语还是英语，这个民族的语言能力奇差，关于这一点，其他民族早有共识。但无论是否会讲英语，都不影响他们帮助他人的热情。我们所遇到的好心人，不是耐心地用极其蹩脚的英语为我们一点点将有点复杂的路线讲清楚，就是帮人帮到底地陪我们走上一程，直到我们乘上下一段车。

那种由陌生大都市里的拥挤所带来的疲劳和烦乱，在这些干净有礼的人热情谦和的笑容下，于是缓解了许多。

在东京的地铁里穿行的时候，看到了一个熟悉的站名：上野。上中学时，语文课本里那篇鲁迅著名的《藤野先生》，开头就写到了“上野的樱花烂漫的时节，望去确也像绯红的轻云”。所以，地铁经过上野站，虽然没有下车，我却感到非常熟悉，仿佛那里是一个曾经来过多次的老地方。地铁在上野附近有一段路是在地面上行驶的，我竭力巴望着窗外，迅速地在心里把那风景与内心关于上野的想象进行着对照。

其实这种对照是完全虚幻而没有依据的，因为终究还是没有见到鲁迅笔下的上野公园。

我们到达东京时是一月，树木都光秃秃的，也没有传说中如云的樱花。

从芝加哥经过十几个小时的飞行后踏上日本岛的那一瞬间，我曾感到了一种奇妙的亲切，我想这可能是因为又看见了到处扑面而来的汉字和同样黑眼睛黑头发的东方人的缘故吧。当然，更可能是因为，我离故乡越来越近了，已经非常近，可以说近在咫尺，我已经有点急不可待，归心似箭了。

好吃吗

话说有一位天津人，学了几句英语日常用语后就出国了。有一天他上街买东西，想问问价格，用英语说，应该是“How much？”他开口道：“嘛好吃？”对方没听懂，他又改用另一句：“吃嘛好？”对方仍没听懂，这位老哥儿又问道：“好吃吗？”

这是个段子，意在调侃有特色的天津话。而这位老哥儿三句话没离开吃，也说明确实是“民以食为天。”

以前在国内时，我的工作使我整天出入于各大酒店饭局，与一些人举杯换盏，觥筹交错，吃遍了鲍参翅肚、山珍海味。北京饭局吃的风格是一阵一阵的，不是随着口味变，而是随着流行变的，一会儿风行淮扬菜，一会儿是川菜，一会儿是湖南菜，一会儿是家常菜。但是对于一些高层次的商务公务应酬来说，却一直都在选用粤菜，北京的天价饭店都是粤菜馆。那时侯流行的“京城四大傻”，说的就是我们这些因公或因私而混在职场商场官场的人。其中我符合两条：吃饭点龙虾，购物去燕莎（燕莎是北京当时的高级商厦）。总之是个冤大头。

说实话，我不怎么喜欢广东菜。我觉得太清淡，食之无味，但大家之所以都选择到粤菜餐厅来大快朵颐，也说明它可能还是好吃。当然更可能因为它的形式上的夸张很适合社交场合那种虚张声势的气氛，那富丽如皇宫的店堂和整面墙的大鱼缸，都让被请者产生幻觉，也让

请客者特别有面子。吃的花样就更不用说了。比如龙虾三吃，那大木船载着空头虚尾的龙虾，每每上来时必引起客人啧啧的赞叹，使宴席的气氛掀起高潮。而后面还有用同一只龙虾头尾熬的粥（人家叫“煲粥”，听听），同一只龙虾壳的爆炒蘸椒盐。明明是一个将龙虾全身“变废为宝”的把戏，却成了高级“范儿”，这就是食文化，是吃的艺术。

有一阵子流行吃鲍鱼，所以每桌必点鲍鱼。鲍鱼很贵，每只一千元左右，一般是每人一只。没吃出多好吃来，所以每逢我请客时，真想告诉服务员少来一只，我不要了。但在酒席应酬上又怕显得不体面，被我宴请的客人视为“小气”，虽然花的是公款，办的是公事，可用的却都是私人的关系与交情，是私人之间的“对眼儿”与“投缘”，所以印象很重要。别人请我时也如是，所以咱得守规矩，随大流。可以不爱吃，不能不花钱。

来到加拿大后，就算是告别了这种大吃大喝的日子。倒也并不怀念。这里的中餐馆大多是粤菜馆，大龙虾、三文鱼之类比国内便宜得多，也很平常，所以没人用其“摆谱儿”。但我们也很少去，一是因为本来就不爱吃，同时也因为本地中餐馆里那菜的味道已经不再原汁原味，而是介于中西之间，像人一样，已经从“淮南的橘”变成了“淮北的枳”。在这里我想念的是什么呢？想念北京的羊蝎子，想念郭林家常菜里的炒窝头，想念大鸭梨的粉蒸肉，还想念油酥火烧。

前年在北京小住时，我竟然想念起了日本寿司，这可是在国外这几年的新爱。这里的寿司店很多，而且老板净是台湾人，这可能是早年台湾被日本侵占与奴役的后果吧，先学会了做日本饭。我带女儿月亮去金源时代的回转寿司店大吃了一顿，感觉那鱼片不是那么太新鲜，有点儿在牙齿间纠缠。但还不错，就是价格够贵，花了三百多。价格贵主要是比的，我们这里同样的一餐寿司只要二三十加元，而且鱼子鱼片都新鲜到入口即化。我问月亮：“好吃吗？”她忙不迭地点头：“嗯，好吃。”

行啊，只要是觉得好吃，咱就不管它：“How much？”

落雪时分

在北方的漂移
是一个落雪成冰的过程
惊心动魄的温柔在寂静无声里融化
落雪是冬天唯一的风景与歌声

潺潺的流水伴随着
偶然回归《诗经》的旅途，在水一方
与火相遇。冰火两重天
绽放晶莹与燃烧，在风里
玫瑰之吻散发着八月的炙热
和十二月的清冷

无迹可循，覆盖与刷新
是无数个漫漫长夜的主题
梦中的向日葵被再度惊醒
一次次定格在每一个梦醒时分
回溯在断断续续中失去线索
结构复杂的雪花在与日光相逢的瞬间
分解成透明的虚无。于是
在雪落下来的那一刻，春天同时降临

冬天忧郁症

已经开始使用冬令时了，时间拨慢一个小时。

站在窗前向外望去，发现斜对面的邻居竟然把那个打小雨伞的恋人雕塑用苫布包裹了起来，是怕那对石头恋人冻着?看来这对夫妻实在是吃饱了没事干了，闲得难受。走出家门，又发现并排的邻居不知什么时候也用苫布盖上了他的大房车。那辆大房车像个大巴士这么大，这么长，夏天老头开出去过几次，冬天看来用不着了。

我们在上周末已经用苫布将游泳池蒙上，冬天也用不着了。

冬天有冬天的乐趣。很多西人甚至盼望冬天的来临。冬天除了可以去滑雪，很多人还会出去打猎。开着皮卡，装上一整车的面包、奶酪、火腿等食品进山，一两个星期后会带着猎物归来。有一年，曾经有朋友给我送来一块熊肉，就是他出去打猎收获了一只大狗熊。我们按照红烧肉的方法炖了，味道鲜美，很香。但好像熊肉属于热性，吃完后的几天，我的嘴唇上起了很多泡。

为什么不把熊掌送给我呢? 我估计老外不懂，有可能把熊掌剁下来扔了，就像他们把鸡爪鸭爪猪蹄都当废料扔了一样。当然，出于礼貌，我没好意思问。

上周末，全家一起聚会时，我们讨论起冬天的话题，说："要不咱们也买个猎枪去打猎吧!"妹妹Echo马上反对："你知道进哪个山吗? "还

真不知道。而且这几位没一个像是具有可以和狗熊搏斗的骁勇，哪怕只是埋伏在深山老林里远远地瞄准放枪。都是连放个炮仗都捂着耳朵躲老远的人。

Echo也是心有余悸。有一年夏天，她和朋友到野外露营，半夜时分，黑熊来到了营地觅食，在帐篷里她听见了大熊近在咫尺的粗重的呼吸，她说，当时已经大脑一片空白，心脏停止了跳动，觉得自己死定了，只等着大狗熊以他有力的大巴掌打翻帐篷扑上身来。这时，周围帐篷里露营的人敲起了铁盆，然后就听见大狗熊被噪音吓得落荒而逃的脚步声渐渐远去了，这才长嘘一口气。感谢我主保佑，宛若死里逃生。

从此她好像就再也不去露营了。露营是本地人在夏天比较热衷的活动。

我以前上学时，有一年暑假，去维也纳旅游。夏天里，欧洲到处是三五成群或者独自一人背着高高的行囊在烈日下暴走的大学生，我也是其中这样的一位。

白天在维也纳瞎逛的时候，发现了游乐场外的一片森林。我忽然想起了约翰施特劳斯的圆舞曲《维也纳的森林》，于是心血来潮地提议说，要不晚上在这片森林里露营吧。我的提议得到了同伴们热烈的响应，于是就这样决定了。

那天晚上，我们在夜幕降临以后来到了这片森林，在伸手不见五指的林间空地支上帐篷，一夜无梦地睡到第二天早晨的太阳照在脸上。

没什么特殊感觉。起来后又是极其疲累地玩了一天，然后就去酒店了。睡帐篷比睡酒店差远了。酒店要舒服得多。

我一直清楚地记得当晚在一片黑暗里支帐篷的情景，当时手忙脚乱，也没顾得上看天上是否有星星和月亮。对现在来说，只是记得一生中，曾经有这么一个夜晚是睡在维也纳的森林里，无他。

时间的河流兀自向前，我们站在那河中间，望着波光里的倒影，那倒影就是记忆。而我们终其一生能够真正拥有的，只有记忆。

所谓色即是空，空即是色，色不异空，空不异色，可能表达的就是这样的含义罢。人生有时就像一场幻觉，浮光掠影，所有的一切在发生的同时也已经消失。

前两天过生日，全家聚会时，又是一通乱喝。席间，文立举杯，祝愿我青春永驻。我吓得连连摆手，千万别提青春这件事。全体笑。我夹起妈妈炒的豆腐白菜，随口说："好像咱们以前在北京专门去鼓楼后面吃过一种老北京小吃，叫什么豆腐。"竟然大家都想不起来了，那菜叫什么。文立说："现在那里都拆了，那些小饭馆已经没有了。"文立其实以前比我们去的次数多多了，他是导游，带着来自国外港台的游客去品尝老北京小吃是其中一个旅游项目。他的旅游项目还包括在从八达岭长城回城的路上进一个名叫"宝X堂"的中药房，买一种由清凉油和凡士林混合的软膏，叫"宝X灵"。每小瓶150元。这是当时国家规定的涉外旅游团队购物项目。据说有一个气功师现场用烧红的烙铁把自己烫伤，然后涂上“宝X灵”，烫伤立竿见影地好起来。每次气功师表演完，老外和港台同胞们都惊呼，然后出于受到惊吓和钦佩惊奇交织的复杂心理，在尚未散去的人肉的焦糊气味中纷纷解囊，每人会买上好几瓶。文立还送给我们每家人好几瓶，我们带来加拿大。每逢月亮被蚊子咬了大包，大家就异口同声地说：“赶紧去涂点宝X灵！”

现在文立竟然也想不起来曾经一度差不多每天都要品尝的那道菜的名字了，他手抚在前额作苦思冥想状。妈妈忽然说：“是麻豆腐。”对对对！我们齐声附和：“就是麻豆腐。”妈妈又说：“我们小时候都是小贩挑着担子走街串巷来卖的。”

妈妈是近事记不住，远事记得清。我们怎么近事记不住，远事也记不清了？

每年冬天来临的时候，心里都有一种恐慌。但，冬天仍然会毫不迟疑地来。门前那棵深紫色叶子的枫树变成了古铜色，奇怪的是，那叶子竟然没有掉太多。另一棵树的叶子已经全掉光。

商场里已经摆满了出售的各种颜色和形状的圣诞树。月亮说，咱们今年买棵大的放客厅。她还说，我要把门前的柏树都挂上彩灯。

我的心一紧，这又是不小的工作量。

月亮还问我：“妈妈，你的轮胎换了吗？”下雪之前，我们一般要给车子换上防滑轮胎。喜欢开快车的我今天急速冲下山道，月亮在车后说：“妈妈，冬天你可不能这样开。”

已经像个大孩子，开始嘱咐叮咛我。

时间的河兀自流着，带走很多浮云翻卷的日子，带走很多飘飞的思绪和感慨，只留下一片模模糊糊、摇摇晃晃、支离破碎的倒影，提醒着我们曾经拥有的过去。

未来尚未浮现，今天已然退去。

纽约的伤口

这次去纽约，又见到世贸大厦的遗址，那里现在是一个大坑，有吊车和挖土机在工作，据说是在建新的世贸大厦。每次见到遗址那个大坑，我的心就有些沉重。

世贸大厦顶层那个观光平台我曾上去过两次，第一次是在1998年某一日的早晨八点多，还有一次是在2001年4月的一个晚上。我还记得，当时，初春料峭的晚风吹在我的脸上，夜纽约闪烁的霓虹在我的脚下。五个月后这座大楼就被飞机撞坍了，得知这个消息时我在北京，在我西三环的家里睡觉，睡梦中接到从加拿大打来的电话，告诉我，世贸大厦倒了。当时我十分惊谔，第一个反应就是太不可思议了，太可怕了，太可惜了！

后来才知道本·拉登这个人。我过去在苏联上学时有个同学巴拉奇是巴基斯坦人，但持阿富汗护照，学生之外的身份是阿富汗驻苏联大使馆外交官。那时苏军占领阿富汗，巴拉奇就是为那个亲苏的政府服务的。他那时是我们这些外国学生中的贵族，他老爸不知因何原因流亡英国，有得是钱，每年给他的五个儿子每家五万英镑生活费，所以他整天用这些钱花天酒地，也经常请我们大吃大喝。他说他老爸曾经到过中国访问，并受到过毛主席的接见，然后叮嘱他的儿子们一定要到中国去，因为中国是一个非常有意思的国家。由此我猜想他老爸可

2010年4月在纽约时代广场

能也曾是某一个领袖级的人物，只是后来下台落魄了罢。我已经很多年也没有见到巴拉奇了，毕业后大家各奔东西，逐渐失去了联系。本·拉登使我想起了巴拉奇，突然想到，他现在不会是基地组织的一员吧？如果是，一定是领导层的成员。

因为世贸的倒塌，我讨厌本·拉登。我不喜欢阴暗的东西，包括人和事，不论孰是孰非，这种宣战的手段都是阴暗而见不得阳光的，是小人之举。在纽约街头的纪念品商店里，我见到一种手纸，上面印着本·拉登的头像。对于纽约人来说，本·拉登就是魔鬼撒旦，是不共戴天的仇人，世贸就是纽约的伤口，本·拉登伤害了他们，方式方法令人无法原谅与苟同。

我们生活在一个恐怖的时代，战争的气氛布满身边，就连这两年的时装也反映这一点。这两年一直流行迷彩服，从老人到小孩，均以身着一件迷彩的上衣或裤子为时髦。还流行军绿色，我就有好几件这类的衣服，现在想想，其实是战争诡异的气氛投射到我们的内心的反映吧。

因为本·拉登所投下的巨大阴影，所以我对于新的世贸大厦并不怎么期待。如果只是为了凌空观赏纽约的姿容，现在的帝国大厦及洛克非勒中心之类足矣，倒不如留下这个深坑，以警醒世人，警醒后代，让我们都不要忘记这人类曾经的野蛮。

慢慢长大

昨天晚上，月亮又提起买新型游戏机的事，我又一次痛快地答应说："好吧。"

这已经是第N个游戏机了，我们随着游戏机更新换代的脚步，气喘吁吁地一路小跑。

其实也怨我，帮她开了窍。本来开始她的兴趣没在这上边，只是玩一个简易的俄罗斯方块游戏机。去年在北京时，我们去万通小商品市场，想买个新的俄罗斯方块机，结果人家告诉我们，那个早过时了，然后就展示了GAME BOY手掌机。本来打算花二十的我们砰然心动之下花了八百。从此就不但要买芭比娃娃、漂亮衣服、好看的书，也开始买各种规格功能的游戏机了。

也确实好玩，我也经常茶饭不思地玩《超级玛利奥》，跟着玛利奥过关斩将，死了大呼"妈妈蜜呀"。连大人都抵挡不了的诱惑，更何况一个小孩儿！我们的童年没有这些，都是因陋就简的游戏，比如跳房子，跳皮筋，推铁环之类。我们没有一个小屏幕跟着玛利奥去飘洋过海、探险寻宝，我们是在操场上。院子里真人游戏，真人追逐。

一直没搞清楚哪一种童年更快乐。

月亮一周岁的时候，我们也为她准备了笔墨纸砚、飞机汽车、胭脂口红、书本画报、漂亮衣服，围成一圈，让她"抓周"，据说是可以看出孩

月亮与小朋友在一起

子未来的兴趣爱好。小月亮在中间坐定后，环顾四周，笑吟吟地一把抓起了那张百元大钞，举了起来，围在一旁的我们这些读书人长辈面面相觑，目瞪口呆。太残酷了！咱不指望她长大了“视金钱如粪土”，也别就认钱啊。

这小孩聪明过人，慧眼呀！有钱了什么买不来！事后我们互相解嘲。

月亮现在除了上学，每天还弹钢琴，写几个中国字，每周去练芭蕾。前一段时间，她回家说学校成立了一个柔道训练队，几天后又说她被选进柔道队了，每周三要训练一小时。我没太在意，甚至有点窃喜：管他柔道、跆拳道、花道、茶道、黑道白道呢，道可道，非常道，什么道咱都可以学，没有限制，艺不压身。何况还不交学费，何乐而不为?！一两次以后，每星期二的晚上她开始撅嘴抱怨教练太严了，净挨骂，不想练了。我鼓励她：“做任何事都贵在坚持，不能半途而废。”她不停地嘟嘟囔囔，但还是又坚持了几次。后来情况愈演愈烈，甚至发展到每周三早上故意在床上磨磨蹭蹭不想去上学了，我才重视起来，也才发现我根本就不知柔道具体是干什么，于是上网去查，然后就大吃一惊。我一直以为这是武术的一种，与跆拳道、空手道差不多，谁想到其实柔道就是摔跤。一个女孩子练摔跤干什么?！我简直无法想象月亮与他人骈手抵足撕扯翻滚在一起的情景……而且每周跳芭蕾为的是练出纤细与修长，而柔道需要的是大力与粗壮，两两相抵，这不都白练嘛。我赶忙给老师留言，以委婉的语气征询："Manon非常不喜欢练柔道，如果她退出训练，妥否？"

第二天老师回话："当然，当然可以!对不起!我以为东方人都会很喜欢练柔道呢。"

原来，老师还是特意把这个"难得"的机会给了月亮，得到这个"难得"的机会的还有她学校的另一个香港来的男孩儿。以为我们东方人个个都练道呢，也不论是哪一道!

老师选上月亮去练柔道，可能还因为咱家个子高。每次和月亮去家附近那中式自助餐厅吃饭，都感到有点尴尬。主要因为月亮个子太高，所以总让人产生年龄上的误解。我总要专门告诉服务生："她十岁。"因为大人和孩子价钱是不一样的，十二岁是坎儿。有时候，有些服务生会看看她，再满腹狐疑地回头看看我。每当这时，我就会有些不自然，未做贼心也虚，好像占了人家的小便宜。

有时也犹豫，干脆就甭提这件事了，人家爱把她当大人就当大人，当小孩就是小孩吧。但又觉得不对，凭什么！咱没做亏心事，有什么心虚的。所以每次还是勇敢地迎接着服务生探询的目光，也并不主动解释。

这家自助餐厅还不错，有阿拉斯加蟹腿提供。说实话，这不是我爱吃的东西，费半天劲抠出一点点肉，怎么品出其香?我会给月亮剥一点，然后她大口地咽下去。

昨天停好车，往餐厅走的时候，我说："今天咱不吃蟹腿了，好吗?一点也不好吃，还这么费劲。"月亮微低着头，踢着脚下的一个小石头，说："我也觉得是。就是贵，吃它合算。"

天！一不小心，真理让一个小孩给说出来了，去吃自助餐时，我们往往考虑的不是好吃，而是合算。因为"合算"，就塞上一肚子垃圾，然后大腹便便满足地离开。

所以我不爱去自助餐，但我们这里的餐馆普遍不好吃，点出来的菜也不是你想要的，自助餐种类多，上百种食品，总有一款适合您吧，即使不适合，也"合算"。

这几天收拾月亮的东西，发现了好几个日记本，每本都记了几页，是她前几年在我"逼迫"下断断续续写的，为的是让她练中文。

看这篇：

2005年1月31日　晴

今天早上，我没有上学，因为妈妈不叫我!今天下午，我也没上学。下面妈妈来说吧!!!!（不知为什么用了这么多叹号）

以下是我继续写的：

月亮今天表现不错。上午不起床，和妈妈说好下午去上课，可中午吃完饭，她又说不想出门了，结果下午也没去学校，在家看了一整天电视。妈妈让她出去吃晚饭，她说不想出门，还告诉妈妈"你愿意吃你自己去吧"。

再看下一篇：

2005年2月1日　晴

今天在学校我没有上厕所。我喝了一口水!今天我不想上课间。下面妈妈来说吧?（这回用了正常的句号）

以下是我继续写的：

月亮今天穿着小姨圣诞节送给她的浅兰色GAP休闲服去上学的。她很喜欢这身衣服，今天是第一次穿着去上学。

月亮今天在家表现也挺乖，想到明天是她8岁生日，她很激动，这几天总在唱歌，练琴也听话了许多。

明天是月亮生日，月亮又长一岁了……

重读，发现月亮现在真是长大了许多。

前几天，大家讨论为老爸庆寿的事，我不在家。听说月亮极其郑重地问道："姥爷，你过生日，看看你需要什么，是摄像机呀还是照相机？我和妈妈送给你。"

所有在场的人都大笑起来。

昨天我们去看了《哈里·波特》，回家后她开始上网查找哈里·波特演员的资料。我在另外的房间独自看新买的IL DIVO乐队的演唱会光盘。看到激动时，我大喊："月亮，快来看！"月亮进来，我指着屏幕说："看，多好!多帅！"月亮漫不经心地瞥了一眼，说："不如哈里·波特帅！"

这就叫"各花入各眼"。

哈里·波特也长大了，在这集里，他还有了个中国女朋友。

邂逅克格勃

来到莫斯科大学的第二天，在宿舍楼下的大堂里，我和奥列格相遇了，他热情地打招呼："你好！"那时，我们这几个小孩的到来就像是外星人来到地球，我们对这个已经与中国隔绝多年、鲜有信息交流的国家充满未知与好奇，而且因为年纪小，还有点紧张。而苏联人则对这几个"天外来客"充满戒备，所以我们并没有受到想象中的热情欢迎，基本上人们是用躲闪的眼神来迎接我们，而奥列格的亲切问候，让急于开始用俄语交谈的我们倍感温暖。然后他就邀请我们周末一起出去吃饭，还有另外一个中国女孩。就这么认识了。

我们去的是学校附近的一家意大利馅饼店，那是我平生第一次吃PIZZA，很喜欢，没有什么不适的感觉，这种对PIZZA的喜欢一直保持至今。

奥列格高个，秃顶，看上去三十多岁的样子，可他说他二十二岁，是五年级的学生，会讲五门外语。当时的苏联还是坚定的社会主义阵营的老大哥，在意识形态领域开放的程度不及中国，而奥列格却有很多在当时看来颇为激进的思想，在谈话中流露出来，让我们有些吃惊。

从此，奥列格开始混迹于我们这几个中国孩子中间了。他认识了每一个人，在男孩里他也找到了密友，他和我们一起出去玩，他知道谁和谁闹别扭了，谁和谁关系亲密，哪个男孩想追求哪个女孩，各家父母都是何方人氏……一切的一切。而且，他没有苏联同学朋友，他的朋友

毕业论文答辩后与导师合影

就是我们这几个“外星人”。

其实我们也怀疑他是克格勃。出国前我们都接受了必要的教育与培训，主要是在外事纪律方面的注意事项，特别是针对两国当时敏感与微妙的关系，以及久闻大名无孔不入的克格勃，都为我们敲了警钟。我们不傻。但是，一方面，当时，我们肩负着祖国人民的期望，万里挑一地被选上派来学习；内心感到无比骄傲无上荣光，信心百倍地下决心一定不辜负祖国的重托；而另一方面，我们确实都还是孩子，一群刚刚离开大人羽翼呵护的无忧无虑的少年，所以根本也没拿他当回事，管他是谁呢！再说，我们也确实不知道什么国家机密。内心所有内容都写在了脸上，我们那时候就是几张纯净的白纸。

前苏联有个远东研究所，是针对东亚的克格勃机关。我们来到以后发现，系里有一位副系主任，会讲中国话，后来知道，原来是特意从远东研究所调来，也是针对我们的。这个系主任是个中年男子，英俊文雅，眼神阴翳。他叫阿列克塞。阿列克塞有一阵跟我关系挺好，他也曾请我出去吃饭。对于这个明摆着的克格勃的邀请，我心里还是有些忐忑不安的，但还是硬着头皮去了。果然在席间，阿列克塞提出："我觉得你很有前途，以后准备好继续读博士吧，我可以帮你。"那时我仅仅是二年级的学生，离申请读博士还远着呢。谁知他这是下的什么诱饵，怀的什么鬼胎呢。面对"敌人"的糖衣炮弹，我很巧妙很"艺术"地答道："不不不！！我已经厌倦学习了，不想再读了！"他顿时满脸失望。而我就是要刻意在他面前将自己塑造成一个不思进取，难以担当大任的人。我绝非栋梁之材，您就别在我身上废工夫啦！

后来阿列克塞在一些事情上还真帮了我，比如调换个宿舍之类，而且，他还特别愿意跟我聊天，有的同学几年中从没和他说过一句话。当然，这也许也是他的工作需要。聊天时，他会告诉我一些趣闻逸事，包括在哪个中国女孩房间里发现某个外国男孩夜里出入之类的花边新闻（这样的事只对中国人算新闻），我始终没搞清楚，传传这样的闲话也是他的工作需要还是只是他本人"八卦"的本性？

有一次在地铁里，有一位个子不高的苏联小伙子用汉语跟我打招呼，他自我介绍说是国际关系学院的学生，然后就互相交换了联系方式。那以后的一段时间，每个周末，他都去宿舍找我，然后我会又约上其他中国同学，我们一起去看电影。他曾经问我喜欢看哪一类的片子，我说："爱看法国电影，文艺片。"我们于是一起看了几部法国文艺片，都是很不错的片子，有的我至今记忆尤新。那时候脑子里，除了学习就是玩，对周围的人或事都不怎么入心，所以他来了，如果我恰好没事，就一起说会儿汉语，说会儿俄语，一起去看电影。我也经常不在，所以他也白跑过好几回。有一次他曾认真地问我：什么时候会在家？他什么时候来比较方便？但我支支吾吾，还真说不清，因为我自己也不知道。一来二去，这人后来就不来了。现在想起来，地铁上的邂逅很有可能也是他们组织上精心的策划与安排。我在莫斯科生活了很多年，这样的奇遇为什么仅此一次？幸运的是当时我的懵懂无知，我的并无伪饰的透明单纯，我的充满阳光的率真性格使我一次次地遭遇陷阱，却又从来都是全身而出，而且我应该感谢他们，由于他们介入了我的生活，在协助我克服最初生活上的困难，引导我了解俄罗斯文化等等方面帮了我很多，虽然事后想起来也会有些虎口脱险、劫后余生的味道。

那几年，我们这几位也享尽了风光。因为是第一批友好的使者，又是风华正茂的年轻人，引起了极大的关注。我们被请去少年宫与小朋友联欢，被请去学校演讲，我们读书唱歌打雪仗的照片还被登载在当时的《苏联画报》上。回想起来，这些经历都是如此的浪漫与传奇，而且，能够与传说中的克格勃相遇，还使这段生活有了惊险与刺激的别样味道。

据说奥列格现在在美国。不知是去执行任务还是脱离组织了，因为星星还是那个星星，月亮还是那个月亮，可那国家已经不是那个国家了。而关于那个国家的变迁，说实话，我很遗憾。

阿列克塞还在学校里，我想他的工作重点已经转移了。在我留学的后几年，因为形势已经变化，已经能感觉到他的消沉与落寞。虽然他见了我，还是会问："哪天我们去吃饭？"而我也会说："过两天吧。"这里的"两天"其实就是遥遥无期，所以话音未落我们就会对视，然后哈哈大笑。彼此内心洞若观火。有时候，我甚至有点想念他咄咄逼人的眼神，那里透着睿智，透着极度的自信，透着狡猾，透着阴险毒辣。他是一个绝对出色的人，而且当时，对于我这个小女孩，他除了呵护，还是呵护，并没有任何违背我个人意愿的强迫。所以在我的内心对他一直存有敬意。

只是，也令我遗憾的是，我至今没有掌握过什么国家机密，虽然我其实对这机密也非常好奇。令我好奇的还有这种谍海生涯的沉浮，所以我很爱看《007》。在梦里，我也曾一袭黑色皮衣裤，深入虎穴，用精巧的小手枪顶住对手的太阳穴，低声喝道："把图纸交出来！"

想象一下，如果有机会再见到这些特殊的老朋友，我仍然是无可奉告，多么令人扫兴。所以只能以成熟的表情，注视对方，征询："要不告诉你一点我们家的秘密？"

我已经长成一个善解人意的人，真的不想让任何对我有期待的人失望。

巴别塔

晚上，女儿月亮手拿一张画走出自己的房门，来到书房，问我："妈妈，你看像吗？"画上是一个日本卡通美女，身材苗条，睫毛卷翘，眼睛照例大得夸张。旁边还写了一句日语，我断断续续地认识其中的几个字：大—好—人。我问："像谁呀？"月亮一指我，说："你。"我真希望我长得像那个画上的人！在我一口气还没缓上来的时候，月亮又说了一句日语，一句听着很标准的日语。她解释，就是画上那句"大好人"，意思是"最爱的人"。日语跟汉语看来还真接近，最爱的人就是大好人，合情合理。

自从月亮每天痴迷于日剧《网球王子》以来，她一直说自己懂日语。因为她看的是日语版的《网球王子》。但我一直将此视为一个小孩子的笑谈，没有当真。昨天，我认真地问她："你现在真的懂日语吗？"她认真地点点头，说："听和说基本上没什么问题，可能写会差一些。"

我想，这是真的。因为她的英语和法语也得益于看电视，看动画片。语言在孩子那里就是一种本能，接触多了，自然就会了，不像大人，先学语法，再背单词，说一句话之前前思后想，反复斟酌，最后还是说得磕磕巴巴。孩子都是小录音机，直接就开始说了，不存在语言障碍。

我进一步问："听说现在中国的小孩子都流行火星文，你知道吗？你会的是日语还是火星文？"月亮点着头，说："我知道火星文。我会的

是日语，但我也明白火星文。”她随口就说了一句火星语：迷U。好像是“没有”的意思。还有，月亮说：“罡妹”就是比漂亮美眉还漂亮的意思，罡=四正=漂亮美眉×4。看见我完全呆了，月亮又说：“以后我们说话，你们这些老年人就不懂了。”

她得意得咯咯笑起来，我瞪着眼睛完全无言以对。

我费尽九牛二虎之力给她灌输汉语，就是为了我们母女无论在地球的任何角落都能够永远使用自己的母语聊天、交流，结果人家已经不说地球话了，开始说火星语了！好像以前曾经有个练气功的张香玉，专门说宇宙语。听说那宇宙语就是从肚子里发出的像鸽子一样咕咕的叫声，后来这个张香玉被当作骗子抓了起来。

月亮现在十一岁，会讲英语、法语、汉语、日语，还有……火星语。太厉害了！

我给月亮讲了一个从网上看来的笑话：一个人在超市里买东西，看见一个黑人，他就对旁边的朋友说：“看，老黑，真黑。”结果黑人看了看他说："就你白！"

我们俩人一起放声大笑。想起国庆节那天晚上，我们去国会山看烟花，走到国会山附近的一座桥上时，烟花已经腾空而起。我们干脆直接将车停在了路中央（路边已经没有停车位了），就坐在车里仰头看起来。正看得开心，一胖一瘦两个男人走过来，在我们目光的前方停住脚步，也看了起来，而他们恰好挡住了我们的视线。月亮马上抱怨说："他们挡住我了！"文立从驾驶座回头，开玩笑说："你告诉他，大胖子，别挡我。"我们一齐笑起来。我又大声肆无忌惮地说："你告诉他，大胖……"刚说到此，Echo表情紧张地说："嘘！小点声！"我回头不解地望着她，她小声说："他好像是中国人。"我们顿时都笑坍了。而正在这时，那个体型硕大的大胖子回头看了我们的车一眼，果然是个亚洲人！

我们几个人笑得更厉害了。已经笑得顾不得看烟花。

世界这么大，世界这么小。其实人种、民族、人与人之间的隔阂就在于语言。语言在人们的生活中非常重要，非常。我又想起了《圣经》里那个熟悉的巴别塔的故事。前些日子曾经读过一本当代美国小说《巴别塔之犬》，小说讲了一个有点离奇和感伤的故事：一位语言学家深爱的妻子突然坠亡，而他们的爱犬是这场悲剧的唯一目击者。陷入悲伤里不能自拔的语言学家为了揭开妻子死亡的秘密，异想天开地想要教会自己的爱犬说话，并由此展开了对死去的妻子内心世界的一系列探究……

从小说的名字你就可以猜出来，这同样是一个与语言有关的故事，这里的语言所指的并不仅仅是我们在日常生活里所使用的那个看得见或者听得见的语言，更指的是一种交流，一种交流的形式，一种相同质地的能量的交换。这种交流并不见得因为你们使用的是相同的语言而就畅通无阻，这就是小说《巴别塔之犬》里那个妻子的悲剧所要告诉我们的含义，这是一个巴别塔式的悲剧在当代生活里的折射。她的死亡是自己的选择，是自杀，而导致她决定结束自己生命的原因正是某种在现实生活里因为交流的阻断和隔阂而产生的窒息感、无力感、孤独感、虚弱感。悲剧还在于她无人分享自己的诸多感觉，她甚至认为，同类们，包括同床共寝、相濡以沫的丈夫，对她的理解甚至不及那条爱犬，最终，敏感而绝望的她选择了她自己认为合适的一种方式，去了另外的世界。也许在那里她能有机会重新建造自己的巴别塔？但愿。

我想，上帝其实是想通过巴别塔的故事来告诉人类，所谓的语言并不仅只是那个可以发音和写出文字的东西，它更是一种媒介，一种交流的介质。人类作为一个相亲相爱的大家庭，曾经天然地拥有这样的交流能力，不管是通过眼神、表情、肢体还是思维频率的发射与沟通，但后来人类在进化或者退化的过程中逐渐分崩离析，失去了这些天赋的能力，从而对单纯的语言的表达逐渐依赖起来，并最终成为这种交流方式的奴隶。

而导致人类失去天然的交流能力的原因，也许极为简单，因为《圣经》和很多的宗教书籍都再三地表述过，基督的行为与言辞一致，他的心蕴含着美善、智慧、公义的完美形态，所以，他的言辞对于他伟大的心来说正是言为心声。心声，言行的坦然一致，表里如一，这就是我们所说的“心声”这个词的含义，当人类在魔鬼撒旦的蛊惑下忘记了自己所应该依从的“心声”，才会让自己越来越身陷于由谎言、谗言、恶言、流言所构成的陷阱，于是日渐远离真善美的真谛，远离造物主的意旨和初衷，在无止境的贪欲驱使下的人们企图通过巴别塔的建造来进入天堂，取代上帝，怎能不引起上帝忍无可忍的愤怒和绝然？

当然，我们从此就失去了在同一个频率上无限沟通与交流的机会，从此身陷自己所营造的“他人即地狱”的陷阱，这是人类总体最大的悲剧，而此后，人类所有的战争、钩心斗角、自相残杀无不源于这个最大的悲剧。

我也是一个或流利或结巴地能说几门语言的人，二十岁以后我就一直生活在似懂非懂，似是而非的语境中，我已经习惯了不同种族之间一知半解的交流。我也深有体会：确实，很多时候，当你用那门语言和对方交流的时候，你就觉得懂他们了。这种懂不光指的是懂了他们的话，还有他们的思想活动、思维方法。当然，这种“懂”，其实仍然还是最基本最粗浅层次的“懂”，而更高层次的“懂得”，也许完全无需借助语言这个媒介。那已经是另外一种境界。

我还看了一个笑话，昨天也讲给月亮，是一个济南人发在网上的：我是济南的，一次我爸爸的同事几个去美国出差，到超市买东西，用济南话讨论，这时，旁边有个美国人过来用标准的济南话说：“你们是济南的?！”同事们暴汗，聊了会儿，原来这老外是以前战争时期留在中国的美国人后代，同事问他：“那你英文怎么样啊？”

老外一拍大腿道：“英语太他妈难学了！！”

享受孤独

这个夏天有点凉，温度总是在二十三四度左右，还经常下雨。有时候晚上，我和女儿月亮难得地早早上床，在昏暗的灯光下躺在一起聊天，聊着聊着，就听见窗外响起了沙沙的声音，我们异口同声地说：“下雨了。”沙沙是雨点打在窗前茂密的枫树叶子上发出的声音。

我们之间聊天的话题不算太多，前一段常常聊起的是她学校里传说中“喜欢”她的那几个男生。我们煞有介事地分析讨论着每个人的性格、特点，以及帅不帅。

被我们谈论最多的就是一个被称为“兔子”的男孩。“兔子”还是魁省的儿童乒乓球比赛亚军，这可能也是他整天眼巴巴地追随着月亮的原因之一吧？而月亮在“兔子”面前，总是很高傲、很厉害、爱搭不理的样子，据说月亮刚转学过来时，“兔子”曾经像任何调皮的小男孩一样，先是凑上来耍贫嘴贱招儿，几次都被伶牙俐齿的月亮唇枪舌剑地“噎”了回去，从此就在月亮面前噤若寒蝉，完全唯月亮马首是瞻了。几乎全年级的孩子都知道“兔子”喜欢月亮，“兔子”还把任何与月亮关系不错的其他男孩都视为情敌，每当看见月亮与他们结伴走在上下学的路上，或者在操场上追逐打闹时，“兔子”就会想法去捉弄那个男孩。

去年选择中学报考时，“兔子”专门来问月亮要考哪一所，然后“兔子”也报考了那所中学，而且也考上了，这件事使月亮特别后悔，每提

起来都捶胸顿足:“我干吗要告诉他呀。”

我说:“这不挺好吗!”我倒是觉得“兔子”是个挺好的孩子,而且住得离我们也不远，月亮中学里有这么个邻居小伙伴不是很好吗。“兔子”认识我的车,有时候我开车来接送月亮,每次,“兔子”远远地见到我的车,表情都会顿时变得异常紧张,眼神也闪烁不定起来。

与“兔子”要好的黑人男孩“猩猩”(这都是月亮起的绰号)也认识我的车,有时在路上碰到,他也会像老鼠遇见猫一样,马上紧张地低头,然后我会就看见一对醒目的大白眼珠从黑暗里偷偷地翻上来瞟着我。

最近,可能是放假有一段时间了,关于学校的记忆在渐渐隐去,所以关于她的同学这个话题我们已经聊得少了。

我越来越意识到成长给她带来的变化,所以,我开始变得有些巴结和讨好着她，衷心地希望她能一直把我当成无话不谈的知心朋友，我能在她成长的道路上旁敲侧击地给出一些自己的意见或者建议,我也就满足了,不管是否采纳这些来自于我的经验,只要她能有一个听的姿态。

要求一点也不高。

其实谁也借鉴不了谁的前车之鉴，关于这一点，只要想想我们自身在成长过程中是否成功地借鉴了父辈的人生经验、吸取了前辈的人生教训，或者即使我们想借鉴是否就能借鉴得上，其实也就一目了然。

人生而孤独，这是一个令人悲哀与忧伤的话题。

在我们起劲地聊着“兔子”“猩猩”的时候，不知不觉间，窗外的沙沙声停止了。月亮推我：“妈妈，回你房间睡觉。”

沙沙下小雨的转天早晨，在一阵铺天盖地的轰轰声中醒来，原来也是雨声，是骤然而降的瓢泼大雨。在大雨落地的巨响中我忽然悟出，与巨响形成对比的是周围的万籁俱寂，然后就有记忆深处的氤氲缕缕缥缈着浮现上来，那是一些雨后的情景。在历经了雨中短暂的寂静后，无论大雨后或者是小雨后，最先响起的总是小贩的叫卖声，从窗子向外望去，推着自行车的小贩步履蹒跚地走着，不时停下脚步左顾右盼之后大声地吆喝一声，然后渐渐地就有了更多的人声，还有叮叮当当的车声，阳光也一点点地出现了，照射在湿润或者积水的地上。

这些情景存在于我的记忆里。其实，这样的回忆我拥有的并不是很多，因为即使在那片回忆中的热土上，我也仍然像一个匆匆的过客，就像现在，在这片始终无法熟悉起来的新大陆上一样。我在享受阳光、歌颂夏天的葱茏之时，又一次地提到雨，由此说明几个问题：一，我很喜欢雨；二，我很悠闲；三，我有点孤独；四，生活在别处。

可能生活在别处，是人的一种贪得无厌、这山望着那山高、吃着碗里看着锅里的一种天生的弱点。其实无论在何处的生活，本质都是一样的，而孤独长存。我现在甚至有点爱上了孤独，爱上了沉溺于这种沉闷里的诗意感觉，这与悠闲无聊似乎无关，可能是随着年龄阅历增长而达到的一种自然而然的意境和效果。当你享受这种感觉，你甚至可以从阴郁沉闷里嗅出丝丝的香甜和清凉，这有点像灰色与浅粉色的搭配，浅淡的忧伤与沉着里有点跳跃和斑斓，却不突兀，很谐调，很舒服。

这就是享受孤独的感觉，当你学会了欣赏这两种意想不到的颜色的调和，你可能就已经进入另外一种崭新的状态了。

每一个个体永恒的孤独，其实是人类不可改变的的普遍命运。

说起来，我确实是一个喜欢下雨天的人，尤其是小雨。天色阴阴的，只能看见雨丝在空中的横斜，却寂然无声，没有想象中的沙沙或者淅沥。下雨的日子我往往停下手里要办的所有事情，尽量不出门，就呆在屋里享受扑面而来又无处不在的宁静。宁静是最好的休息，思绪万千和心潮澎湃其实都只有在宁静里才能得到无限的延展和观望。而在伴随着雨的宁静中，心境如洗、青白、恬淡、洁净、寥廓，有如一望无际万里无云的天空。

星空

星空总是给人婴儿般的赤子心境。

那些在神秘和无边的深邃里，从遥远的远方发射过来的若明若暗若隐若现的光，在使人迷惑甚至畏惧的同时，仿佛又感到有一丝清冷从自己心底的某个深不可测之处放射出来，与那几束高远的凛冽之光交相辉映。

这时候心里会有一种微微的寒意，仿佛像倒吸一口凉气的感觉，也并不是很确切。因为凉的不是气，只是一种似乎看得见的感觉。

这种感觉，还包括那种被涤荡过后的婴儿般的圣洁，就像一朵开在黑暗里泛着青兰色幽光的白莲，随着花瓣的次第打开，香气阵阵袭来，然而那香气也是幽然拒人千里之外的，不是那种热气腾腾的活色生香，所以，你不会产生伸手去采摘下来的念头。你也忘了伸手，你只是有点发呆，同时又使劲地蹙鼻，想把那淡淡的味道捕捉，但是除了淡，还是淡，你明明感觉到一种有点儿甜、有点儿凉的味道的存在，当你想捕捉时，却什么也没有。

只有一股清冷环绕在你的眼前。你只能对着那花再次颦眉、凝眸、大口呼吸，重复着整个过程。

望星空的感觉就是这样。

你明明感觉到了那星在远处发出的一种孤寒之气，有点像一闪的

1999年在巴黎

剑光一样冷，只是这种光是持久的，似乎微弱，穿透力却极强，不耀眼却刺眼，不但刺入你的眼睛，还刺入你的心。有时候会让你的心里忽悠一晃，仿佛踩空，瞬间跌进一种无边的虚无，顿时失重、失衡，被雾气淹了一下子，幸好不久就会缓过神来，重新定睛、凝眸。

有时候望着那些辽远神秘的星星点点时，往往会产生很多遥不可及、深不可测、也许还有点荒唐的联想。最容易想到的，往往是关于人自己的来处和归路，因为在霎那间仿佛听到了从宇宙的心脏传来的深远悠长的回声，在霎那间感到了一股震撼慑人的力量，感到了自己的渺小——就像尘埃，质量缥缈微小，几乎不值一提。

对于这些在遥远的夜色里荧荧闪动，似乎穿越千万年的风尘和宇宙洪荒来到你眼前的光点，你很难相信它们是来自一些石头，但它们的确只是石头。

可它们反射的怎么竟然是如此明亮的光呢？它们是怎样以恒久不变的姿态投射到地上的人们的瞳孔里的呢？这真是一个引人入胜的谜。

有一种说法：天上一颗星，地上一个人。就是说，每个人都与天上的一颗星相对应。如果果真如此，倒也真的解释了为什么在观望星空的时候会产生婴儿般的心境这件事。因为我们来自那里，那里是我们的故乡，是我们的母体。

想起了罗中旭的那首著名的《星光灿烂》：星光灿烂，穿过黑夜飞到你身边……等待已久的梦只有自己知道，不会向谁说还是想做回自我。

康德说："世界上有两件东西能够深深地震撼人们的心灵，一件是我们心中崇高的道德准则，另一件是我们头顶上灿烂的星空。"

有星星的夜晚，心情总是美好的，可以仰望星空的日子是幸福的、幸运的，无论在哪一个季节。

拈来

前几天读到一篇报道，讲有大约百分之四十的加拿大人只管用信用卡刷卡消费，却不还钱，每月只支付允许的最低金额，月月如此。长年累月，有的人已经欠下了几万、十几万的信用卡账单，也并不着急着还，或者说，此生也许根本就不想还了，就这样恶性循环，一直到死。

这是一种多么潇洒的活法！想想自己每月按时把支票给信用卡公司寄去，有时还要因为临时忘记了迟付了几天，再另外支付那高额的利息，这不是傻冒吗？其实还不如彻底不还，光脚的不怕穿鞋的，虱子多了不咬债多了不愁。这几张信用卡来来回回交错使用，每月花几千，只需要付一二百，每月花几万，只需要付一千，上哪去找这样的好事！就这么一直混到老，混到死——我死了以后，管它洪水滔天！

前几天和朋友聊天，朋友说，自己一直以来的奋斗目标就是怎么能做到什么都不干还白得钱，就是不劳而获。我听了此话，眼睛顿时瞪圆了，因为他把我多年来内心隐秘的情结，透彻而简要地表达了出来，让我一时间如五雷轰顶，目瞪口呆，既有子期伯牙高山流水遇知音之叹，又有点释然。因为多年来，不图虚名，从官场文职进入商场全武行，一路奔突，拳打脚踢，装疯卖傻，皆因为这个崇高的信念在支撑。

一个内心怀着如此朴素而又高远的理想的人，应该是个财迷疯。可恰恰这个人根本完全不懂得如何理财，只是随心所欲、兴之所致地挣钱、花钱。挣钱时没有目标，花钱时也没有节制，就这么稀里糊涂地一路摸爬滚打而来，倒也从来没有缺过钱花。

全赖万能的上帝的保佑。上帝无所不知，无所不晓，当他了解你梦寐以求的心愿时，他必会成全你。

感谢上帝。阿门！

现在，突然得知，世界上还有不是少数的人就刷刷一张磁卡，宝马香车、金缕玉衣、纸醉金迷顿时就能呈现于眼前，而且代价甚微，这个美好的场景真是令我霎那间怦然心动，心驰神往。

可转念一想，那样，我只能死于一文不名。如果我有遗产，将会被用来充公抵债，不可能将它们子子孙孙地传下去，最起码让我的月亮宝贝也能基本衣食无忧地度其一生，即使贫困潦倒，也不致流浪街头，乞讨为生。作为一个慈母，我于心何忍?!

这样看来，我还是传统中国父母的情怀。我们一方面为自己“养儿防老，积谷防饥”，另一方面，为儿女节衣缩食，储备基金。总之是极其缺乏安全感。

其实外国父母也一样，即使比尔·盖茨也是在为自己的孩子留下100万美元的基金后才将其他财产捐了。可怜天下父母心。王朔最近在新作《给女儿书》里就说了一句振聋发聩的话：“你就是我的私，我做自私考虑时都把你包括进来。”

父母对儿女的爱是人类自私的本能。甚至可能不光是人类。

如此看来，还是按部就班、量入为出、欠债还钱更心安理得，既能坦然面对自己，也能慨然面对孩子。即使不能给世界留下这颗尘埃的光与热，也别让后代为自己长辈的破落、无耻、厚颜，而天然自卑、无地自容。

女儿月亮昨天读完了我从图书馆给她借的小说《欢乐派男生锋线杀手》。这是月亮小姐读完的第一部中文小说，150多页，花了两天时间，我很满意。对于四岁就来到加拿大的月亮小姐，她现在可以流利地讲一口极其标准的普通话，可以读中文儿童小说，可以用歪七扭八的汉字给我写一张“妈妈，我爱你”的卡片，我复何求？难道还想让她成为冰心、丁玲、张爱玲？

我要求不高，只要一直可以和自己的孩子用自己的母语交流就好。只要她有朝一日回到祖国，可以和家乡人民尽情聊天，可以看懂路牌，不致迷路，可以给家人用中文留个便条，告知行踪，足矣。再要求高也达不到了，达不到的要求，何必要求！

不要求既是明智，也更是无奈。

月亮今天回来告诉我，班里的一个男孩邀请她周六去家中做客。让她征求妈妈的意见后打电话。我说：周六要去小姨家，如果他愿意，可以和同学约到周日下午。月亮于是给这个男孩打电话，男孩说：周日可能不行，要去卖巧克力。

月亮学校批发了一批巧克力，让学生勤工俭学去推销，售巧克力的钱将用作冬令营的费用。巧克力60元一箱。月亮把一箱巧克力拿回家，姥爷当场“买”了30块钱的，二姨来又“买”了10块钱的，然后我又把剩下的二十块钱的巧克力“包圆”了，月亮小姐在全体大人的同心合力下顺利圆满完成任务。月亮说，有的同学已经卖了好几箱。我说：“那是家里亲戚朋友多呗！”

现在看来，人家这些孩子还真是走街串巷、挨家挨户敲门去推销。

她现在所在的这个六年级班的孩子都已经很是把自己当作了大孩子。班里还有两个男孩每天中午和下午放学的时间自愿在街口为同学安全过马路而维持交通秩序。

这些其实都是人生需要学习的内容，需要培养的品质，甚至比会中文更重要。

这两天我也在读小说，是一部当代俄国小说，名为《见证人》。作者是我莫斯科大学的校友，毕业于莫斯科大学物理系，而且，他在学校读书时，也是我在那里学习时，是地地道道的同学，所以感觉十分亲切。

让我感觉亲切的还有他作品的内容。他写了在苏联解体前后社会的变迁和知识分子生活的境遇。我第一次读到了我的同学们在毕业以后的人生遭遇和心路历程——那是我既熟悉又陌生的历程，显然也是千里刀光影、人生问几何、国破山河在、城春草木深的令人心酸的历程。

在《零年纪事》里，他幽默地写道：我是俄罗斯唯一一个因从事文学而获得薪金的人。付给我薪水并不是因为结果，而是因为过程。我所从事的事叫做——守门。

作品的主人公是一个知识分子，在一座具有文学历史的大厦里守门。生活得窘迫羞涩孤独，但不坠青云之志，依然清高傲然，对命运超脱、自嘲、调侃。他同时还隐喻自己一直是文学的守门人，在艰难的人生路上一直坚守着自己的理想。

我其实很了解那种心理，因为是同龄人，因为在同一所大学读过书，因为我曾经在那个国家生活了很多年，更因为其实有某些内心的感触与路程是非常相似的。人其实有一种特殊的嗅觉和灵感，总是能把自己的同类在茫茫人海中敏锐地辨认出来，而无论这个同类是否同一种族，同一血缘。这也是一种本能。

他的小说有让我屏住呼吸，屏蔽内心，不敢深究与深想的感觉，因为心会颤抖，会战栗。比如，在《零年纪事》的结尾，他这样写道：零年从大石桥上滑下，从我身边滑过。而我在为大楼富有和贫穷的住户看门，为字母“E”和单词守门，同时也为呼吸着变化的寒冷空气的这一年本身守门。

读完这一段，我的眼睛有点湿润。为我们曾经共同走过的路，共同度过的时间，也为我们今天对人生多少有些参悟和领会之后的无助无奈和孤独。王朔最近还说了一句话：快乐是虚拟的，孤独是真实的。

孤独的确是人生最大的真相。

不在江湖很多年

每次和月亮去逛Shopping Mall，她都要进里面的书店，我当然也要跟进去。进去以后，她去看她感兴趣的漫画书柜台，我则茫然四顾，胡乱看看摆放的工艺品，比如老牛皮面的笔记本、水晶台灯和锡制的人偶等。偶尔也翻翻画报和画册，就是很少看书。

有时候我干脆和月亮说好，让她自己看，而我则坐在书店外面的长椅上等她，她选好了，就来叫我去付钱。其实书店里也有座位，有不少人坐在那里认真地品读，还有宽大柔软的沙发，可以边喝咖啡边读书。但我因为对那书不感兴趣，又不想显得像个没有文化的人只是傻傻地坐在那里左顾右盼，就还是选择了坐在书店外面，也顺便可以欣赏一下来来往往的人。

其实自己是个爱书、爱买书、也爱读书的人，说酷爱亦不为过。多年前，北京有一家著名的"三味书屋"，在长安街边上的胡同里，我每个暑假回北京都要去。这个书店门面不大，但里面的书都非常好，顾客也大都是一些真正的爱书人。人们寂静无声地或站或坐（这是我记忆里第一家为顾客提供座位的书店），每人手里都捧着自己找到的书。书店的老板是年约五十的一对老夫妻，经常气质文雅地站在一旁。经常地，他们还会和客人就某一本书交谈上几句，谈吐得体，观点专业内行。记得书店墙上挂着一幅字，还是当时著名的文人刘再复所写，内容我却忘记了，毕竟已经很多年过去了。

那时，我会先去东边逛国贸和秀水街，然后乘大1路向西回返，在三味书屋那站下车，在书屋买一大堆书后并不马上回家，有时是去长安商场，有时是继续乘大1路到公主坟，去城乡贸易中心，这都是当时北京仅有的几大著名的商场。我逛到天黑，身上钱花尽，才大包小包地往家走。因为年轻，所以一点也不觉得累，心里是酣畅淋漓的感觉。

回家后的第一件事就是看书，新买的衣服倒不忙着试。

后来在北大墙外又开了一家好书店，名字就很雅——风入松。据说老板是一位北大的教授。北大教授其实也是鱼龙混杂，什么样的都有。在苏联留学时，我接触过外语根本说不成整句子的北大外语系教授，也见过整天忙着省钱买便宜货，专业问题一问三不知也并不以为耻的北大哲学系教授。有一年和朋友去北大玩，遇见了朋友的朋友，也是北大某系的教授。开口寒暄之间，他劈头就开始夸耀："我现在家里有两个彩电啦！"那份洋洋自得，让一旁的我差点笑出声来。

但办风入松书店的这位北大教授应该是个货真价实有品位的北大教授。这个书店办得非常大气，是北大一个综合楼的地下室，很大。有数不清的好书，也有符合市场的经营策略。我在那里办了会员卡，每次都根据购书金额获得不同比例的折扣，售货员的举止谈吐也都非常文明。书店的一角还有咖啡座，累了可以去小憩一下。书店的顾客中有很多是北大的学子，这里就是他们免费的阅览室，免费游泳的知识海洋，他们饱读一天，因为囊中羞涩而并不能掏钱买，却能得到最大程度的理解与尊重。这大概也是老师是书店老板的好处。他充分理解书这种商品的特殊性，有钱没钱不是鉴别识货人的标准。

我因为家离北大近，所以常去风入松。那时我已回国工作，自己开车。风入松门前是便道，就奋力踩油门上马路牙子，把车就停在便道上，与几百上千辆自行车并列在一起。然后锁车，进门，下楼。现在想起来，自己当时的驾车技术比现在高，现在可不敢往马路牙子上冲，主要是那时专门的汽车停车场很少，所有的汽车都是这么七扭八歪地趴在某个随意的地方，倒也没人给罚单。

2005年回国，我又去了风入松。因为已经几年没来了，那门面有些变化，比以前更大了。进去以后才发现，里面的内容其实也有变化，直觉就是——书不如以前好了。这是一种说不出来的感觉，因为并没有明确的目标，要买哪本书，但就是觉得不似从前，到处都是自己想要的书，不用众里寻它，而是俯拾皆是，左看右看都不能割爱，现在是挑来挑去，都不太入眼。但封面装帧却是五颜六色、五花八门，根据对外表设计的喜好，我挑了几本。

后来知道书店早就换了老板，不知新老板原是从事什么职业的，也许就是职业商人。但我始终没有搞清的是我对书店感觉的变化是因为换了老板，还是因为现在好书就是越来越少了，抑或就是因为我变了？也许三者兼而有之。

很多年没有去三味书屋了，不知还在否——那条胡同，那个有些简陋的平房，那些外表朴素内涵深邃的书，那对老夫妻……

2005年在国内住了那么久，竟然也没有去看一看，把这么一处曾经最爱的去处就忘脑后了。对我来说，北京已经成了一个有点陌生的城市，站在街头，有时我会迷惑，感到漂移，有不知身在何处的眩晕感，我离它越来越远，它也让我越来越难以辨认。靠近它的时候，我已是小心翼翼，像对一个萍水相逢的陌生人，不敢张狂。时间和空间的距离带着过去的踪迹渐行渐远，也让我对这个城市的印象由清晰而变为模糊，由熟悉而变为陌路。

虽然还没有触到现在停泊的这个他乡的脉动，但对于北京来说，我已经迷失，我已经离开太久。

用一句经典的电影台词：我不在江湖已很多年。

就是这样

就是这样　夜以继日地
走在时间的秒针上
奔向黑暗中想象的光明
越来越孤单
也越来越坦然

在每一个醒来的梦里
看见你的光闪烁在前方
经过了那些漫长的海岸线
还有曲折蜿蜒的小路
在鲜花与荆棘的交织里迷失

我是一个痛苦的人
曾经失去了一切
我是一个幸运的人
曾经得到了一切
在我得到的一切里
唯独不包括你
所以对于所有的失去
我并不惋惜
就是这样
我继续走着
无法停止我的脚步
沿着你的光的指引

青春作伴好还乡

前几天与中学时代的好友茜通电话时，不知怎么说起了哈里波特。她竟然特别激动地说："你知道吗？我正在读刚出的这集，《哈里波特和死亡圣灵》，全球发行的那天我排长队买的。"我不明就里，自以为是地说："哦，作者在签名售书哈？"茜语气中流露出对我的无知的责怪，说："哪儿啊！人家作者在英国呢。"茜在美国，在某州政府工作，这我知道。茜说："我就是为了早一点读到，一刻也不能等了。为排队我还请了假呢。"

几年不见，她竟然成了一个大大的"哈密瓜"！

放下电话，我赶紧把这个"喜讯"告诉了也是"哈密瓜"的女儿月亮，月亮若有所思地盯着我，然后，笑了。

昨天，行驶在从蒙特利尔回来的路上，天一会儿下雨，一会儿晴，开到一大片浓云下，大雨倾盆而泻，车内的我忙着减速，摘掉太阳镜，因为视线有点不清。两三分钟后，离开了这片云，顿时晴空万里。眩目的阳光开始刺眼，我又忙着加速，戴上太阳镜，要不也是看不清楚前方的路。

就这么折腾了几个来回，加速，减速，摘下太阳镜，戴上太阳镜，一边折腾着还一边想：茜又该来电话了吧。

到家刚坐下，月亮喊我："妈妈，找你的电话！"

跑进卧室去接——正是我在路上想到的那个人打来的。

“喂”了之后，两个人一起大笑起来。她问：“你给月亮看我发的照片了吗？”我前几天收到她发给我的几张帅哥的大照片，我正纳闷呢：这是谁呀？我说：“为什么给月亮看？不是让我看帅哥吗？”她说：“那是哈里波特！”

哈里波特没戴眼镜，所以我就没认出来。

还是“哈密瓜”的事！

上中学时我们都爱追星，我那时候追的是山口百惠和三浦友和，收集了一大本关于他们的照片和剪报，而且对他们的这股追随的热情至今未减，见到关于他们的新闻就赶紧看。茜也爱追星，但人家追的都是眼前看得见、见得着的人，比如她曾经和另一个同学去关贵敏家里看真人，在人家里正经和关贵敏聊了很长时间。那天我在电话里提起此事，逗她说：“现在关贵敏在美国，你看他可方便了。”她矢口否认道：“当初不是我要去找他，是XX硬拉我陪她的。”

我们都感慨，原来关贵敏是像我们父母年纪一样大的人，在我们心里，他一直三十多岁，从一开始，到现在。

他唱的“松花江水波连波，波连波……”多迷人呀，当时听着这歌，我就想，以后去哈尔滨读大学。

结果去了比哈尔滨向北更向北的地方，共同的特点就是寒冷，更冷。

我和茜其实不在一个班，把我们联系在一起的是我们都爱唱歌，很爱，而且，都还唱得不错，准专业水平。

上高中的某一年，我们俩人一起去偷着考青年宫的青年艺术团。突然来了这么两个小孩，还不知能否算青年，人家老师对我们充满兴趣，听我们唱完后就更加感兴趣了，记得那是一个戴眼镜的女老师，当场告诉我们：“下星期某日来复试吧。”

下星期的那天就又从学校偷偷出去考，考完，女老师告诉我们：“回去等通知吧！”

几个星期以后，来信了，让我们去报到。我们一下子束手无策了：都是偷偷摸摸背着大人干的，怎么办？简单商量了一下：不去了。咱还得考大学呢。此事到此为止！

就没去。

没人知道我们曾在暗中办过这么一件大事，差点改写了人生历史。外表看来我们都是说话柔声细气的人，其实是两个“蔫大胆儿”，心里我们都是谁也不怕，什么也不在乎的人，瞎折腾的事可没少干。

我们俩刚联系上，中间断了线了。我留学期间突然收到她的来信，她已经到了美国。等她收到我回信后从美国再回信，我已经毕业了，地址变了，我也没收到她的来信，她也找不到我了。那时候没有E-mail，国际长途电话几近天价，只能写信，可在苏联我们还经常丢信，被克格勃偷偷扣了检查，很多朋友就这么莫名其妙地断了联系，就像一滴滴的水，融进大海之后一下子就没了踪影。当时年少，顾不得多想，而在年龄渐长之后的一些暗夜里，这些曾经熟悉的面孔就像闪烁的星星，慢慢地漂浮起来，悬挂在遥远的夜空，经常让我在痛感遥不可及之时，心底波涛汹涌，辗转难眠。

茜是其中最亮的那颗星星。

想起她也许会从此天涯杳无踪迹，我就心痛难忍，黑夜里就想跳起来大吼几声。所以收到她的邮件那天高兴坏了，那封邮件是她刚从另一个同学那里得到我的消息后马上写的，那时是北美这边的半夜，那个同学同时还告诉了她我的博客地址，她一下子就看见了我，在很多年以后。

第二天早上她就来电话了，在电话里告诉我："你一点都没变。"

喜欢听到多年前的挚友在多年以后这样的评价，希望如此。但其实，怎么可能没变呢？外表的东西往往是不可靠的，而且现在很多时候，甚至有些期待和喜欢这种变化。

这也是我越来越喜欢博客的原因之一，真是一个特别好的联络工具。通过博客，就让朋友了解了你的生活，所思所想，今后完全有可能取代电子信箱，有什么事互相在博客留言就全解决了。但不公平的是如果人家不写博，这种信息就成了一种单向的流动，比如我就是在前几天才见到茜的照片，她迟迟不给我发，我再三催促，都快跟她急眼了。

照片上的她还梳着长发，感觉也没什么变化。

但也觉得她还是有变化，那就是她告诉我，她在练太极拳，还劝我也练。

昨天电话里，她还告诉了我一个关于EQ的消息，我有点吃惊，因为没听说。和EQ很长时间没联系了，我们经常在很久不联系时，生活上发生一些大事，大的变化。在北京那年，有一段时间都各忙各，多半年没联系，一个冬天的早晨，我正抱病在家，EQ突然来电话，告诉我，他妈妈去世了，而且最后时刻他在赶回家的路上，最终妈妈没见到他。

给我打电话时他刚刚料理完一切。我当时的身体状况令我自顾不暇，只是很浮浅地安慰了EQ几句，也没有去看望他。然后又是很长时间互相没有消息。现在想起来心里非常抱歉，那时EQ一定特别想找个知心朋友说说话，因为在我有事的时候，我总是想到EQ，不管他在哪儿，首先想找他。那年他在泰国长驻，我在国内遇到了麻烦，他一天给我打好几个电话，从泰国遥控自己的哥们儿出面，一个下午扭转大局，全部搞定。然后我要请人家吃饭感谢，办事那人还不肯，说EQ的事就是自己的事，EQ的朋友就是自己的朋友。

现在我在北京有事需要处理时，还是让他出面替我去弄，因为家人都在这边了。我曾给他写邮件由衷地说："幸亏有你在北京。"这样写时，我已经完全把他当成了一个我在远方的亲人。

EQ刚去泰国长驻时，我正好去曼谷玩，他带着我们去逛曼谷的夜市。跟中国的夜市一样，曼谷的夜市也很嘈杂，卖的东西五花八门。若明若暗的灯光里，EQ用他极其纯正的英语帮我们与商家划价，同行的人也与他熟，但没听过他讲英语，跟我说："哇！他英语讲这么好！"我说："你以为呢？人家可是英语主播呀。全中国没有几个。"话音刚落，忽然发现自己以前还真没这么想过，顿时也挺为有这样的朋友骄傲的。

月亮也一直记得他，因为2005年回北京时他带月亮去看李咏，还合影留念，由此引起了本来不知李咏是何许人的月亮从此对李咏的"盲目"崇拜。

上学时，EQ是体育健将，每次看到他打排球时凌空扣球的英姿，我就挺崇拜他的。可一上课，我就不崇拜他了，在我们那个尖子云集的学校里，他实在不算功课好的学生，好像有时候有的科目还不及格，还补考过。

我是好学生。茜和EQ都记得我的作文几乎每篇都是范文被老师在各班轮着读的事。他们一直以中学生作文的标准来要求我，所以认为我现在写得也还好。

茜的话让我想起又是很久没和EQ联系了，也许他读我的博，知道我的近况，可我不知道他的。

晚上给EQ打电话，告诉他我刚搬完家，给了他新的电话号码，问他茜说的那件事，他说“没有，不是”。我有点失望，本指望他的某些变化能让我无聊的生活多个新闻，平静的生活太无聊了，自己没新闻，别人的也行。另一方面，因为“不是”，我却还有一丝丝窃喜。

EQ告诉我，跟G又联系上了，刚见过面。G也是我们共同的中学同学，旅居日本多年，现在从日本回来了，到上海工作。EQ问我：“你什么时候回来？”

好几个朋友在问我这个问题。

我也一直在想这个问题，真不知道什么时候。一直在计划，计划了快一年了，计划又总是赶不上变化，总有这样那样的事情绊住你，让你不能拔腿就走，就像费翔唱的——“踏着沉重的脚步，归乡的路是那么的漫长”！

我现在能够计划的就是赶紧买来卡拉OK机装上。茜说她要来看我，我要在她到来之前装上设备，白日放歌须纵酒，虽然已无青春作伴，也在歌声里还乡。

春天、诗歌与母亲

女儿月亮的老师要求他们每人选一首关于春天的诗在班上朗诵，月亮选了里尔克的《春天》。这几天，月亮已经将诗背诵了下来，昨天还一本正经地朗诵给我听：

Printemps
mélodie de la sève
qui dans les instruments
de tous ces arbres s'élève –,
accompagne le chant
de notre voix trop brève.
C'est pendant quelques mesures
seulement que nous suivons
les multiples figures
de ton long abandon,
abondante nature.
Quand il faudra nous taire,
d'autres continueront...
Mais à présent comment faire

pour te rendre mon

grand coeur complémentaire

月亮问:“妈妈,最后一句的问号我应该怎么朗诵出来呢?”

我哪里知道!我试探着说:“也许应该在最后一个词将语调挑上去?”这是其他语言的朗诵经验,不知是否适合法语。我的法语水平仅限于似懂非懂地读一些月亮学校给家长的通知或者来信,还没读或者朗诵过法语的诗歌。

说起我的法语水平也蛮有意思。我在来加拿大以后,靠自己的劳动挣的第一笔钱就是用法语帮一家慈善机构翻译了一个到中国领养孤儿的合同和说明,那时我刚刚学了五个月的法语课程,教我法语的中国老师信任地为我介绍了这个活儿。我用半生不熟的法语好像竟然没有太大误差、比较顺利地完成了翻译工作后,老师对我的译文赞不绝口。这件事曾经对我是一个小小的鼓励,那一段时间我使用法语的热情空前高涨。出门办事,买菜,打电话都使用法语,我的法语水平一度曾经突飞猛进。可惜只是曾经的一度,这种热情没有被我坚持下来,很快,我对法语的热情就淡了下来,并不稳定的法语水平于是开始急剧走低下滑。

有一件事可以说明大家对我现在的法语水平的评价。月亮收到她报考的中学的录取通知书的那天,第一个读到信的人是我。那天月亮放学回家,我迫不及待地告诉她:“你被录取了!”月亮兴奋地大叫起来,马上操起电话打给她的二姨报喜,她正在上班的二姨在电话那端首先冷静地问道:“你妈妈没看错吧?”月亮顿时满脸疑虑,回头望着我:“妈妈,你没看错吧?”

月亮把最后一句诗反复地用我所说的“挑上去”的语调读了几遍,自言自语道:“好像还行。”

老师叫莫尼克,是个五十来岁的举止优雅的女人,似乎是个诗歌爱好者,曾经让他们在班里朗诵关于友谊的诗句,还给每个人打了分。月亮的平均分是“B”,朗诵的情感和语调的分数不高。

月亮辩解道："B已经是高分了，老师说了，她对大家的朗诵不满意。"

我估计，当众朗诵诗歌对于这些刚刚进入叛逆期年龄的孩子来说可能已经是一件令人羞涩的事，他们会羞于充满激情，朗诵得特别投入，所以没有达到老师预期的效果。

昨天放学回来，月亮说："老师今天哭了。"

我问："为什么？"

原来，老师在家里收拾东西时，翻出了一些已经故去的母亲的遗物，其中还有一首诗。老师把诗带来想朗诵给班里的孩子们听，却忍不住哭了起来。

我问月亮："那是一首什么诗呢？"

月亮说："我大概记住了两句：在我该走的时候/请不要试着阻拦我/在我离去之际/请不要哭……"

我的心在瞬间被触动了，像偶然短路了的屏幕，忽地黯淡了一下。

前几天曾读到一篇关于英国的威廉王子的报道，在母亲戴安娜王妃去世十二年后，他首次公开表达对母亲的思念之情："没有一天不在想念她。"

当时，我把这篇报道读给月亮后，我们都久久没有说话。

之所以在这个春天来临的日子，又一次次地想起母爱这个亲切温暖而又令人稍稍感到一点忧伤的话题，还因为我的妈妈最近要出门远行一段时间，我们会有一段比较长的时间不能见面。这些日子，我一直被一种淡淡的离别将近的伤感情绪环绕着，直到我读到胡因梦关于离别与亲情所讲到的一段话。胡因梦说，事实上，我们与那些存在于我们心里的人一直在一起，从未分开，无论在现实的空间里是否如此。

我如获至宝，特地走到母亲的房间，把这句话告诉给正在收拾行李箱的妈妈。我想，我们都会在这样的话语里感觉到一种释然。

有一首诗是写给春天，也写给母亲的，这就是海子的《春天的夜晚和早晨》：

夜里
我把古老的根
背到地里去
青蛙绿色的小腿月亮绿色的眼窝
还有一枚绿色的子弹壳，绿色的
在我脊背上
纷纷开花
早晨
我回到村里
轻轻敲门
一只饮水的蜜蜂
落在我的脖子上
她想
我可能是一口高出地面的水井
妈妈打开门
隔着水井
看见一排湿漉漉的树林
对着原野和她
整齐地跪下
妈妈——他们嚷着——
妈妈

1984年10月

附:里尔克《春天》 何家炜译

哦,元气的旋律
从所有这些树木组成的
乐器里涌出——,
伴随着我们过于短促的
嗓音之歌。

只是在个别节拍上
我们才得以跟上
久已被你遗弃的
纷繁的面容,
哦,丰饶的大自然。

当我们必得沉默
别的人将会继续……
可现在该做些什么
才能向你回报
我补足了的寥廓的心?

——谨以此文献给我亲爱的母亲,也以此文纪念1989年3月26日离开这个世界的诗人海子。

写于2009年3月29日

蒲公英

蒲公英是一种生命力极强的小花，不知何时，家门前的草地上开满了蒲公英。

蒲公英黄色的小花似繁星点缀在翠绿色的草坪上，迎风摇曳，分外醒目。我其实蛮喜欢这个风景，却有人告诉我，应该把它们清理掉，它们属于杂草的范畴。

于是，我开始了斩草除根、清除蒲公英的劳动。

这项工作比想象得要艰苦和劳累得多。我蹲在草地上，手持小铲子，使劲地刨着，头昏眼花，精疲力竭，放眼望去，蒲公英依然比繁星还密。

斜对面邻居家的女主人显然是个超级园艺爱好者。晴天的时候，经常一整天在房前的草地上忙乎，在她的辛勤劳作下，她家门前的草坪被各式各样的石头、雕塑、小喷泉，地灯堆放得满满当当，杂乱无章，几无空地，令人眼花缭乱，目不暇接。最近，她还把草地上用白石子儿堆砌拼出的几个大字母“NFO”重新装饰，描摹上色，好像改成了“NFC”。无论“NFO”还是“NFC”，我都不明白是什么意思，不知是为外星人飞碟着陆还是盟军空投设置的信号。

水星再度开始逆行了。水星逆行期间，我们的生活往往会出现意想不到的状况，比如物品的遗失、通讯的失灵、网络的中断、计划的拖延等等。

春天来临，在花园里劳作

本来并没有注意到这个周期又将开始，在本次水星开始逆行的前一天，我的生活受到了极大的扰乱。这次扰乱主要表现在钥匙上。先是女儿月亮中午放学回家，发现我的车不在，这个不求甚解的小孩立即掉头返回学校取她放在教室的钥匙，回来开门时才发现，我根本没锁门。

我出去办事，想到月亮可能没带钥匙，所以没有锁门。谁知她根本没有走到门前，就已经决定掉头回学校了。

我从外面回到家中，正在吃自己准备的午餐的月亮大声地抱怨道："妈妈，你可害苦了我了！"

晚上，我又将车钥匙忘在了车里，这个车是智能钥匙，钥匙忘在车里，车子会自动锁上，却苦了我。我们从月亮的小提琴老师家里上完课出来，才发现了这个不幸的事实。打电话叫了路助，来了一个人，使用的方法却不是我想象的电子遥控开锁。我模模糊糊记得当初买车时曾经被告知遇到此种情况可以打电话，会有人凭借密码遥控开锁，现在来了一个开着拖车的师傅，气势汹汹地举着一根长长的钢钎，我顿时非常疑惑，很担心他搞坏了我的新车。

师傅告诉我，通常两秒搞定。结果两千秒也没搞定，他又有些讪讪地打电话呼叫同伴。十几分钟后，同伴也开着一辆大拖车来了，也举着一根钢钎从车上气势汹汹地下来，很像是来打群架。

这个同伴用两秒把车门打开了。

五月，春寒已不料峭，我和月亮大开着天窗，沐浴着夜风，在星夜里飞驰着返家，想着这一天反反复复的不顺，满腹狐疑，上网一看，原来是水星开始逆行了。

星象这个东西是很准的，不信不行。

母亲节临近。那天，月亮在唱片店里忽然挑选起BRYAN ADAMS的CD来，我明白她的心思，当即告诉她："如果你是要送给我，就不必了。"

月亮有点不好意思地笑了，脸都红了。问："为什么你不想要？"

我说："网上都有。"

月亮说："买一张放在你床前的音响里不好吗？"

她这么一说，我还真有点犹豫了。

看见卖花的，月亮又问："妈妈，我买一束花送你吧。"

花丛里有一束淡绿色的玫瑰，那颜色似乎已经令人嗅到了清雅的花香。我们驻足了一会儿，还是没买，因为想到还要过很久才回家，我们害怕会因此破坏了那玫瑰的娇艳。

几天来，月亮一直说头疼、恶心。在回家的路上，我们不由得讨论起了"猪流感"，这场据说目前正肆虐在整个地球上的瘟疫。我说，头疼和恶心不是猪流感的症状。

于是就联想到，猪流感似乎是愈演愈烈了。我叹口气，说："今年真不是好年头，怎么全球瘟疫大流行。"月亮认真地问："世界末日快到了吧？"

我说："也许。"

月亮又问道："妈妈，假如你知道世界末日即将来临，你最后会做什么？”

我一点也没犹豫地答道：“与你形影不离。”

多年以前我上学的那座远方的城市，与我现在生活的这个地方气候环境都很相似。

春天也是很短，五月一来，树一下子就绿了，夏天就来了。在阳光灿烂的日子里，我常常会特意从学校步行四十多分钟回宿舍。

一路上，我经过那座世界上最著名的大马戏团的圆形建筑，经过地铁站，经过冰淇淋售货亭、食品店、服装店，还经过一段长长的围墙，不知围墙里面是什么，围墙的外面是一片草地，草地上也开满了黄色的蒲公英。

我蹲在家门前的草地上吃力地挖着蒲公英的时候，仿佛又看见那个穿着白色上衣和浅黄色短裙的女孩，漫不经心地从长满蒲公英的草地前走过，有时，女孩还弯下腰来摘下一朵小黄花。

女孩的裙子与蒲公英的小黄花同样颜色。

雪打樱花

四月是樱花盛开的季节，华盛顿的樱花是很有名的，所以，每逢四月来临的时候，我们就会筹划开车去华盛顿看樱花的事。今年，妹妹Echo还买了一个新的GPS，准备长途驱车时用作指路明灯。有一件事令她踌躇为难，那就是她的爱犬虎子交给谁来看管。前一段我与女儿月亮逛宠物店时发现，那里有非常正规的宠物训练课程，我往上课的教室门里瞟了一眼，看见有狗的主人与狗并排正襟危坐着目视前方。我把这个消息告诉了Echo，我们齐声叹息。因为对虎子一直溺爱无度、疏于管教，造成它现在随心所欲、软硬不吃、桀骜不驯的现状。Echo说，现在把它送去上学可能已经晚了，它非让人轰出来不可。不错，就像电影《我和马利》里面的马利在宠物学校的表现和遭遇一样，这是我们无需费吹灰之力而完全可以设想出来的结果。而且，当初之所以没送它去上学，也是顾虑到它接受了“高等教育”后，家人就需要与它用英文交流了。难道和一条狗还不能痛痛快快地用我们的母语——汉语讲话吗！这是我们共同的顾虑。

教育有时会使问题复杂化。与一条狗说中文还是说英语——这是个问题。

有一天，和朋友一起吃饭，谈起赏樱花，朋友说，其实你们不必跑这么远。就在DownTown她的办公室附近好像就有一片樱花树。“在那

儿看看得了。”朋友诚恳地劝我们。

说到樱花，就不由得想起了玉渊潭公园。那里有一片樱花树，每年春天都举行樱花节，很多年了，一直有。我家离玉渊潭公园很近，但以前在北京时，也并不是每年都去。

那一年，我刚刚回国工作。也是四月的一个星期天，我和Echo、文立曾经一起去玉渊潭公园赏樱花。由当时刚刚学会开车的文立驾驶着当时我的第一辆车，一台紫红色的拉达。在公园门口停车时，手潮的文立始终无法将车停在恰当的位置，于是就一次次地倒车，前进，前进，倒车……因为驾驶技术不过关，也因为街上车水马龙，川流不息，半天车都没有入位停好。于是，我和Echo干脆下车，一个站在车后嘴里喊着“倒！倒！”为文立指挥；另一个则站在路的正前方伸手挡住如潮水般涌来的自行车。交通一时因我们而堵塞和混乱。最后费了九牛二虎之力，总算把车子停到了适当的位置。然后，我们满头大汗、兴高采烈地冲进了公园大门。

公园大门迎面的亭子里聚集着一大群人，我们好奇地凑上前去一看，原来是公园正举行有奖猜谜活动。亭子里拉起几条绳子，上面挂满了用五颜六色的彩纸写的谜语。其中的一张绿纸上写的谜面是“争先恐后地说话——打一交通用语。”我和Echo几乎马上同时猜了出来，我们对着活动的主持人，一个四五十岁的中年人大声喊道：“抢道！”因为我们刚刚“堵道”后“抢道”成功。

那次得到的奖品是介绍玉渊潭公园的彩色图片。

“得奖”后，我们又继续朝公园里面走，去寻找樱花。在一片片白色的樱花和粉红的桃花、金黄的迎春花交织的花影间摆着各种姿势拍照，然后就去放风筝。

那天风和日丽，第一次放风筝的我们竟然一下子把风筝放飞到了很高的天上，渐渐变成了远空中一个小小的黑点，我们兴奋地大叫着，心仿佛也随着风筝飞到了那个又高又远的地方。很多游人也发现了我们这个放得格外高、格外远的风筝，停下脚步，仰着脸指指点点地看了起来。

那次是我迄今为止唯一的一次成功地将风筝放飞得这么高。后来也曾专门举着风筝去复兴门立交桥上，混在一群风筝爱好者里，使劲想再重温一次那种放飞高远的感觉，却始终无法做到。最终只有瞠目结舌地呆立一旁，看着别人用手里细细长长的线自如地控制和牵动着在高天里翱翔的老鹰或者成行的燕子。

赏樱花，放风筝，北京春天特有的乐趣。

两年前我们曾经在四月时去华盛顿看樱花。不巧的是，在我们抵达华盛顿的前夜，那里下了一场冰雨，树上白的、粉的、浅紫的樱花，被打得七零八落，印象中本来应该是如云般遮天蔽日的樱花变成了稀疏零散的一片片，地上落英缤纷。

在北美，樱花盛开的时候，其他的花还在枝头含苞，所以，樱花盛开的季节应该算是早春，虽然已经是四月。但北美的春天其实是很短的，短到似乎还未开始，即已宣告结束，然后夏天就来了。鲜花盛开的季节在北美其实不是春天，而是夏天。

夏天开始于四月的下旬。

我记得去年四月，我从春寒尚且有点料峭的北京回来，马上就换上了夏天的吊带背心和短裤。那时，草木刚刚萌发，枝头绿意尚未显现。我光着胳膊腿儿坐在寂静荒疏的后花园里，心里感觉有点怪怪的，虽然温度已经很高了。

然后，仿佛一夜之间，花就都开了，树叶也一下子全部从枝上冒了出来；然后，春天好像就过去了，夏天就正式地来了。

说夏天就来了，可能还为时尚早，因为这两天忽然又飘起了雪花，而且是鹅毛大雪。但温度终究是春天的温度，所以，大片的雪花落在地上很快就融化成了水。还有一些未来得及融化的，就稀疏地挂在树上和屋顶，使周围的景色有披着一层白色薄纱的效果。

月亮说，刚刚发芽的郁金香可能要被雪打坏了。我隔着玻璃窗望去，门前已经开出紫罗兰色花苞的郁金香上，果真也蒙着薄薄的一层雪。它们只有几寸高的娇弱的身躯，似乎在冰雪的覆盖下勉强地挣扎着挺立，让人瞬间心疼和怜惜起来。

这个周日，我和月亮曾经特地开车出去寻找朋友说的那片樱花树，我们在那一带，围着那条几近干涸的运河绕了几个来回，看见了一座带着一个像即将发射的火箭形状的塔楼的清真寺，还有一个有着好几个金色洋葱头顶子的东正教堂。就是没有看见樱花，满眼依然都是枯槁的枝丫。

不知是没有找对地方，还是樱花还没有开放，或者还是原本就没有什么樱花树林。樱花在北美毕竟还是属于稀有的树种。

现在，这么一下雪，即使有樱花，可能也凋落了吧。

大北京　北小京

北京现在变得很大。

仿佛在一夜之间，冒出了一片片各种颜色的方方正正的大板儿楼，向东南西北分别望去，林立的高楼阻挡了你的视线，覆盖了你的视线，占据了你的视线。现在的北京，就是一片片的大方楼，在三环四环五环围成一圈圈，把个小小的紫禁城包围其中，好像一个小瘦子穿上了带着硬硬的垫肩的不合体的大号化纤西服。让人看着很不舒服，不伦不类。

走在北京的街道上，我经常感觉到有一种非常陌生的感觉贯穿我的全身，好像我已经完全不认识眼前的这个城市，连我所熟悉并且热爱的弥漫于它的上空的某种特殊的空气都消失了，我已经完全分不清自己是行走在世界的何处。

所谓京华烟云已经烟消云散。现在的北京有点像纽约，不如纽约现代和充满激情，有点像伦敦，不如伦敦古板威严，有点像东京，不如东京干净细腻，有点像巴黎，不如巴黎温软时髦，有点像北京——也已经不是我们心中的北京。总之，北京现在有点四不像，就像一个超大的大杂院，除了嘈杂混乱和奇大无比，原有的风韵和风情已经难以找寻。

这是我这次回北京，城市建设给我的印象。这种印象使我在最初落地登陆的一段时间里非常失落，一直郁郁寡欢。

北京最美的地方——故宫角楼　摄于2008年春天

有一天，我乘车经过东三环，经过了一个已经修建得初具规模、外形十分奇异的建筑，好像是两条劈开的腿分成两岔歪斜着立在路旁，我在睁大眼睛惊奇打量的同时，恍然大悟我是与著名的中央电视台新楼相遇了。在此之前，关于这个楼我已经听说了很多，好坏参半。我的在中央电视台工作的好友两三年前就曾自豪地告诉我，东边正在盖新大楼。这次回去，一位也在央视工作的朋友笑着说起，部门里在开会，领导要求员工要对外辟谣：央视的新大楼没有盖歪，是还没盖完。那时，我还没有一睹这座著名的大厦的芳姿。

有一天晚上，到我的一位好朋友新购置，并且装修一新的画室去做客。从她的大画室宽阔的窗前向外望去，北京CBD的夜色尽收眼底。高楼林立，霓虹闪烁。朋友指着远处的一座矗立在黑暗中的庞然大物对我说："瞧！这就是央视那个著名的'裤衩楼'。"我被这个奇异而形象的称谓逗得哑然失笑。

当然，我还看见了天安门广场上新建的巨蛋。巨蛋就坐落在正方形的人民大会堂旁边，卧在那里，与庄严的人民大会堂相映成趣，成了“方圆”。

有一天我在北海一带徜徉，我的左边是北海公园，右边是中南海。向左望去，北海白塔掩映在绿树鲜花与春风杨柳万千条里，小船点点飘在水面。向右望去，我吓了一跳——我竟然看见了……巨蛋！巨蛋竟然静卧在水面上，不知望着这个超级大蛋的人们心旷神怡否？

我生怕自己对北京这种市容变化的感觉是自己久居海外的一种偏见与隔膜，曾经与常年生活在北京的老朋友、新相识、邻居大妈、出租车司机探讨我的观点，几乎所有人与我的看法都一致。有一位朋友还给我发来了一条有趣的短信，内容如下：北京人说：国家体育场——鸟巢，国家大剧院——鸟蛋，中央电视台——鸟腿，中华世纪坛——鸟嘴，设计者——鸟人。

无独有偶，王朔在新作《和我们的女儿谈话》里也谈到了对新北京的印象。他以一贯的口无遮拦一针见血说道：“这北小京修得也太穷气了！”

真是英雄所见略同！自从旧北京变成了新北京，小北京变成了大北京，也就同时变成了北小京。

北小京是一只趴在窝里孵蛋的大大鸟。

还有一天，我行在地安门大街上，迎着鼓楼向前走。这里似乎变化不大，店铺街面和人群都令人熟悉，扑面而来的是久违的亲切气息。走在阳光里，我脑中忽然闪过一句话：这里是北京。现在的我是走在北京。这样一想，我顿时心生悲凉，忽然明白，本次海外游子的寻根之旅算是彻底失败了，对我来说，北京从风貌到气质都变成了一个陌生的城市，而且终将越来越陌生。

我与北京都在变化，北京变成了新北京，而我变成了异乡人。我们彼此失落在彼此的变化里。

当然，无论它是大北京还是北小京，我对它的爱都有增无减。尤其身在千山万水之外，我欣赏着它的风姿，感受着它的律动的时候，我甚至能听到自己心跳在加速，感到浑身的血液在沸腾。每当有人问起我，最喜欢世界上的哪座城市，我总是毫不犹豫地回答：北京。就像歌里唱的：我还是最爱我的——北——京！虽然我不是逗着蛐蛐架着鸟笼吃着窝头咸菜就着大碗茶在胡同里长大的老北京，但我内心汹涌澎湃的情思却和歌中唱的一样：

如今我海外归来，
又见红墙碧瓦，
高高的前门，
几回梦里想着它，
岁月风雨，
无情任吹打，
却见它更显得那英姿挺拔……

如今，在大北京片片高楼的映衬之下，儿时印象里香烟盒上高高的大前门已经彻底变成了矮矮的小前门。小前门深深地印在我的脑海里，在我的三百六十五里漂泊路上一直伴随着我，令我日思夜想，魂牵梦萦。

四川好人

《四川好人》是德国著名戏剧家布莱希特的著名作品：经过多年乱世，三个神仙决定下凡寻找好人的经历。故事寓意深刻，现实主义与超现实主义结合，有神仙，有妓女，有茶馆，有街市，有骗子，有贫民……剧作家在剧中表达了好几个至今困惑人类的永恒问题：比如如何做到既善待别人，又善待自己，尤其是在二者发生冲突的时候？比如剧中的神仙也困惑，是应该改变人还是改变世界，这种改变是靠神仙还是靠好人？不知道生于19世纪末德国的布莱希特是怎么想起把这个对全人类具有普遍意义的故事安在中国的，而且还起了这么个名字。布莱希特应该没有来过中国，所以，不知是四川这个地名的哪一点触动了他。也许是因为四川地形崎岖险峻、蜀道难难于上青天，人口繁密拥挤，文化生动奇丽的自然人文地理环境使他产生了神仙在此下凡、寻找好人拯救世界的灵感？这是我猜的。

在我的生活中有一些很亲近的人是四川人，有朋友，也有亲戚。他们也许在北京，也许在成都，所以，我对四川人不陌生，甚至可以说有点熟悉。我不敢说很熟悉，只敢说"有点熟悉"，是因为四川人讲话的口音我不是太听得懂，但四川人都很爱讲话，四川人叫"摆龙门阵"。而且"摆"的时候声音很大，男男女女尽情地扯开了嗓门儿。

我最喜欢吃的就是川菜。如果不是川菜，我就觉得不是那么好吃，

1998年春天在成都杜甫草堂

所以，如果是我做饭，我就要做川菜，比如今天晚上就打算做水煮鱼。我还很爱吃四川火锅，擅长做啤酒鸭。

在北京时，我上班的写字楼就叫做“四川大厦”。这是北京最早的豪华写字楼之一，曾经鹤立鸡群，巍峨壮丽，无比气派，是四川省政府与我当时所在的单位联合出资修建的，当年的四川省政府应该说在北京是有一些特权的，因为当时的中央和北京领导都是四川人。

因为地震，又想起了这个既让我感到非常熟悉亲切，同时也有点陌生的地方。我去过四川很多次。有一年去成都附近新都的宝光寺，那是一个特别大的寺庙，还附设佛学院。听说那里保藏着释迦牟尼的舍利子，我去拜谒，在各个大殿里转了几个来回，都没看见，于是去问一个正坐在殿门前捻着佛珠的师傅，师傅看了看我，问我从哪里来。我答，从北京来。师傅马上起身领着我穿过前院，后院，进入了后院的后院，来到一个上着大铜锁的门前，从腰里掏出一串钥匙，打开门，引我进去了。

于是，我就在那个水晶的佛龛里看见了那个浅粉色的佛骨，据说是释迦牟尼的一个指骨。

这是一次让我觉得格外荣幸、受宠若惊的经历，所以，至今难忘。

成都有很多好玩的地方，而且都具有文化色彩，比如杜甫草堂，比如武侯祠，比如文殊院，比如望江楼。四川自古以来好像就是一个有故事的地方，很多已经流传千古的名流墨客来自四川，比如司马相如、苏东坡、杜甫、薛涛。当然还有，都江堰因为李冰父子也已经被载入了史册。

还让我念念不忘的是曾经那个特别爱我，非常爱，爱得胜过爱他自己的那个人是四川人，只是，他生长在北京，不是典型意义的四川人，但绝对是个好人。因为这个好人，我曾经被布莱希特式的命题折磨了很长很长时间。

写于2008年5月30日四川汶川大地震后

暖冬

这个冬天似乎将是一个暖冬，至今还没有下过一场很像样的雪。下的还是雨，那种很缠绵的冬雨，落在已经光秃秃的树木的枝丫上，湿漉漉阴沉沉的，令人有点压抑。也真是有点奇怪，其实，雨或者雪，不都是水吗？但在不同的季节，不同的天气里落下来，带给人的感觉就完全不同。

那天晚上，罕有地浓雾弥漫。我开车行在高速公路上，大团大团的雾气疾速地迎面扑打在车窗上，空气里似乎还弥漫着一种有点陌生的气味。下了高速，穿过一道缓缓翻过山梁的路时，我的左侧是整个城市的万家灯火在脚下的远方闪烁，而右侧是一片荒凉的冬天的树林，浓雾的氤氲中树木的各种形状带着一种压迫感扑面而来，我的心里陡生一种非常怪异的感觉，有点恐怖。

我对月亮说："怎么有点像……"月亮马上阻止我："别说，妈妈！我害怕。"

不由得想起了那年在宽沟的某个夜晚，也是大雾。和朋友一起，几个车同时驶出度假村大门，霎时就被淹没在雾里，我按照直觉自以为是地拐进了相反的方向，向沟里挺进。越走越黑，渐渐没有了路灯，雾越来越大，后来干脆什么也看不见了，我完全成了一个行夜路的盲人，仿佛随着车飘到了空中。于是，在彻底的伸手不见五指的恐慌中我将

车直接停在路中央，我的车后面跟着的另一位朋友的车也停了下来。然后，我们掉头，继续在雾里摸索着前进，直到又看见路灯，又看见度假村的大门。

此时，雾似乎也渐渐地消散了，一条灯火通明的大道呈现在眼前，我们终于踏上了回家的正途。

迷雾使冬天更显得寂静与荒凉，即使是在一个尚未下雪的暖冬。

还有，天黑得非常早，每天。那天黄昏，天尚未黑透时，仍然是驱车在路上。拐过一个路口，深蓝色的天空上突然出现了一个几十只大雁排成的人字形雁阵，它们步调整齐地飞着，偶尔发出响彻天空、令人忧伤的鸣叫，而我差点忘了自己正在开车，仰着头长久地看了起来。

月亮惊奇地喊着："妈妈，快看！它们还变队形。"还真是。人字形的雁阵突然变成了三角形，不知是因为风向的需要还是什么其他原因。

我慨叹着，人类怎么就认为自己是高级动物呢？或许，还不如大雁高级。比如，我也想飞，可是，我到哪里去找这双翅膀？

这些候鸟，我本以为它们早就走了，我以为它们早就去了温暖的南方，原来，它们还在这里。它们的身影渐渐消失在高楼后面。而若有所失的我继续前进，在路口停红灯，拐弯，又看见了它们！天空上这支庞大的队伍给这个暮色四合时分增添了说不清的暖意，也增添了说不清的忧伤。

我似乎又有点忧伤起来。这些年，这些飞翔的轨迹为我的生活增添了一种另外的意味，似乎成为我的目光自北方向南方的延展，或者从南方向北方的回望。

它们也像雾一样弥漫在我的周围，带着潮湿、氤氲、朦胧、晦暗和某种暖意。

还有灯。我最近忽然开始关注灯，并且开始买灯，这也是冬天到来之际的一种心理暗示吗？不知道。但奇怪的是，我刚刚为客厅买了一个白色的地灯后，厅里的吊灯就忽然黯淡了下来。我新买的地灯突兀地就成了照明的主力，而与此同时，饭厅的灯也在某一天忽然不亮了，总是舍本求末离题万里的我，不是想着尽快修复或者换灯泡，而是又开始关注起形形色色的蜡烛来。

我准备将冬天的每一次晚餐都变成烛光晚餐。烛光晚餐使冬天更像暖冬。暗暗的一缕缕光芒，却散发着丝丝的温暖，是一种象征性的意象，却也是真实的温度，在冷寂的冬天，有了温度和光线，还需要什么？

很多人家已经挂上了圣诞的彩灯，五颜六色的彩灯更是暖的。在黑白色调的冬天里，圣诞彩灯就像春天的花朵、夏天的碧水、秋天的果树一样不可或缺，是季节里最引人注目的风景。

这几天，在蒙蒙细雨里，工人们一直在为我施工。他们在门前干活时，还在车里播放着音乐，节奏激烈的音乐声时断时续地飘进门里，让屋里的我也感受到了他们在欢乐中劳动的气氛。

这是一种由衷的发自心底的快乐、明朗、热情、坦然，真实地在生活的进行中延伸着、流淌着，也带着一种温度，混合在清凉的冬天味道里。

月亮在张罗着圣诞节前给一个非洲儿童基金会募捐。在那张专门寄给她的单子上明示着那些非洲儿童需要的食品和生活用品的价格，比如一顶蚊帐十元，一包尿布十元，一套铅笔十五元等，月亮打算挨家挨户去敲门，我说："我先捐四十吧，买牛奶、尿布、蚊帐。"月亮说："好。"

还有一套价值两百多元的药品、疫苗等，我与月亮商定下一个目标是捐赠这个。

记得以前看《北京人在纽约》，马晓晴饰演的男主角王起明的女儿，套着黑色的丝袜装扮成非洲儿童在街上募捐，曾经令那个从大陆来到美洲的父亲大为头疼地认为是女儿在青春叛逆期开始"不好好学习"，"学坏了，不走正路"。我们这些电视机前的观众也理所当然地为之忧心和唏嘘着，感叹着万恶的资本主义社会对青少年的毒害和摧残。在那时的国人心里，所谓"学好"就是学习成绩好，任何与"学习成绩好"无关的事情都是不务正业，甚至可以归结为"学坏了"。现在想起来，在"解放全人类"的口号里长大的我们原来其实从来也没有想过把这些口号落实到具体的行动上啊。当这个被我们从小到大在口中、心里振振有词、念念不忘的任务，真的出现在我们眼前，我们却开始大惊小怪，推三挡四，懵了，晕了。原来，这就是传说中的井底之蛙，叶公好龙。

将近黄昏时分，我又从那条翻越山梁的路上经过。这一次，天空还很亮，在我的左侧，城市的上空，我又看见了那个彩色的热气球。在我的右侧，原野和树木散发出冬天特有的孤独的气息，没有雾，荒疏萧瑟与温暖都很清晰。热气球孤零零地飘在一片暗金色的晚霞里，而因为它的存在，冬天就变得不那么冷清了，变得有了色彩，暖融融的了。

与此同时，一些缤纷斑斓的彩灯也在渐渐地亮起来。

又见东京

随着对东京这个城市越来越熟悉，对它的印象也越来越好，在飞机即将降落之际，心底甚至产生了对这个出奇的干净温和舒服的地方的有点甜丝丝的向往和憧憬。

东京是一个美丽的城市，它的美丽是跳跃的、活泼的、温文尔雅的、恬淡清浅的、繁花似锦的、色彩斑斓的、具有历史感却并不沉重的。行走在城市的大街小巷里，感受着这个城市即使在寒冬也在吹着拂面的春风，感受着城市的心脏轻盈而节奏清晰的律动，感受着熏风里那一丝丝若隐若现的似乎久远的气息，毋庸置疑，心情总是愉快的。

我们就是怀着这样一种愉悦的心情，每天不知疲倦地奔走在东京的地上、地下、银座、原宿、秋叶原、浅草、吉祥寺……不知疲倦。是的，也的确是没有感觉到太疲倦，好像那些旅途的困顿、劳累、贫乏都被这个四面环海的岛上的海风吹到了太平洋里。

吉祥寺是我们这次去的东京的一个新区。说“新”，是因为我们是第一次去。去年，在渥太华电影节上曾经看了一部由三浦友和主演的电影《转转》，贯穿这部电影的就是东京的一些主要的风景地，由主人公以步行的方式展现给观众，所以，影片称为《转转》，而这个“转转”的起点就是吉祥寺。我从影片里得知了以前从未听说过的这个东京的地名。

吉祥寺位于东京近郊，可能相当于北京的西三四环或者东三四环

东京浅草寺

那样的位置，是东京白领阶层新的聚居地，算是新区。尽管看了电影《转转》后，也产生了对这个未去过的东京新区的好奇心理，但这次去了吉祥寺，仍然是出于十分偶然的原因。

我的旅居东京多年的好友听说我们即将到达后，特地为我们做了一些旅游日程的安排，包括提前一个月就为我们订了参观宫崎骏博物馆的门票。这个博物馆据说总是门庭若市，一票难求，需要提前很多天预订。

好友订的门票的日期是我们到达东京的第三天，门票不但有日期，还有时间上的场次的安排，可能有一些介绍宫崎骏的影片放映。第一天，好友送票子到我们下榻的酒店时，特意再三叮嘱："那里有一个很漂亮的公园，你们可以在那里走一走。要提前一个多小时出发去坐电车。"

东京的电车就是轻轨火车。

我们的门票是中午12点的，我和月亮中午11点左右出发了。

说起来，我们一直不是那种起早贪晚、马不停蹄、日夜兼程、雷厉风行的旅游者。我们母女在每次出门旅行时，历来闲适散漫、拖拖拉拉，这是我们的习惯，也可以说是我们不以为忤的坏毛病。总之，出门在外，我们很少有那种像军人行军一样定时定点，按部就班的样子。我们总是随心所欲，走哪是哪，累了就开始进店吃喝，吃喝完继续前进，走马观花。所以我们二人的旅游总是自由散漫，缺少纪律和计划的，或者，即使有计划，也是计划外的状况不断。

这次定时参观，应该算是一次有计划的旅行，当然，也毫不奇怪地，出现了计划外的状况。

我们从酒店门前的“锦系町”车站乘车出发，直奔好友所告知的博物馆所在地的方向。东京的舒适还包括所有的站名均有汉字标出，你不必懂日语，在川流不息的东京地上地下穿行时没有任何语言上的障碍。在这种上上下下如鱼得水的亲切自如中，我一次次地坚信，中国和日本五百年前是一家，起码是亲戚，叔伯亲或者姑表亲。

我在到达成田机场时，曾经遭遇了“语言障碍”。出海关后，我到大厅柜台去购买到达酒店的穿梭巴士车票，我们那个酒店称为“TOBU”酒店，我报上酒店名称，柜台小姐问我，是“TUOBU”的哪家分店？我顿时怔住了，迟疑了。好友在之前的邮件里曾经给我写了“锦系町”这个地名，可我不知道日语的“锦系町”怎么说，于是，我对柜台小姐说：“我给你写中文吧。”那个小姐眼神有点奇怪地看着我，说：“我不懂中文呀。”我说：“你会懂的，会懂的。”我抄起柜台上的圆珠笔，开始写“锦系”，我还没写“町”字，小姐已经雀跃着笑了起来：“我知道了，我知道了。”她迅速地撕了两张票给我，并给我指点了开车的时间和候车地点。

如果我说写“汉字”而不是写“中文”，她就不会产生不懂的疑惑了。这是后来好友告诉我的。日本的学校里都有汉字这门课。

去参观宫崎骏博物馆所出的计划外的状况，就是我们没想到乘坐电车需要一个多小时的时间，我们一直认为东京的电车速度非常快，有个二三十分钟也就到了，没想到，我们到达那个车站时已经是12点多，由此也说明东京其实是一座非常大的城市。我们沿着路牌所指的方向，沿着一条僻静的小路往博物馆的方向走着。我们的左侧类似河岸，似乎有一条没有水的运河蜿蜒在小路中央，河岸上生长着稀疏的树，因为是冬天，树上有零星的叶子，但是没有花。可以想象春天时鲜花盛开的胜景。我们猜测着“这就是好友说的那个花园了吧？可是，不大呀。”

路的右边是一栋栋的小楼，每栋的大门上挂着主人的名牌：“中田家”、“山下家”、“大竹家”……看得出，这是一个高尚住宅区，居民都是富裕殷实人家。

我们沿着小路走了约十五分钟的样子，还没有看见博物馆的影子，而此时时间已经接近午后一点了。我跟月亮说：“算了吧，不去了。已经迟到太多了。”

于是我们转身掉头，沿着来路向车站的方向返回。

我说：“去吉祥寺吧。”月亮说：“好。”

吉祥寺就在我们下车的前一站。电车停在那里时，我和月亮有点惊喜地互相对望一眼。去年我们一起看的那个电影，影片里吉祥寺一带熙熙攘攘的繁华街景给我们留下了深刻的印象。本来是在无意中经过了吉祥寺时，临时决定参观博物馆后回来时要在吉祥寺下车逛逛的，现在成了直奔吉祥寺。

吉祥寺其实没有什么特别之处，就是个普通的商业区，摆小摊的很多，置身其间，感觉很熟悉，有点像北京的隆福寺一带，地名和风格都像，但比隆福寺的商业区片儿大。当然，我其实也已经有很久没去隆福寺那里了。

东京的很多地方都与北京像，比如银座就像王府井，原宿就像西单，涩谷就像现在的大北窑一带……当然，东京的商业区在灯红酒绿与令人眼花缭乱之余，更成熟，更文雅，更摩登，更自信，更含蓄，更洁净，也更跳跃，更快速。而东京的速度和流动总是快却有序的，有条不紊的。我想，这是作为一个大都市的东京和同样作为大都市的北京最大的差别。北京的快速更像是一种无奈的裹挟与挣扎，人们的表情是茫然的、紧张的、麻木的、机械的、被动的、无精打采的，似乎有点粗野和缺少教化的。而东京的表情是紧张的，却也是轻松的；是匆忙的，也是悠闲的、从容的，委婉却并不幽暗的；是一种有节制和礼貌的放纵的，自由的、充满活力的。

从这些城市的表情的差异，大概可以折射出生活在这两个生活压力同样很大的现代大都市的人们的真实生活和心理状态的差异。这已经是同一种文化根基下因为社会制度在各个历史阶段的不同而衍生出的两种不同的价值体系和生活方式、不同的现代化和文明程度的外在反映。

北京的现代化之路还很漫长，东京可以作为北京未来发展的很好的模本。

从吉祥寺回来的第二天，我们到好友家里做客。好友在东京市区修建了自己的二层和式小洋楼。经过在异国他乡多年的打拼，现在的好友是日本一家著名公司的中层领导，是公司的中流砥柱，手下管理着很多土生土长的日本人。

听了我们未能按时到达博物馆的遭遇后，好友关心地问："那你们去那个公园了吗？"我答："我们路过了一个公园，是那里吗？"好友有点失望地说："不是。我说的是一个很大的公园，应该还要往前走。""那个公园叫做'井之头'。"好友补充说。

我登时瞪大了眼睛。"井之头"也是三浦友和主演的《转转》里重要的一个场景，提起"井之头"，我就想起电影里的三浦友和与小田切让站在“井之头”公园的一片很大的空地上交谈的情景。得！错过了一个这么重要的场景。我顿时有点沮丧。

好友说，其实，“井之头”公园是很多著名电影或者电视剧的外景地，所以，很多人在参观了宫崎骏博物馆后，会再去“井之头”公园寻找那些明星的足迹。听我说起三浦友和的电影，好友还说：“你们乘坐的电车的下一站叫“国立”，山口百惠和三浦友和的家就住在那里。

我又一次瞪大了眼睛。

没办法，就是这些人，还有他们出演的那些电影、电视剧陪伴了我们的青春岁月，伴着我们长大。而多年以来，我心目中的偶像一直是山口百惠和三浦友和，也一直没能找到可以取代他们的人，我想，很多我的同龄人都是与我一样的。

东京的音像商品店里的醒目位置上，至今摆放的是山口百惠的演唱会DVD。封面上，仍然是那个山口百惠穿着白纱裙的经典形象。这一套山口百惠的DVD据说是限量版，卖得很贵，三万多日元一套。我拿起来看了看，又放下了。

我终究还是已经过了追星的年龄，虽然，山口百惠、三浦友和、排球女将、血疑……这些名字也几乎就是我们那个贫瘠的黑白色调的童年和少年时代仅有的几点零星色彩和美好记忆的代名词。

还有后来已经不是那么青涩懵懂时所看的《东京爱情故事》，这部我最喜欢的电视剧。走在夜幕降临、华灯初上的东京街头时，看着城市的上空轻薄而浅淡的晚霞，我总是不禁会想起《东京爱情故事》的画面和镜头，想起铃木保奈美所饰演的赤名立香那纯真甜美的笑脸。这样的笑脸与这个轻盈干净的城市是如此的贴切和吻合，而电视剧里所写的那种温和动人的爱情故事，也只能发生在这样的一座美丽温婉而且一尘不染的城市里。这样的城市才会产生这样的爱情故事，生活是艺术的源泉，不是吗？

期待着再访东京的日子，这个城市似乎有一种吸引力，吸引着人们总想靠近它，而靠近了以后，你也的确不会失望，所以，就总是一而再、再而三地想要再靠上前去，沉浸，并且沉溺在它那艳丽而又淡雅的花香里，这应该是樱花的花香。那花香缥缥缈缈，丝丝缕缕，似有若无，难以捕捉。你在这座城市的街头行进间猛然回头之际，总会猝不及防地遭遇到一种扑面而来的暗香，让你产生瞬间的眩晕，而很快又会清醒，因为那香气里的恬静清冷和新鲜动感。这是一股新鲜的、健康的、洁净的、跳动的、明亮的空气，就是这样的空气回旋在这个城市的上空，构成了这个城市的迷人气质。

旧居

我在蒙特利尔的家是一幢位于老城的房子，当时来加拿大不久，在地产经纪连蒙带骗的“PUSH”下，稀里糊涂就买了。房子和后院都不大，在一条还算僻静的小街上。

这两天，我收拾着各种大箱子进进出出，街对面的老头儿又好奇地过来，问我：“要搬家了？”我点头，来不及细说。

街对面的老头儿大约七十多岁了，但腰板挺直，步伐矫健，像个军人。冬天的时候，他爱召集一群邻居在屋里玩纸牌，夏天则整日坐在门前台阶上，看车来车往。而他自己的车是一辆紫红色的劳斯莱斯，总是擦得锃亮地停在他家门前，却很少开，因为老头儿基本不出门。

因为老头儿家正对着我家门，所以，我的一举一动都处在他的“监视”之下。也好也不好。好的是他成了我的“保护神”，替我留意着一切发生在我窗外的事。我知道他就坐在他窗前的摇椅上，一边颠簸一边往外看着，所以从不担心有淘气小孩捣乱这样的事，睡觉也格外踏实。不好的是老头人缘极好，夏天坐在门前时，经常有三五个邻居驻足在他家门前与他气氛热烈地聊天。每逢此时，我就尽量不出家门，因为出去就要和所有的人打招呼，我实在对这样的场面有些发憷，住了几年了，跟邻居也是能不打招呼就不打招呼，生分得很。

去年我从国内回来，见到老头儿向他问好。当时我因为生病剪了

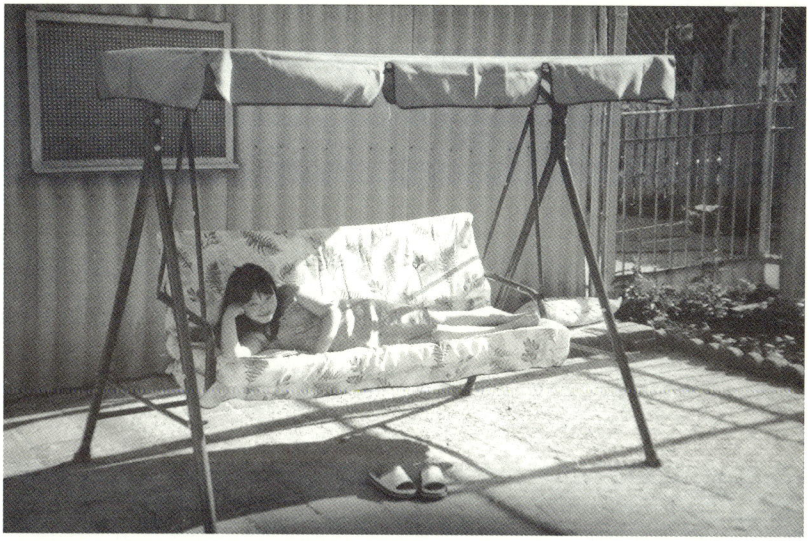

月亮在旧居后花园

短发，而且满面病容，老头儿竟然没有认出我来，他有些羞涩地回应了我，可能心里满腹狐疑：这是谁呀。直到几天后，他可能醒过味儿来了，有一天我从家里出来，他快步迎上前来问我："你去哪了？"我告诉他回了中国，待了将近一年。老头儿打量着我，小心翼翼地问到："还好吗？"我不想讲太多，含笑点头："谢谢。都还好。"

当时从中国回来后，认不出我的人还有住在我家斜对面的瘸子。瘸子四十多岁，我刚搬来时，他腿上打着石膏，架双拐。后来双拐撤了，走路却一直高高低低，一跛一跛了。当时，瘸子经常架着双拐，站在他家门前。远远地见到我，就用中文说："你好！"见我笑了，他就也笑，很满足的样子。

我从中国回来后见到瘸子，他不再喊"你好"，而只是用看陌生人的眼光盯着我，我用法语问："Ca va（你好吗？）"他小声嘟囔着回答了一句什么，我也没听清，径自开车扬长而去。

去年冬天的一天晚上，有人按我门铃，开门一看，瘸子站在门外，来告诉我我忘了关车灯了。我连声称谢，然后瘸子一步一停地艰难地走下堆满大雪的台阶，往自己家走。我在他身后很过意不去地一迭声地提醒着，让他小心走路，千万别摔着。

当时认不出我的，还有我家附近超市的那位光头男店员。以前我们也不认识，但面熟，所以，我去买东西时如果遇到他在摆货，我们总要寒暄几句。可我回来后，可能也是因为长发变短发而且面色青黄憔悴的样子，他不再认识我，再也不理我了。

加拿大人少，在附近几条街出出入入的就是这么一些人，彼此都面熟。圣诞节社区组织大游行，我们也去看，游行的人和看游行的人都是熟脸儿，隔着街互相打招呼，也有看着面熟的人从花车上朝我招手，我也笑着招手致意。

前两天去蒙特利尔旧居，遇见了街口杂货店的老板。中国人，在我们这条街的街口开店已经好几年。他告诉我，已经将店卖掉，店下个月就易主了。

我们站在街口他的店门前聊着，我忽然想起来，指着马路对面的小楼问他："瘸子去哪儿了？"

我已经好久没见到瘸子了。

没有料到的是，杂货店老板告诉我的是一个让我万分吃惊的消息：瘸子自杀了！就在家里自己的房间上吊了！

杂货店老板说："听说他吸毒，欠了很多债。""还欠了我一百多块钱呢。"杂货店老板补充道。

在我印象里，瘸子是个性格很阳光的人，爱笑，爱开玩笑，他是一个英俊的中年男人，有点像克拉克盖博，就是电影《乱世佳人》里面的瑞德的样子。

瘸子自杀的消息让我太吃惊了，一时间竟然有点抑郁。

晚上躺在旧居的床上久久不能入睡，眼前一直出现的是瘸子站在街口的情景。他自杀的原因让我有点好奇。自从读了王朔新作中关于吸食致幻剂的体验和感受的描写后，我对吸毒这件事的看法就有所改变。那是我们所没有过的经验，应该不像通常所想的是因为精神空虚颓废这么简单。钟阿城也曾谈过，在某些年代，在一些少数民族部落，致幻剂的使用是一件很普遍的事情。

我对自己在蒙特利尔的旧居一直怀有一种十分复杂的心理。当年刚刚买下这个房子后，被我戏称为S大师的好友丈夫捧着罗盘房前屋后地绕了好几圈，为我看风水，并且提出了几点要义。后来，他指出的问题都应验了。自从住进这所房子，我就陷入了一种前所未有的厄运和人生的低潮。

大概这也是命运使然，是命运的轨迹吧。

S大师用罗盘给我看风水，还用奇门遁甲术为我算命，写出一张半文半白的解说，被我奉若至宝地收藏了很久，后来终于不知所终。

S大师在自己家里也布上风水阵，比如在台灯下压上一枚老铜钱之类。虔诚信奉基督教的好友在他们夫妻因为宗教信仰的分歧而分居后才发现家里的这些玄机，很生气。

说起来，人生也是够复杂的，我们所不掌握的奥秘太多。虽然，也总希望模仿着佛的姿态，告诉自己：菩提本无树，明镜亦非台，万事皆空。可每每事到临头时，却又忍不住探询的好奇。探询并且求索，最终却仍然无所得，也一定会无所得。于是又装作明白，于瞬间大彻大悟，自己劝自己：苦海无边，回头是岸吧。

可是，哪里又是岸？

盲 人

四月的一个下午，我去北京人艺看同学LX排演话剧。是梅特林克著名的剧本，《盲人》。LX是执行导演，大导演是著名的林兆华。

已经很久不看话剧了，LX在电话里说，演员是一群真正的盲人，这勾起了我极大的兴趣，因为特别想看看真正的盲人怎样诠释盲人。现在对那种千篇一律的挤眉弄眼矫揉造作的表演一点也不感兴趣，想想就觉得太假，甚至有点反胃。

那天天气很好，阳光灿烂明媚。四月的春风里，我在王府井大街熙熙攘攘、密麻如织的人流里穿行着。这条街我已经很多年没有来过，即使回北京也不来，好像关于它没有太多的记忆。现在这条街早已经不是在模糊记忆里的样子，完全变得陌生，两侧都是新盖的商场，五颜六色的广告牌高高地悬挂在空中，只有喧嚣和以前一样，人也仍然很多。

以前在莫斯科上学时，曾经看过梅特林克的另外一部著名的剧作《青鸟》，是莫斯科儿童艺术剧院演的。这个世界著名的剧院就坐落在我上课的文科楼对面，我在那里看过《魔笛》、《蝴蝶夫人》等歌剧，当然都是儿童版。与很多家长和孩子们一起看着儿童版格外的热闹和夸张，使我觉得很过瘾。儿童版的演出为我略显枯燥的学生生活增添了很多天真活泼的乐趣。

《青鸟》是一出童话剧，梅特林克在这出剧里以自己悲天悯人的博

爱情怀，象征性地再现了人类为了寻找幸福所经历过的全部苦难。全剧充满神奇和梦幻色彩，舞台上自始至终弥漫着一种热烈而又淡雅的诗意。我至今记得当时看剧时随着剧情的发展，一直充斥在我心里的那种新奇和感动交织的感觉。

梅特林克在《青鸟》里想要昭示的是，人类通过善良、仁爱、慷慨即可到达幸福的彼岸。

我来到人艺排练厅时，盲人们正在排练。排练厅的舞台上零星散落着一堆堆的鹅卵石，这出戏的故事发生在荒岛，一堆堆的鹅卵石就是舞台的布景。盲人们手持马杆边探寻着走台，边说着台词。LX有时在旁边会大声地喊："别挤！别摔着！"我的心里也始终为他们捏着一把汗。

看着看着，我渐渐明白了那个故事的大概。故事讲的是一群盲人被困在一个荒岛上，在无助和恐惧中等待着带他们来的牧师的解救，而最终却发现，牧师已死。

看明白以后，我顿时感到一股寒意穿过全身。毋庸置疑，这是象征主义大师梅特林克对人类的困境特有的犀利冷静而又深刻的思考，是一出绝望的悲剧。

看着台上演员很不专业的表演，听着那些寓意深刻的台词被这些盲人演员们用南腔北调的口音大声地诵读出来，我一时间甚至有点分不清是置身戏外还是戏中。我心里那些对于台上的盲人演员的怜悯和同情，渐渐地被一种自怜自艾的情绪所淹没了，

其实，某种意义上，我们都是盲人，在人生的路上茫然无知地摸索着，不知未来还有多长，永远还有多远，甚至不知道下一秒会发生什么；不知道路在哪里，不知终点在何方。或者说，本来也没有什么路，更无所谓终点，只是一闪而逝的瞬间而已。

那个下午，因为忽然于无意间又一次被提醒自身生存的尴尬处境，我的心境始终被一种突然降临的荒凉的情绪所笼罩，恹恹地有点忧伤。

LX结束工作后，北京已经夜幕降临，华灯初上的灯市口好像王府井大街隐秘的后台，树影婆娑，人影阑珊，带着繁华背后的落寞。我们一起在人艺旁边的一个小西餐馆吃晚饭。那顿饭就像我们以前留学时学生食堂的某一次午餐的内容：首都沙拉、红菜汤、煎鲑鱼、咖啡。在有些昏暗却又温暖的灯光下，我们又聊起那些关于过去的回忆，这是每次见面的必谈内容，当然，还有关于各自今日默默苦斗的感想和感慨。每次我们之间的谈话都让我们兴奋和激动，有时也有无需掩饰的伤感。作为曾经在青春的岁月里，在异国他乡朝夕相处，无话不谈的好朋友，我们彼此之间的友好和默契一如往昔；而且随着彼此在岁月的磨砺中的日渐成熟，愈发地心有灵犀。

这当然是太好了！在人生悲剧的大道上不断地摸索前进中，你能知道，不管相距多么遥远、道路多么崎岖坎坷、前途多么黑暗茫然，你的同伴始终与你同在，偶尔与你搭讪交流，互相鼓励，互相提示，这一

切都会使你在孤独绝望的旅程里顿时勇气倍增。

LX说，他的下一部作品是将在上海公演的话剧，英格玛博格曼的作品《婚姻风景》。当年这部剧在欧洲上演后影响巨大，整个欧洲的离婚率骤增。后曾因此而被迫停演。

LX说，真希望六月时你能回来看。

我当然想看。特别是在走过了那一段围城里的风景以后，更是特别想看一看大师对那片风景的描述。但是，我仍然不是那个自由得挣脱了所有的羁绊的人，我仍然无法在任何时刻毫无顾忌，不假思索地去做我在那一刻想做的事，比如随时飞到地球上我想去的角落，即使是生于彼长于彼的故乡。

这其实也是人生的一种永恒的困境。

想想，自己其实就像个盲人，左冲右突，左顾右盼，东闯西撞，稀里糊涂地从一片片迥然不同的人生风景里跋山涉水，披荆斩棘，风雨无阻，日夜兼程，历尽千难万险穿行到今天。也曾因为奋不顾身地盲目向前，而被撞得鼻青脸肿、头破血流，狼狈不堪。但因为每个人都大抵如是，所以，竟至满腹的千言万语无处倾诉，满腔的悲苦凄凉无法抱怨。也曾像剧中的盲人们一样在绝望中期待救赎的来临，却最终仍然只能在与同伴的互相取暖和安慰中，故作镇静地独自摸索前进。

醒来

醒来的时候，远方已经是另一个世纪
身后的氤氲缭绕里，那些曾经
熟极了的路径若隐若现
只能回望，无法再去涉足
于不知不觉间，已经冲破
一层又一层的迷雾
阳光从未像现在这样透彻，而且——
你醒着！你终于醒了——
在又一个陈旧的春天的早晨。
大地上昨夜的新雪
提醒着记忆中的完美无暇
风在漩涡之上说出一个玄奥的谜语
在雪里穿行，你一次次地破解着那些
也许存在，也许并不存在的谜底。
所有尖锐与深入
都化解成你此时的轻浅一笑
巨大的蘑菇云砰然升起之后
东海岸的清晨万籁俱寂。

宇宙万物都沿着这个固定轨迹而行，愈发显出造物主的伟大与神奇。

黄昏时分，飞速驰骋在路上。前方的天空是翻卷的形态各异的流云，几乎落光叶子的树和一片片残红从眼前掠过，路上行走的人都已经穿上了初冬的深色皮衣。许巍在唱“我心深处的孤独渴望，我曾莫名的无尽等待，就这样消失在风里，无踪影……”

在音乐里默默地奔驰。无言。
消失的还有那些曾经实实在在的日子，它们
消失着，不管水星顺行还是逆行。
新的一轮岁月又要开始了。

中国元素

(一)北京秀水街

昨天在国会山,渥太华的华人社团组织举行了盛大的庆祝北京奥运会成功举办的游行活动。

我家的各路人马也倾家出动,在国会山著名的钟楼下胜利大会师。我,女儿月亮,妹妹Echo还特地穿上了中国元素服装,我穿的是一件多年前在秀水街的胡同里买的写着“福”的红色上衣,我已经很多年没有穿它了,甚至忘了被我放在了何处,但肯定没有丢掉。所以昨天早上开始了疯狂地翻找,最后在月亮的衣柜里找到了。我现在经常需要到她的衣柜里去找我的衣服,而她也经常来翻看我的衣柜,然后神不知鬼不觉地拎走挂到自己那里。她的个子高,所以我们的很多衣服可以伙着穿,所以我现在买衣服时基本不怎么考虑价格,因为买一件可以供两个人使用,使用价值早已经超值。

月亮穿的是我春天回国时在秀水街的新大楼里为她买的黑色丝绒旗袍式上衣,上面的图案是孔雀的翎羽。买的时候那家摊主的老板要价500元,最后被我划价至200。现在想想,还是划少了。以前我曾经是秀水市场的划价高手,现在离开北京的时间久了,对行情已经有些生疏,不是这么会划了,所以这次回国买的几件东西价格都偏高。有时候我自己也知道偏高了,但可能因为长期在国外享受“一口价”,所以,

2008 年夏天与父母、女儿在旅途中

现在在秀水市场划价时心里总有点讪讪地不太好意思，所以经常在革命尚未成功时就草草收兵了，当然，即使是过去，我也从来不是一个把对方杀得片甲不留的人，一般来说我会先考虑这件商品在自己心里的价值，然后我在这个基础上加上一点对方的利润，提出一个我觉得划算的价格，成功率比较高，可能因为我的价格其实还是合理的吧。那个南方口音的老板告诉我，同样的这件衣服，他曾经以7000元人民币卖给了老外。我说："那祝贺你，蒙人成功！"他有点不好意思地笑了，说："我可没蒙他，是他自己愿意。"也是，一个愿打，一个愿挨。不懂中国行情的老外们看见高贵的丝绒和手绣图案，一定认为这很贵，因为在国外这样的东西会被认为价值不菲，但价值不菲也不至于卖到差不多1000美元一件，看来这个老外既不懂中国行情，也不懂外国行情，所以活该挨宰。

我曾经在秀水市场里看见过一个老外小伙子看好了一双纯牛皮鞋，于是开始划价，从人民币3000元起划，我实在不忍卒睹，看到一半时离开了现场，我离开时价格划到了1900元，老外小伙子已经准备掏钱了。而其实这样的价格在欧美完全可以买一双正宗的国际大名牌皮鞋，甚至还要便宜一些。这个外国傻子花了同样的钱买了中国的地摊货，还以为从3000划到1900，占了天大的便宜。

这次回国，我只在秀水街买了寥寥可数的几件东西，因为不适应划价的氛围了，也因为觉得没有太多可买的了。以前在北京时，我整天留连在秀水街里，对那里的摊位、货色几近了如指掌。秀水街一直领导着北京的时装潮流，是欧美风格。现在也还是喜欢去，去看看，对于北京那些如雨后春笋般冒出的新市场兴趣并不大。

秀水街在国外也小有名气。刚来加拿大的时候，我去报名读英文学校，首先要水平考试，然后分班。我刚刚走进考场，就感觉到一双眼睛一直在盯着我，那是一个年轻女老师的眼睛。她终于走上前来问我："你的牛仔上衣真好看！你在哪里买的？"我当时穿着一件黑色的牛仔上衣，后背上绣着一条彩色的龙和大朵的牡丹花。这是我在秀水街买的，其实也穿了很多年了。这件上衣衣领上的商标是赫然的“Christian Dior”，当然，它的设计也具有大牌风范，这的确是一件引人注目的漂亮衣服。我是一个喜欢买假货的人，当有一模一样而价格却天壤之别的假货时，我决不买真货——那不是有病缺心眼吗！从琳琅满目的商品中淘出很像真货的“假货”，是我在购物过程中享受的最大的乐趣之一，现在在加拿大我失去了这种乐趣，心里始终感觉相当遗憾。加拿大假货少，基本都是真货，好在这里真货的价格并不算贵。但是欧美的游客在秀水街里面对假Tommy、假Polo、假Guesse、假Boss，仍然如获至宝如鱼得水般疯狂抢购，可能其中讨价还价的环节也是令他们倍感刺激的地方。

秀水街摊位的售货员都能讲一口流利的英语或者俄语，有时还有法语，走在摊位间的甬道上，我经常产生自卑感，因为我经常觉得他们的外语比我这个长期生活在外国的人讲得还要流利。

我告诉英文学校的女老师，衣服是在北京买的。女老师瞪大眼睛兴奋地说：“我去过北京。”紧接着，她说：“北京有个丝绸市场，是我最喜欢的地方，在北京的三天里我每天走路去那里。我住在建国饭店。”她说的丝绸市场就是秀水街，建国饭店就在离秀水不远的地方。

我说：“我的衣服就是在那里买的。”女老师更兴奋了，眼睛烁烁闪光：“能告诉我你花多少钱买的吗？”我说：“要价600，我划价到150成交。”女老师的眼睛里流露出由衷的羡慕的神情。看着她的眼神，我甚至产生了把这件旧衣服脱下来送给她的冲动。

在我买这件衣服时，600是天价，150也是只有少数人才能承受的价格，我看现在的北京，即使是1500的衣服，也不是什么贵衣服了。真是今非昔比。

今非昔比的还有秀水街。它早已经脱胎换骨，从一个狭窄弯曲的小胡同变成了一座气派宏伟的大楼。我在琳琅满目的大楼里穿梭着，目不暇接。不像从前,每家必看,一个也不能少。我现在往往直奔主题,直奔想买的目标——或服装、或箱包、或桌布床单、或工艺摆设。

我今年回国时在那里还买了一个闹钟,上面的图案是手举毛主席红宝书的红卫兵。这个红卫兵小将身穿绿军装,头戴绿军帽,手里的红宝书随着秒针的转动有节奏地摆动着,他正在高呼万岁。这是秀水街的传统商品,很多外国游客都要买这个中国纪念品,文革也是中国元素,只是这是一个我们避之恐不及,却又总是难以摆脱它的阴影所纠缠的元素,而老外们是雾里看花水中望月,所以新鲜好奇,趋之若鹜。

以前在国内时,我从来没有想过买一个这样的闹钟当摆设。现在,我买这样一件东西,可能也是因为自己现在是在一定的距离下观看中国,心里看重的更多的是"中国元素",而非元素的内涵吧。文革的内涵,即使是我这个从没经过那段峥嵘血腥岁月的人,每想起来也会不寒而栗的,所以,我决不是想提醒自己回忆处在那样的日子里的祖国。

今年去秀水街,不止一次地被那里的小售货员问:"姐姐,你是华侨吧?"这时我常常笑了起来,就更不好意思划价了。那里的售货员们整天接待八方宾客,都见多识广,练就了一双火眼金睛。见什么人下什么菜,心如明镜。

可我怎么就成了"华侨"了呢?当了多年的"华侨",在自己的家乡还是无法适应这个称谓被用在自己身上,所以每次有人这样问,我自己就先自我解嘲地笑起来。也有时候,朋友之间也会这样调侃。我坐在美国公司首代韧哥的车上,这个当代的"买办",一本正经地问道:"华侨,需要开空调吗?"半天之后我才反应过来原来他是在问我,看着韧哥一脸坏笑,我也只能无可奈何地笑起来。

这次奥运,好像很多外国元首的夫人都前往秀水街购物,听说她们也都划价。

说起奥运,我在秀水街还曾经遇见过一位世界体育巨星。那是多年前，我还是一个学生时，暑假回北京，照例去逛秀水。在胡同里遇见好几位身材相当高大的黑人，每人手里都举着一些选好的丝绸衬衣、短裤、领带之类。那几天正是美国NBA篮球明星首次应邀到中国表演，当时的中国人对NBA还知之甚少，所以，这些红遍全球的球星们在北京的街头市场自在惬意地逛着，完全没有粉丝的包围。我知道他们都是明星，但因为也并不关心NBA，所以不知他们是谁，也完全没有理会。我在狭窄的胡同中央与一位高个黑人相撞，我们互相躲闪着让路，却总是他向左，我也向左，他向右，我也正向右，两三个回合后我们都笑了。我不禁抬头仰望了这位个子太高的黑人一眼，而就是这么惊鸿一瞥，我心里当时一惊：他相当端正英俊！

完全不同于我们心目里的黑人形象。这张英俊的黑人面孔就这么被我记住了。

大约一年多以后，我在欧洲看到一本杂志，我一下被那封面所吸引，因为那是一张有点熟悉的黑人的面孔，就是我在秀水街上见到的那位黑人。

我翻开杂志读里面的内文，才知道，他是迈克尔·乔丹。

这是当年最有名的篮球明星，我知道这个名字，却狭路相逢而不相识。

（二）中国元素的文化内涵

北京奥运会闭幕式上的“伦敦八分钟”，让我又想起了四年前在雅典奥运会闭幕式上的“北京八分钟”。记得当时我还住在蒙特利尔，也是特地守候在电视机前等待北京节目的亮相。那时候对张艺谋导演还多少有一些期待，不像现在，因为基本已经掌握了张导的戏路，所以也就彻底不想象了，反正就是那样，一直那样，以不变应万变，万变等于不变。记得当时看完期待已久的“北京八分钟”时郁闷坏了，尤其当那几位踩着高跷、挑着比暗红还要暗的红灯笼的黑衣人，一瘸一拐地走上来时，我简直崩溃了，已经。

很喜欢这次北京奥运闭幕式上的“伦敦八分钟”。它在短短的几分钟轻松、自由、随意的表演里，传递了很多的东西。这幅伦敦的市井风情画充分展示了伦敦文化的多元性、包容性，展现了伦敦人的平等互爱与谦虚友善，展现了对残疾人的人文关怀，展现了伦敦对当代世界文化的重要贡献（摇滚），展现了伦敦的城市特征（双层巴士），而且包含了对于奥林匹克来说最为重要的体育元素（伦敦出生的贝克汉姆的出场）。不知为什么，在四年前的“北京八分钟”和四年后的北京奥运开幕式和闭幕式的表演上，似乎都忽略了体育这个最基本的元素。

也许是我没明白张导的意图，踩高跷敲大鼓就是体育元素，表现了我们的腿长和劲儿大？

很多人的印象里认为张艺谋导演的作品“很中国”，因为他通常使用我们印象里的中国元素或者说中国符号。但关于中国元素究竟是什么这个问题，坦率地说我最近已经有些困惑和狐疑。

两年前我回北京时，好友为我接风，定在湖北会馆，那里的淮扬菜餐厅环境不错。我发现通常淮扬菜餐厅的环境都不错，大堂往往会点缀一些小桥流水、假山盆景之类，制造出“江南好，风景旧曾谙”的意境。在春风杨柳、流水潺潺里与朋友品味着精致的江南小菜、轻声交谈，毋庸置疑是很令人惬意的一件事。

关于北京的淮扬菜餐厅是另一个话题了，而关于这个话题，我总是忍不住想多说几句，因为我是一个喜欢淮扬菜餐厅的人。今年春天回北京时，我与另外一拨朋友，曾经在另外一间我选的淮扬菜餐厅聚会，而之所以选定了这里，只是因为我被那餐厅的名字所吸引：十里浆声。记得我的好朋友韧哥，当时一个劲喝彩：太雅了！

知我者，韧哥也。

那个餐厅同样小桥流水、垂柳人家，一派江南风光。我们那天喝的是江南绍兴的黄酒，一边吃喝，一边听著名的哲学家著名的某大学H校长纵论古今，指点江山。H老师是一位谈吐相当幽默风趣的人，我很爱与之交谈。那天H老师在评论一位大家的熟人的工作表现时说道："他光说不做，以为说了就是做了。"当时席间为此话爆发一片大笑。生活中只动口不动手、认为说了就是做了的人挺多的，但我们都没有总结出来。这些人之所以如此，其实是因为某种思维上的误区，是内心里某种认识的偏差，而著名的哲学家一语中的。这就是水平，不服不行。

这个话题暂停。我其实是想说另外一件事。

那天我和好友在进入湖北会馆吃饭前，路过它的茶楼，我们曾经驻足一小会儿。茶楼里面坐满了欧美游客，热气蒸腾里，舞台上在表演京剧，两个演员一会儿唱一会儿打，我看了一会儿，感觉那好像是京剧片段《拾玉镯》。我不敢确定，是因为我是一个完全不懂、也不喜欢京剧的人，我并不知道《拾玉镯》是一个什么样的故事，只是从断断续续的唱词里感觉与玉镯有关。

我对那演出完全不感兴趣，所以，我们很快就起身离开了。在离开的同时，我心中不禁非常同情那些满脸疲惫、表情恹恹地坐在那里的外国游客——他们肯定就更不懂了。可是，一定会被告知：这是重要的中国文化。为了了解中国文化，他们忍着旅途的疲劳，坐在那里哈欠不断、目光呆滞，坚持就是胜利。

可是对于这个中国文化，我这个纯粹的中国人有生以来也只在童年的时候随父母去过一次剧场观赏，记得是《秦香莲》，几乎整场演出我都在睡觉。

所以，我不知道多年来我们一直把自己的大多数中青年人都已经很陌生了的传统京剧，包括它的服饰、脸谱等等一系列，作为中国文化的主流向全世界推介是否还合适。这种推介的结果就是让他人对我们充满误解，比如认为中国人平时就是穿着戏装、画着鬼脸。

文化是有活生生的生命的，文化的内容是随着时代的发展而不断变化的，所以，不但让别人认识你的传统文化，同时也让别人关注你的现代文化潮流，这是文化工作者所需要做的事。也就是说，让自己的作品在深厚的底蕴上充满创意，这才是富有活力的文化产品。

而所谓创意，就是你的作品想要表达的内容和价值观，这不是单纯的以量取胜的堆砌与展现。

中国文化的元素很广泛，西北的秧歌与腰鼓是中国文化，江南的渔舟唱晚、钟声客船、小桥流水也是中国文化。创作者在使用这些元素时应该有所提炼和加工，否则，几万人同时打卦、算命、跳大神也能算是中国文化，也是震撼的场面。震撼的艺术效果，应该不是因为场面或者声音的巨大与共鸣，而是让人在愉悦的感觉里轻松地被感染，自然地接受。

这好像是一个很值得探讨的问题，很可能与经济的发达程度密切相关。所谓经济基础决定上层建筑。就好比现在全世界的人提起日本，不但知道它古代的武士，传统的相扑与艺妓，还知道它的新干线、它的动漫。现在几乎全世界的孩子都在看日本的动漫片和动漫书，玩日本的动漫游戏。

动漫是日本近年来献给世界文化的礼物。

有趣的是，日本的寿司也是很多欧美人比较喜欢的食品。我们这里很多的中餐厅里还是中国客人占多数，而日餐厅里却是西人食客占多数。其实开日餐厅的老板很多是台湾人。很多大型超市里都有专门的寿司吧，专门出售一盒盒的外卖寿司，众人趋之若鹜，很受欢迎。

其实寿司的制作工艺很简单，但口味清淡，食材新鲜，符合当代人们对健康食品的要求，这可能也是它在世界范围内日趋受到欢迎与追捧的原因吧。

所以说，领导时代新潮流是一个综合性的实力展现，既需要经济上稳定的优势,也需要价值观念上对人类的贡献。这需要一种不断吸收与扬弃的创新,而自由的心灵则是创新的前提。没有自由的思考与探索就谈不上创新,就会永远是因循守旧的老一套。

有活力的文化都是生发于自由的心灵,这样的因果关系是一定的。

而关于自由则又是另外的一个话题了。

我们仨

突然发现刚刚过去的这天是挺有意思的数字:070707。

这天还是Echo的生日。昨天我们全家去滕王阁饭店为她庆祝。过完这个生日,她就要到联邦政府去报到了,所以,这个生日具有里程碑意义。

Echo是我妹妹,比我小大约两岁,是我家的老二。

在我们三姐妹里,她的长相和性格与我和小妹晶晶都不太一样。我和晶晶都皮肤白晰、头发细软发黄,而她皮肤却偏黑,发质也偏粗硬。所以,以前她总问我妈:"为什么只有我不白?"语气中颇带怨气。但总体来说,我们三个人长得很像。记得1995年我刚结束长期的海外留学和工作,从苏联回国,我们三人一起去北海公园玩。当时三个人都留着披肩直长发,也差不多一样高,走在北海公园湖边的柳荫里,非常引人注目,曾几次被别人拦住问是不是三胞胎。这也是我们三个人很少有的在一起共度的时光。没过多久,晶晶就去了加拿大。三缺一是我们姐妹的常态。我和Echo如影随形地玩了几年后,她也去加拿大了,后来我追随着她们也来到了加拿大,这样我们三人终于集合在枫叶旗下。

Echo从小就爱和男孩子一起玩。拍元宝,弹玻璃球,抖空竹都是她所爱。她的胆子很大,特爱尝试新鲜事物,不计后果。也是九几年,她忽然觉得自己的双眼皮不够大,不够双,就按广告找了个美容院去把双

眼皮割大。当时整形手术不比现在，绝对是新生事物，我们都非常担心，但劝是无济于事的，我和妹夫文立只能陪着去。做完手术后她带着墨镜，我们还不是立即回家，而是去王府井的世都百货逛商场。在商场里，因为光线原因，她摘下墨镜细看商品，我们则细看她。刚做完手术的眼睛红肿不堪，而且还有一片片的淤青，像是刚被人打了几拳。文立的虚荣心受到打击，连声说："求你了，快带上墨镜吧。咱们快回家吧。"Echo眼一瞪："我还没逛够呢！"文立顿时噤声，只好快步走，假装和这个挂花带彩的人不认识。而我虽然也想假装和她不认识，却不忍心，有时还得搀扶她一下，免得看不清路跌跤。昨天在饭桌上又提起此事，我笑得都说不下去了，Echo又恶狠狠地瞪了文立好几眼，文立假装没看见。

Echo办事极其利索，不拖泥带水，有时快得令人猝不及防。前些日子说要换房子，和经纪人联系去看了一次房，然后就定了，当场递价。回来我们问房子是什么朝向，她说："不知道。"我们责备她太草率，她说："嗨！再看多了眼该花了，其实都差不多。"倒也是这么个理儿。我认识的一个朋友，从几年前就在筹备买房，一直到现在还没有挑到合适的——已经眼花了。现在儿子已经到外省去上大学，这对年已半百的朋友夫妻，仍然在租房住，据说还在看房。

Echo很快就把她河景的房子卖了，卖给了一个早就对她那套房子觊觎已久的朋友。她就准备搬进那根本没看清楚的新房里去了。

我上中学时，住校。有一天上晚自习时，听见教室外面有人喊我，出来一看：是Echo和晶晶。这俩人骑四十分钟自行车来找我，就是为了来告诉我一个不知从哪儿得来的小道消息：当红歌星张明敏要来开演唱会了！然后再三嘱咐我别告诉爸妈她们来找我的事。临走Echo还塞给我一包她们给我买的话梅。

她虽然是妹妹，但在我面前却总像姐姐，家里的事情也都是她安排。我和晶晶有点疏远，但我们都和她亲近，所以她这个中间人物很好地起到了连接的作用。

晶晶曾经是个非常厌学的中学生。高中时一度非常叛逆，死活不想考大学了，采取各种方式消极怠工。那时已经是大学生的Echo，特地回家督促她高考复习。有一天，晶晶在另一个房间里温习功课，Echo走进去，晶晶吓得一个激灵。Echo马上敏感地察觉，她上前翻开晶晶的书，只见“历史”的书皮下赫然是一本琼瑶的小说！Echo大怒，晶晶自知理亏，闷头不语，从此再也不敢使用相同的伎俩。

现在晶晶很感谢二姐。

Echo瘦瘦的，大眼睛，直长发，喜唱歌，擅绘画。她非常喜欢摆弄花草园艺，家里摆放着古色古香的家具，非洲鼓，西藏长喇叭，落地大花瓶，窗前挂着竹子风铃。在这些方面她是最得我老爸遗传天赋的人，似乎无师自通，浑然天成。

她还是月亮最佩服的人，在月亮眼里，二姨无所不能。

也是，在她的人生路上，她一直所向披靡，指哪打哪，动作凌厉准确，虎虎生风，迅雷不及掩耳，直令一旁的我们看得目瞪口呆。

这次一连接到几个联邦政府的工作offer，她的一个在本地土生土长的白人女同事羡慕地说："把你的运气分我一部分吧！"这个女同事考公务员多年，未果。

其实机遇只给有准备的人。来到加拿大后，Echo读了MBA，她不但在加强自己的英语，还熟练掌握了法语，所以第一个通知她录取消息的官员不无担忧地劝她："希望你就接受我们这个工作吧，不要再考虑其他的了。我们的职位会有发展空间的。"

Echo得意洋洋。

070707，这个日子也多么符合Echo的性格——不管三七二十一，干了就是胜利！

写于2007年7月7日

充满诗意

站在柜台里的图书管理员是个脸上留着大胡子的高个小伙子，我们互相笑着打过招呼后，他忽然问我："你是中国人吗？"我点头称是。他又问："你讲广东话还是国语？"我说："国语。"他眼神单纯地看着我，用中文说："你好！"我笑了，他又接着说："天天快乐！"我又笑了，他也笑起来，用英语说："我只会讲几句。"

现在经常会遇见一些可以用中文讲"你好"的老外，他们友善地笑着讲出这句你非常熟悉的问候，让人一下子觉得暖洋洋的，心里顿时有如沐春风的感觉。

我认识几个会讲中文的朋友。以前读书时，学校里有一位老教授，是很有名的语言学家，专门研究东亚语言。因为不是同一专业，所以接触并不多。只记得有一次，他可能闲得无聊，把我们这几个中国学生叫到他的办公室，语重心长地嘱咐了一番做人做学问的道理。基本一直讲俄语，偶尔可能他想"秀"一下自己的汉语水平，就说了几句中文，结果我们完全没听懂。有一个词他反复强调了好几遍，一直在重复："一遍散傻。"我们面面相觑，丈二和尚摸不着头脑，不知他在说什么。后来，他一个字一个字往外蹦，一个同学突然大呼起来："他说的是一盘散沙。"全体恍然大悟。

他是想嘱咐我们几个孩子在异乡团结互助，抱成一团，不要像一

盘散沙。可惜他的汉语说得上句不接下句，前言不搭后语，像一盘散沙。

老教授那年七十多岁了，光头，戴眼镜，眉毛也白了。我们背后简称他为“老罗”。每次我在走廊遇见老罗，都像老朋友一样亲热地打招呼，但彼此并不停住脚步聊天。因为不是一个专业，好像也没有什么可聊的话题。

我快毕业的那一年，有一天，在教学楼的咖啡厅里遇见了他。他远远地朝我走来，我微笑着问好。老罗用汉语说：“你快毕业了吧？”我点头。老罗又说：“考虑一下读我的博士生吧。”我有点突然，但仍点头“好，我想想。”其实当时心里想的是“我才不读呢！”如此坚决地认定“不读”，有好几个原因。既因为对他的研究专业不感兴趣，也因为怕他是替克格勃以此糖衣炮弹腐蚀拉拢我。当时的两国关系和政治环境使我们这几个年轻的留学生终日毛骨悚然，风声鹤唳，草木皆兵。人家无论对我们友善还是排斥，都马上会警钟长鸣地联想到这可能是克格勃的几号行动，都马上在心里正言厉色，横眉冷对，想起祖国的重托人民的期望，然后表面假笑着，自以为圆滑地给以坚决的回绝，估计，肯定也经常有误解了苏联人民的善意，把好心当成驴肝肺的时候。

最好都别理我们，让我们几个他乡异客形单影只地在雪地上孤独地像幽灵一样游荡。

那几年，也确实少有人主动搭理我们，除了几个学汉语的苏联人，而这几个学汉语的人还被我们在心里刻不容缓毫不留情地划为阴险的克格勃特务，对他们充满戒备和警惕。

现在想起来有点可笑。特务岂是随便一个人就能当的，岂是学点汉语就能当的！

语言是一种非常奇怪的东西。当你熟练地掌握了某种语言，你不自觉地会觉得自己在某个程度上已经融入了那个民族，成为那里的一部分，那个民族的一些东西不知何时已经进入你的血液里。无论你喜欢还是不喜欢，你和他们之间会渐渐滋生出某种莫名的情愫，这是某种程度上的难解难分，荣辱与共，就像是亲情。

我对俄罗斯就怀着这样一种十分复杂的感情。

说实话，我并不十分喜欢俄罗斯人。也许是因为其地理位置的特殊性，这个民族将东西方民族的很多特点都溶于一身，包括东西方民族各自的的优点和缺点。比如，他们有欧洲式的豪爽、奔放、深沉和慷慨、粗野、贪婪，他们还有东方式的吝啬、狡猾、诡诈和阴郁、自私，不守信用。这些特点是如此鲜明地体现在他们身上，让你又气又恨，但最终，仍然是爱，因为所有这一切他们又表现得是如此自然天真和坦白，自己浑然不觉。

所以，仔细想想，对他们，还是爱。这就是语言的力量。我在把俄语讲得接近母语的同时，也呼吸着来自这个民族的久远深厚浪漫忧伤的气息，并不自觉地被浸染。我在加拿大就有一些关系很好的来自俄国的朋友，我们会互相打电话，三八节和圣诞节时，我会收到他们发来的贺卡，我们彼此喜欢，相处亲热，互相不把对方当外人，我也不再怕他们是克格勃。

前两天和月亮在MALL里闲逛时，一个美丽的姑娘凑上前来，要我们试用一种新型化妆品。闲得无聊的我们于是欣然试用起来，那是一款护手套装。仅仅几秒钟，我这个从来不涂指甲油、不在美甲店修剪指甲的人的指甲，在美丽的小姑娘妙手的运作下，呈现出夺目的光彩。我被惊住了，于是欣然掏钱，来两套。有一套要送给妹妹Echo作生日礼物。小姑娘又把我带到柜台的另一边，柜台的另一边据说是死海泥面膜和面霜，我警惕地婉拒着："这个就不要了。"她继续介绍着其他据说都是来自死海的瓶瓶罐罐，又瞪着她漂亮的大眼睛望着我，说："您真好看！"得！我一下又晕了。

在又看上了一小瓶据说是来自死海的眼霜后，本次谈话的高潮出现了。

小女孩是一个令人愉快的人，小嘴喋喋不休，很爱说话，也很会说话。她说："我叫安娜。我是俄罗斯人。"我瞪大了眼睛，立马操起了俄语反问："你是俄罗斯人？"这下轮到她瞪大眼睛了，她惊奇地感叹道："太不可思议了，太不可思议了！"

我们于是彻底打开话匣子聊起来了，用俄语。月亮在旁边看呆了。

安娜六年前来自莫斯科。她现在看样子也不过二十一二岁。

我指着柜台里的另一位小伙子问安娜："他是你丈夫吗？"

安娜急忙否认着："不是，不是。""这个傻冒，大傻冒，我才不会嫁给他！"安娜大声嚷嚷着。我忙小声问："他听不懂吗？"安娜故意大声地："听不懂，听不懂。这个大傻冒！"

安娜问我："你想吃什么俄国饭吗？"

我一一列举着说："红菜汤，手抓饭……"

安娜说："来我家吧，让我妈妈做给你吃。"

告别时，安娜说："一定再来找我。"又冲着月亮用法语："希望你也学一点俄语。这很重要。"

看来她是把我当成俄国人了。而在俄国人面前，我也往往有熟悉感，归属感。我还喜欢性格乖巧八面玲珑的人，就像安娜这种。其实每个民族里，这样人见人爱的人都不多。

那瓶眼霜安娜为我打了将近五折，她说："因为俄语。"

这已经不是我第一次享受会讲一口漂亮俄语的好处了。

昨天在图书馆还借到了一本俄罗斯当代小说集，里面收录的都是近年的文学作品，读着关于城市的描写，让我想起莫斯科那些曾经熟悉的去处。

想念莫斯科。

好几年没有去过了。想念列宁山上深秋铺满金黄色落叶的校园小路，想念阿尔巴特街上卖油画的小摊儿，想念高尔基大街上的普希金雕像，想念那如地下宫殿般的地铁，还想念那一片片的白桦林……

有一年我去莫斯科出差，当地的老朋友特地带我去野餐，在一片林间空地用树枝点起篝火烤肉串儿，在白桦树上钻个眼，插进一根吸管，喝新鲜的白桦树汁，那汁液里有一股冽人的清香，直沁心脾，喝下去以后，先是清凉，然后慢慢地渗出一点点的甘甜。

这滋味就像曾经的那些清寒落寞孤独年轻的日子，总是睁着警惕好奇的眼睛，心里却是新鲜和跳跃，也有一丝微微的甘甜。

现在想起来，充满诗意。

YESTERDAY

第一次听说披头士乐队是在我很小的时候，我在学校的图书馆借到一本当时的杂志《世界之窗》，这大概是在我小时候的那个年代可以读到的关于国外的介绍的唯一的杂志，上面经常刊登一些从当时的国外报刊上翻译下来的介绍异域风土人情、文化习俗的文章。当时年幼的我，很喜欢读这本杂志，每次读时，心里都暗暗怀着一种对外面的世界模模糊糊的想象与憧憬。

在那本杂志里，我读到了保罗麦卡特尼的名字，我隐约记得那篇文章好像说的是在披头士乐队的主唱约翰列农被刺杀之后，另一位乐队的主唱保罗麦卡特尼继续自己的演唱生涯云云。

我当时根本不知道保罗麦卡特尼是谁，而披头士乐队是当时西方资本主义生活方式的一个代表，一个批判对象，好像收音机里经常说纸醉金迷灯红酒绿，堕落的资本主义生活是：听披头士乐队、跳摇摆舞（就是后来的迪斯科）、逛酒吧街（感谢上帝，我的记忆力真是太好了！我怎么还记得这些乱七八糟的东西，简直是一个令人不堪回首的童年）。

第一次听披头士乐队的歌是在我出国留学以后。我去留学的那个国家的同学们每天在宿舍里大声地放着披头士的音乐，我第一次听到了《Yesterday》，《Hey Jude》这些旋律优美单纯、有点淡淡忧伤的歌，我第一次看见了那些唱片封面上的四个大男孩：都留着蘑菇头，一袭

边走边拍

黑衣，眼神纯真，笑容灿烂。

后来我也曾经买了当时可以买到的几乎是披头士乐队的所有的唱片，那时还没有CD，都是那种塑胶的唱盘。现在这些唱片应该还在国内的家里。

那天在保罗麦卡特尼的演唱会上，这些好像已经消失了的记忆忽然从心的深处重新漂浮上来，在演出现场震耳欲聋的音乐声里清晰地出现在我的眼前。

我从来没有期待过能够有一天亲眼见到童年传说中的披头士乐队，然而，现在，那个一双大眼睛眼角下垂的大男孩，已经幻化成一个六十多岁，依然活力不减的老人，真真切切地出现在你的面前，我的心一下子从体内飞了出去，仿佛眼前的一切非常的不真实。

但是，的确是他，是那个唱片封面上记忆中的男孩。

特别是在演唱会的最后，他只是使用一把木吉他，站在舞台中央，重新唱起他写的那首著名的《Yesterday》时，仿佛时间停滞了，仿佛昨天又来了，在几十万人一起的合唱里，我的眼前是当年大学宿舍里黯淡的灯光下氤氲缭绕的烟雾，空气里飘荡着的酒精味道、汗味，嘈杂的人声与模糊的人影。那通常是几个少年在一起的小小聚会，背景音乐往往就是披头士乐队的某支歌，而每次都一定会有这首《Yesterday》。

关于昨天，好像无论哪个年代的人们总是在自动缅怀，而关于明天，人们也在自然地憧憬。其实，这就是我们拥有的两个时态，我们从来没有拥有过今天，今天在时间一刻不停分分秒秒地流逝中，在每一个当下，就已经化为明天的记忆。而我们除了回忆，即是向往，其实不存在眼下。

由回忆与幻觉组成的人生，光阴如电，白驹过隙，风驰电掣，转瞬即逝。

披头士的歌声充满六七十年代的简单、自然、干净、平淡、健康、阳光、真挚和理想主义的激情。爱情、友情和欢乐、忧伤这些人类美好的情愫，在他们的歌声里是温和的、温暖的、清澈的，是洁白的底色上绚丽轻灵的色彩飞扬，是透明的阳光里把头发吹得凌乱的风。这大概也是披头士的歌影响了几代人，令几代歌迷追逐与拥戴的内在原因吧。

这种理想主义，在以后的年代里被注入了疯狂的歇斯底里和执著的因素，失去了底色的清洁与安静，就像我们生活的这个世界，就像我们的人生之旅，逐渐地混沌与肮脏起来，色彩开始芜杂，沉重和颓废。

“O！I believe in yesterday.”时光一去不再回，昨日之日不可追，往事永远只能在记忆中回味。而在记忆里，逝去的日子总是美好的，无论晴朗烈日，还是阴雨密云，它们像被岁月磨去光泽的旧银子，只是不再夺目，但雕花的印痕依然深刻清晰，令人难忘——因为那是青春的味道。

这是今天的人们内心隐秘的情结，可能也会是人类永恒的一声叹息。

骑士的歌唱

每次，走在唐人街168超市的店堂里，在货架间穿行，挑选着各种零食食品，心情总是很惬意。

轻缓的音乐飘在空气里，今天，是一首非常熟悉的歌，不禁随着那旋律哼唱起来："你送我一枝玫瑰花，我要诚恳地谢谢你……"

熟悉的旋律，仿佛从故乡传来。

想想，这一路，曾经收到过很多束玫瑰，收到过各种颜色的玫瑰，红的、粉的、白的……但一直记住的是那第一次收到的红玫瑰。

人生的第一束玫瑰花是一个蒙古小伙子送给我的。

刚到莫斯科的第一个星期，就在电梯里见到一位东方面孔的小伙子，很帅，非常干净，穿着白色粗线毛衣，浅蓝牛仔裤，白色运动鞋，皮肤也是白白的，五官非常清秀。我们互相打量一眼，没有打招呼，我认为他是日本人。

因为他的东方面孔，也更因为他在东方人里出众的英俊和帅气而记住了他。

第二次相遇，仍然是在电梯里，这次他主动打招呼。

也热情地回应，互相询问从哪里来。原来，他是蒙古人，来自乌兰巴托，五年级学生，叫叶苏德。

互相留了房间号，相约再见，从此就认识了。从那以后他开始到我

2009 年夏天在温哥华

的宿舍来做客。

经常晚上，叶苏德来敲门，然后我们泡上一壶香茗，开始畅谈。

那时我实在太年轻，又是初到他乡，面临全新的学习生涯，心里既兴奋，又有点怯生生的，对他的来访基本没有什么心情迎合，甚至有点烦。所以我经常不说话，等着他问，他问一句，我答一句，无非是家乡在哪里，家中都有何人之类的话题。

很多时候干脆就是沉默，我们在沉默中各想各的心事。叶苏德也不是一个话多的人，他甚至有点像女孩子的羞涩，所以就和我默默地对坐着。

几周以后就是我的生日。因为刚到，也因为即使是中国同学之间也并不熟悉，大家决定为我办一个隆重的Party，可能大家也都想借此机会发泄一下初涉异乡的兴奋、不安，还有淡淡的郁闷。

Party在震耳欲聋的迪斯科乐曲中开始了，大家兴奋而且忘我地跳起来，我们还确实是一帮小孩儿，容易激动得忘乎所以，也容易为赋新辞而忧愁。

这时，叶苏德和另外一个也是刚刚认识的五年级的蒙古学生措克一起来了。叶苏德手捧一束鲜红的玫瑰，措克手里也是玫瑰，是粉色的。

他们按照当地的礼节拥抱我，并亲吻我的脸颊。旁边的其他同学开始大声起哄，鼓掌，而我因为以前从没有接触过这样的礼节，更没有接触过来自于男孩子的拥抱和亲吻，非常不好意思，感觉热热的，脸很烫。

叶苏德脸也很红。他说："祝你生日快乐！我送给你一首歌好吗？"然后坐下，抄起吉他就唱了起来。

叶苏德吉他弹得很好，唱得也不错，那是一首蒙古歌，悠扬、辽远，大家一下子安静了下来。在他的歌声里，我的心柔软、颤栗，飘到很远的地方，眼睛有些发热……

现在，想起那个夜晚，想起那弥漫在空气里的玫瑰花香，想起那略带忧伤的歌声，仍然十分清晰，仿佛就是昨天的事，而不是发生在时间的那一端。

心仍然会颤栗，无边的伤感就像水面上的雾气，飘荡开来……

再次感慨，我那时确实太年轻了，年轻得什么也不懂，不懂得生活的含义，不懂得道路的粗砺与坎坷，不懂得生命的宝贵与脆弱，不懂得爱情，也不懂得……欣赏男人。

所以，叶苏德一直来找我，我也一直是不冷不热，有时甚至有点冷淡。我就是一个不懂事的被宠坏的小女孩，尽情地挥洒着自己的任性、不羁和轻狂。

叶苏德后来还多次为我弹唱过蒙古歌曲，我爱上了那时而粗犷，时而细腻，时而奔放，时而深沉的旋律，我在歌声里陶醉、飘游，却始终对那唱歌的人有点漠然。

就一直这么淡淡地交往着，他邀我去打球，去；邀我看电影，不去；找我聊天，有时在走廊，有时在房间，就这么有一搭没一搭地搭着话。

他后来渐渐就来得少了，但仍然来。有时来了，坐上一分钟，看我无精打采，爱理不理的样子，就起身离开。

很快叶苏德该毕业了。

有一天在饭厅，我遇见他，他说："我要走了。"然后眼睛定定地看着我。我仍然面无表情，心里想的是：走就走呗。我那时真不知道，生命里有些人，有些事，一旦远离，基本就是永诀，就是永远不可能召之即来。

所谓的熙熙攘攘、来来往往，都是瞬间幻象，时间的河永远向前流，逆流是在梦里，在记忆中。

我现在明白了这些不知是否有点晚了，但明白不明白，其实都那回事，时间无论如何也不可能为你而停留。

叶苏德说："我把地址留给你，你给我写信好吗？"

我敷衍着说："好啊。"然后他就给我写了一张小纸，我就随手揣到兜里。后来这张纸很快就被我弄丢了，不知哪里去了。

叶苏德就悄悄地从我生活里消失了，至今。

渐渐长大以后的日子里，有时候我常常想起他，忽然发现对他有点想念，大家都像风中的叶子，各自飘零，不知他偶尔是否也会在某个落日斜照的黄昏、或者辗转难眠的静夜想起我。

想起来，有时甚至有心痛的感觉。

青春是那样的一段岁月，置身其中，感觉的是灿烂夺目和甜美无忧，而站在另一端回望，却是痛苦无助与伤感惆怅。

当你懂得它的美丽，它的珍贵无价，它已经匆匆而去，你只能远远地遥望它日渐模糊的背影，发出一声无奈的叹息。

后来有一年，我还遇见了一位弹着吉他的蒙古人。

那是八十年代末，在回北京的国际列车上，这人当时三十岁左右，会说一点汉语。

他用他略显生疏的汉语来与我交谈，然后，开始抱着吉他唱歌，也是中文歌：爱你在心口难开。

那几天在车上，他每天来我们这节车厢，然后就开始："喔喔耶耶……我爱你在心口难开……"地唱起来。

列车轰隆隆地奔驰在西伯利亚的荒原，车窗外，大片浓绿色的针叶林一掠而过。琴声与歌声在车轮铿锵的节奏里，显得有点遥远，我听着，微笑。

车到满洲里，他下车了。我和另一个同行的中国男孩在月台上百无聊赖地来回溜达，他来告别。然后，就当着那个中国男孩的面，他脸红红地对我说："我很喜欢你。可以告诉我你的地址吗？"

我大大方方地留了自己在莫斯科宿舍的地址，然后就再见了。

刚进国门，我正兴奋着呢，想象着见到爸妈和妹妹的情景，心早已回家。

神奇的事情还在后面。

多年以后，大约是1999年，我竟然与此人奇迹般在莫斯科相遇。

我去莫斯科参加中国博览会，有一天在展馆里，突然有一个黑黑瘦瘦的亚洲人走上前来问我："你以前是否在莫斯科大学学习？"我诧异："是呀，您怎么知道？"他又问："1989年夏天，你是否曾乘坐去北京的国际列车？"我的心里突然电光石火，明白了，是他！列车上弹琴唱歌的那个蒙古人。

可是，鬼使神差地，我不想与之相认，我那时已经开始我的另一段平庸、顺从、顾忌、噤声、随大流的生活，我不想让周围的同事知道自己曾有过这样浪漫的经历和奇遇，在同事面前，我需要保持我的从容不迫、一本正经、严肃认真、不苟言笑，所以，我说："我过去经常乘坐国际列车，所以已经搞不清哪一年了。"他望着我，又问："你在莫斯科，是否住在……"他说出了我以前的地址，我简短答道："是。"

他望着我的眼睛，想从中探求出什么，而我克制着内心的狂跳，低头整理几张废纸，假装镇静。

片刻，他说："再见！"

转身离去。

他其实外表变化蛮大的，以前白胖，现在黑瘦。

我其实外表变化应该也是蛮大的，以前清瘦、苍白、长发、齐刘海；现在有点胖，依然苍白，依然长发，但无刘海，偏分。

多年以后我们还是互相认了出来，说明彼此在心里都留下了深刻的印象。

我想起的是他的歌声，用中文唱的——喔喔耶耶……我爱你在心口难开。他想起的是——那个微笑着听歌的小女孩？

想说，这个民族曾经给我留下了难忘的印象：他们的热情、豪爽、勇敢、坦率，似乎埋藏在他们的骨子里，流淌在他们的血液中，这是来自那无边无际的绿色大草原的一阵迅猛而略带狂野的风，那风卷着你，使你晕头转向，有点迷失，也陶醉。

那是一种宽广豪放、痛苦真挚的情怀，是坦荡的世界尽情的抒发和延伸，是与蓝天大地同一节奏的呼吸，是驰骋与放纵，可能与地理有关。

他们的粗犷与强悍、深沉与热烈，穿透力极强，直达你心底，会给你留下终生难忘的印象。

我至今喜欢蒙古歌曲和马头琴的悲怆与哀婉，那是触动心弦的音质和旋律，在那种忧伤和激越的旋律里，你会想念故乡，想念过往的岁月，想念那些曾经出现在你生命里的人，你在那乐声里渐渐地坠落，坠落在另一种深处，心在怦怦地跳动，血在血管里汩汩有声地流。

那里有一种神秘而不可言表的气息，很温暖，吸引着你慢慢地沉浸下去。

开往马赛列车上的苍蝇

不记得是哪个哲学家曾经说过，人的一生就像一只开往马赛的列车里的苍蝇，无论在车厢里如何恣意张狂，终点却是既定的，你无法逃脱最后的命运。当年看到这句话时，我感到形容得特别巧妙恰当，于是就记住了。但没记住说这句话的人，根据马赛这个地名，我想这应该是一个法国人。

这句话曾经让我感到悲观。

周末，朋友L从其他城市远道来做客，两天都是在与好久不见的好友的畅谈中度过。

L现在是极其虔诚的基督徒。我使用了“极其”两个字是想形容她所表现出来的一种狂热程度，她言必称“上帝”和“感谢主”，无论我们聊到什么陈谷子烂芝麻，旧朋新欢，她都要一迭声地说着："都是主的安排。"

于是，我就想到了开头那段关于开往马赛的列车上的苍蝇这段话。

然后我更加悲观地发现，其实人还不如那只开往马赛的列车上的苍蝇，因为，那只苍蝇的活动范围其实还是蛮大的，起码可以在几个车厢之间自由自在地换来换去，而人呢?

我说，也许人可以掌握的只有下一顿饭是吃米饭还是吃馒头的权利。L断然地说，连这个也无法掌握。即使是下一秒钟我们都不知道自

摘苹果的时候

己将要怎么度过。

我不得不再次悲观地承认，她是对的。

在我这里的几天，无论是在家里吃饭还是出去就餐，L总要不厌其烦地“谢饭”。但另一方面，她的生活节制，简单有序，让我这个也崇尚简单的人省掉了很多待客的繁文缛节与麻烦。我们在这方面也是互相理解、心心相通的。

可惜周末这两天一直在下雨或者阴天，我感到遗憾，并且真诚地邀请L选个晴朗的日子再来，而她温和地笑着说：“风调雨顺的，很好。”

既然没有选择的权利，那么微笑着接受就是最好的选择。

这几年，L遇到了一些麻烦和不顺，这也是我邀请她前来做客的原因之一。关于自己对未来的打算，她仍然说，一切听从上帝的安排。

我们所能做的只有祷告。

周六晚，送走客人后，我给北京的好友X打电话，七月流火的北京周日的早晨，X正在办公室加班。她说，加班是因为周一要请假陪一位儿时的朋友上法庭办离婚。

X说，以前我让你帮她算过命，你说过，她在三十六岁以后可能会遇到家庭问题。

我特吃惊，追问："是吗？"

其实不用问，肯定是。大约十多年前，曾经有一度，我不但自己到处烧香求签拜师求佛算命打卦，还常常以似懂非懂一知半解之力、不知天高地厚、大言不惭地为亲朋好友指点江山，展望未来。我自己说过就忘了，没想到人家却记住了，一直牢记至命运的脚步逼近。

X是我虔诚的信徒，她曾经让我算过自己的很多家人朋友，与我聊天时，她经常会引用我的话，说，你曾经说过，怎样怎样……这常常使我顿感无地自容。虽然给人家指点迷津时肯定是希望取信于人的，但你在多年前口无遮拦、信口讲出的一段话，在多年后被别人一字不差地认真地复述出来，这种事给人的感觉其实十分怪异荒唐。

如果是金榜题名、久旱甘雨这样的大好事应验了倒也罢了，可是，应验的偏偏是这些倒霉催着走麦城的破事，我怎么曾经这么八卦?!如果以前年幼无知时我还给谁算过什么，而偏偏您还记得，求求您，忘了吧。

开往马赛的列车上的苍蝇的必经路径，就是那几节车厢，所以，如果我蒙对了那只苍蝇在某节车厢的行为真的只是出于偶然和这道题实在没有什么难度。

我在电话里只能尴尬地对X笑了几声。

我现在已经较少算命了，包括请人给自己算和为别人算。因为在我走到今天之后，偶然地回首中发现，即使命运的版图明明白白地呈现在你眼前，你仍然无法摆脱某些迷局，该走的弯路，该犯的错误，没有一样是可以避免的。而且，现在的我还明白了，即使可以根据指示绕开所有的荆棘与歧路，眼前只剩一条平坦宽广、一览无余的通天阳关大道，供你一马平川、一路撒欢、一个弯儿也不拐地跑下去，又会丢掉多少另外的风景和乐趣呢?

更何况,终点都是马赛。

当我知道终点都是马赛时,我会期望选择一条曲曲弯弯、跌宕起伏、翻山越岭、涉水渡川的道路,以便于在路上与更多的故事和风景相遇,以便于在抵达马赛后,可以告诉已经在那里的人们:这一路走来,我沐风栉雨、日夜兼程,见到了阆苑仙葩,听闻了鸟语花香,舔过了草尖上的露珠,触过了月光的温煦;而尤为幸运的是,我还骑过老虎,舞过毒蛇,在丛林里与熊握过手,在海上与鲸鱼擦肩而过……

究竟最终将拥有怎样的历程,我不得不再次沿用L的话:一切听从上帝的安排!

节日

中午，走进唐人街的珠城酒楼，一阵咿咿呀呀的曲声传来，小舞台上一位老人正投入地唱着，我猜，可能是粤曲，他后面是个大招牌：青康会耆老庆中秋联欢。

青康会应该是个老年人的组织。越是老年人的组织，那名字就越青春，听着都吓人：常春藤、夕阳红、万年青……诸如此类。

青康会的联欢被屏风遮挡了一半，可能是怕影响在大厅吃饭的其他客人吧。客人不多。

遮挡住了人，却遮挡不住声浪一波波地传来。一直在唱着咿咿呀呀的很婉转的粤曲。后来，又有一个老头开始大声地嚷嚷。月亮说：“他有麦克风，还喊什么！”小姑娘刚刚拔了牙，加上头疼一直未愈，心情有点烦躁。

老头一直在嚷嚷着。我忽然明白，他在大声地叫着号码：四号，六号……老人们可能在抽奖。

一会儿，活动散了，老人们从屏风后陆续走出来，都是起码七十岁以上的老人家，基本没有红光满面健步如飞的人，都弓着腰、驼着背，步履蹒跚。有的还弓着腰背个大双肩背包，不知随身带着什么宝贝。

月亮说：“妈妈，他们怎么来的？”

我说：“有的是孩子送来的，有的是乘公交车来的，可能大多数就住在唐人街。”

唐人街有老年公寓，里面中国老人占多数，但也不都是中国老人。

与此时在中国的妈妈通电话，问为什么昨天打电话没找到人?

妈妈说，和爸爸两人去看小区的国庆联欢会了。

自回去后，他们一直在模仿着他们的伟大领袖毛主席走遍祖国大地，去了海南去桂林，去了河北去河南，去了新疆去内蒙古，现正在考虑去云南四川一线。

我问妈妈，节目怎样?

妈妈说:“挺好。都是大合唱什么的，服装都特专业:葡萄紫色的长裙、红皮鞋。”

天啊!瞧这颜色配的。我想象，应该像站着一排酱肉。

我继续问:“观众多吗?”

妈妈说:“不少人中间都退场回家做饭去了。到最后，算上我们俩，一二十人吧。”

联欢会是在上午举行的。妈妈又说，国内有国内的热闹。

前几天，小区曾经发生过一次停水事件。停了整整一个白天，傍晚时分，不知从何处开来一辆水车停在小区的广场上，通知大家来打水，于是家家拎着水桶在水车前排起了大长队。

妈妈说，她好不容易排到了，打了一桶水，刚拎回家，只听有人大喊一声:“来水了!”再看水车前排队的人们顿时一哄而散。

妈妈说，已经很多年没经历过这种事了，也觉得挺有意思。国内有国内的热闹。

我基本上没赶上过国内的任何热闹。今天开车时，我仔细一想，我竟然从来没参加过那些庆祝游行，作为一个生在新社会长在红旗下的昨日青少年，这是一件多么不可思议的事情。文化大革命的如火如荼咱没赶上，批林批孔批四人帮咱还太小，不够资格加入游行的队伍，后来西哈努克亲王也不来了，比我们大的孩子起码还赶上了去机场欢迎他。

留学时，每年十月革命节莫斯科也有盛大的庆典，也曾经想好奇地报名加入学校的游行队伍，迈着正步浩浩荡荡地穿过红场，却被当时正在上五年级的朋友劝住了。劝我的这人是来自外蒙古的留学生。他说，他曾被冻得够呛。他模仿着举着迎风招展的大旗大踏步向前进的姿势，说："就这样。"

我被他滑稽可笑的姿势逗得笑不停，也打消了想去游行的念头。

就这样，错过了一次次参加普天同庆大游行的机会。

秋雨依然。满地落叶。

初秋的景色并不太好看，不透亮，有些发锈。树叶半黄或者微红，夏天的青涩尚在。绵绵的雨丝里，路边的教堂或者大楼线条暗沉，散发着潮湿的气息。

独自开车，FM89.9播放着月亮爱听的歌曲。通常，我听的是FM98.5，那里播放的都是英文老歌。但现在，车内收音机基本上就锁定在了月亮爱听的频道，我随着她，也似乎知道现在正在流行哪些歌了。

那些歌都像念经，像切菜，絮絮叨叨，翻来覆去的，旋律节奏都有点枯燥。

有一个女孩叫LADY GAGA，以搞怪出名，无论是装扮还是歌，现在火得不得了。

听着听着，我也爱听了起来。

妈妈，月亮，我。我们这三代女人总让我想起张戎。张戎的第一本书叫《鸿，三代中国女人的故事》，此书让她在海外一举成名。

我在莫斯科留学的某一年，朋友家来了个客人，是个老太太，来自成都。我们都叫她夏婆婆。有一次，朋友让我帮忙为夏婆婆做翻译，去办一件事。在公交车上，我俩聊天，夏婆婆说："我女儿张戎写了一本书，讲了三代女人：她外婆，我和她的故事。"

那时候，我没听说过张戎。

来到加拿大以后不久，有一次，我在图书馆里见到了一本书，作者是张戎这个名字，我想起了夏婆婆说的那本书。我翻开书，竟然看见了夏婆婆的照片。

夏婆婆曾经是一位老革命。

也是留学的某一年，有一次，好像也是秋天。我和朋友从莫斯科著名的新圣女公墓出来，两个华人中年女子上来问路，问地铁站怎么走。问路的是其中一位，而另一位则一言不发地站在一旁，目光极其冷静犀利地注视着我们。

我也一直在注意这位女子。

她们道谢离开后，我对朋友说："刚才那个不说话的人好像是台湾的女作家龙应台。"

"很像。"我补充道。我在一些书中见过龙应台的照片。朋友不关心这些，不知道谁是龙应台。

大约去年，读龙应台的某篇文章，她写道，在1988年，她曾在莫斯科居住了半年时间，进行一些学术研究和观察。

那么，我见到的那个人应该就是她。

龙应台是我所喜欢的那类文化人，文字感性，内涵深邃，兼具学者和写作者的特征，这样的女作者，或者说作者屈指可数。

龙应台最近发表了新作《大江大海一九四九》，她说："1949是个大分水岭，决定了现代中国，以至香港、台湾为什么是现在这个样子，现在的一切，都是从60年前开始的。如果要在20世纪挑出最重要的一年，我会挑1949。那个时代，每一个小小的、看起来毫不重要的、片刻的决定，都可能是一辈子命运的转折点。所有的生离死别，都发生在某一个码头——上了船，就是一生。"

龙应台还说：过了60年，我们——包括大陆，要跳出军事史的单一眼光，必须用文明史的眼光来看这60年。文明最核心的意义，就是人的价值。

我前些日子看的两台文艺晚会就是两岸各自为自己的节日举办的慰问侨胞演出，台湾是10月10号，所说的“双十节”，我们是10月1日，国庆节。

台湾那场晚会还给每人发了一面青天白日旗，我们拿在手里，一直没展开，于是就这么卷在一起捏着，像捏着一根木棍儿。

散场回家的路上，我和妹妹Echo一致感慨：青天白日旗！这要是咱们小时候……

大陆那场，结束时放起《同一首歌》，我们都激动地跟着唱，台上台下边唱边互相招手。

1949年起，中国人有了两种不同的文化。

O SOLE MIO

最近一直在听Bryan Adams。

夜深人静，我手捧一本一直也读不完的书，心却被那飘在空中的音乐带走。

他的深情与伤感，他的自由和奔放，他的沧桑与无奈，都伴着他那嘶哑的嗓音一直走来，进了你心中难以触探的深处，并掀起阵阵的狂潮。

潮水一次次洗过心的海滩，退去，又来。

我听的欧美歌手不多，Bryan Adams是我最喜欢的一个。而且，刚刚知道，原来他是渥太华人，也是天蝎座。心里又掠过一阵暗暗的喜悦。渥太华是个小城市，人口只有七十多万，尽管我即使和他在街头相遇也未必能认得出来，但心里还是进一步感到了由衷的亲切。

开始注意到他是前些年还在北京时，买了一张大的镭射光盘，是他与帕瓦罗蒂在罗马合作的演唱会。他们合作演唱了彼此的代表作，Bryan Adams非常自然、悠扬、风趣地用他沙哑的嗓音诠释了《我的太阳》。在帕瓦罗蒂高亢而过于完美的嗓音的衬托下，他单纯和略带天真和自嘲的表情十分可爱；而演唱自己的代表作《Please forgive me》时，他马上又变得深情款款，认真而且忧伤。

那张大碟我反反复复看，每次都看得十分激动。在那场音乐会上，出现的都是巨星，但我的眼里只有他。

从此开始听他，并买了他后来的一些专辑和演唱会的DVD。

很多时候，我是一个后知后觉的人。我开始听Bryan Adams时，他已经在世界上走红了很多年。自从我知道了他，才发现地球上到处是他的踪影。那年我去奥地利出差，在维也纳街头一眼就发现了Bryan Adams的演出广告，知道自己当时是和他置身在同一个城市里，心里也是一阵小小的激动。当然，其实是没有机会去看他的，我们处理公务之余忙着拜访的是约翰施特劳斯故居，是贝多芬的雕像，是金色大厅。维也纳是古典音乐之都，这里有太多的古典音乐大师的足迹，尽管在心里，Bryan Adams离我更近。

其实是想说帕瓦罗蒂。今天早上得知，他因病去世了，觉得非常突然。

九十年代世界三大著名男高音来北京，我曾去人民大会堂观看演出。那是一场盛会，国内的文化名流、歌手、音乐人云集，在现场，我看见了好几个当时正走红的歌星的身影，现在他们都销声匿迹，不知所终。而那场音乐会，说实话，没有给我留下太深印象。只记得卡雷拉斯很帅，主要是我喜欢他那种儒雅的外形。对帕瓦罗蒂完全印象模糊，模糊到基本上没有什么印象，反而对他第一次来中国的一些报道记忆犹新，而那时其实我还小。

那好像是八十年代，当时的最高领导人还是胡耀邦。帕瓦罗蒂是第一个来访的世界顶级艺术家、巨星，胡耀邦接见了他，报纸上登载了两人握手的照片。

在帕瓦罗蒂来中国以前，中国人认为的男高音就是李双江，好像当时李双江还与帕瓦罗蒂当面切磋演唱技巧，并得到帕瓦罗蒂的赞许，认为李已经能唱到高音C，非常了不起。当时国内对李双江获此赞许的殊荣也是一片诺诺之声，认为他就是中国的“帕瓦罗蒂”，现在想起来，帕瓦罗蒂对李双江的赞许完全是虚伪的礼貌，中国的“帕瓦罗蒂”跟人家连边儿也沾不上。

但我倒是也喜欢李双江的歌声，介于民歌和美声之间，比民歌浑厚，比美声飘摇。我喜欢他唱的《我爱五指山，我爱万泉河》，喜欢《再见吧，妈妈》，喜欢《红星照我去战斗》。与其说喜欢这些歌，其实可能喜欢的是自己关于童年的回忆。比如那时，一年只有一部儿童新电影，就是《闪闪的红星》，我们都看得把整部电影背下来了，更何况那歌。

但也正因为少，所以看的时候才格外兴奋，才格外全神贯注地投入，才格外铭刻在心。

现在的电影都是看完就完了，受到点触动也过不久即烟消云散了。无论是好莱坞电影还是国产大片。现在的电影往往好看，看的过程非常吸引人，美女艳星，天外来客机器人，时空交错，快进倒流，形式远远大于内容，但却越来越难以深入你心。

能让成熟的人被打动需要真正的内涵。

历史流传下来，闪光的都是精神生活。形式与内涵相比，远不是那么重要。因为形式是当时的包装，有时间的限制，而内涵则可以传之久远。

帕瓦罗蒂的离去标志着一个时代的结束，我们就是眼睁睁地看着这个时代从我们身边渐渐遁去。它又一次提醒我，自己也是一个经历了一些时代、一些人、一些事，很有些往日回忆的人了。

以前的生活一直非常顺利，顺得都忘了时间一直在走。后来，陆陆续续有了一些所谓的坎坷，回头望，才发现：拥有，不珍惜，放弃，寻找，选择和等待，构成了往日的内容。

想起回头望时，才又发现，来日已经不很多。

今日往日和来日，顾自在太阳的东升西落中，渐渐融为一体。

女儿月亮这群新一代90后们已然横空出世，而我们，要么赶快扬鞭催马，大步疾行，要么就坐路边静静等候来人，交棒。

已经没有太多选择。

雨后空山

已经很久没有在影院里看那种拍给成年人看的电影了。很久以来去看电影，我都是作为女儿月亮的专职司机和陪看而去。

昨天看的是3D动画片《UP》(国内译为《飞屋传奇》)。我们本是为看《变形金刚》而去，到了那里，月亮决定改看《UP》，于是就买了《UP》的票，这两部片子如果让我选，我也会选《UP》——既然都不感兴趣，就看立体的吧。这是我的想法。

我们买了一张成人票一张儿童票，举着冰水来到检票口。检票的女孩接过票撕个小口又递回来。

放映厅里只有五六个观众，我们照例在最后一排的中间坐下。

坐定后，我说："下次买两张儿童票吧。"因为我看检票员根本看也不看，而儿童票比成人票便宜两块钱。

月亮夸张地缩起脖子打了个寒颤，说："别！"自己的妈妈为了节省两块钱冒充儿童，万一被抓到确实是一件比较难堪的事。作为一个善解人意的妈妈，我理解她的心情。

更何况，我是那个一举一动、一言一行都被小朋友细心观察模仿的妈妈，很微妙。榜样的力量是无穷的。

现在，我们母女的穿衣风格完全相同：有时候是一致的露背装：她粉色，我绿色。昨天的高温下去看电影，是一致的黑背心，我露肩，她仍露背。

露肩或者露背的两个黑背心被影院里的冷气冻得蜷缩着抱在一起，我还伸出手来在月亮的胳膊上来回摩挲，希望能传递给她一点点温暖。

《UP》是很好看的动画片，传奇的童话，现实与梦幻的结合，善良与邪恶的交战，有时还充满紧张刺激的气氛。我坐在那里一次次地咯咯傻笑。

总看这种片子，我也变得越来越弱智了，或者说，童心未泯。

童心未泯这个词又使我想起了迈克尔·杰克逊。这两天曾经控告他性侵的那个现在已经长大了的儿童终于出来承认，当年只是因为父母的贪婪而对迈克尔·杰克逊进行的敲诈和栽赃。迈克尔杰克逊其实是清白的。

因为过早地失去了童年生活，杰克逊的一生似乎都在弥补自己的童年，他一直在潜意识里拒绝成长，心理年龄一直停留在10岁。这是他喜欢和小男孩们一起玩的原因。

然而，这个世界的丑恶无法容忍一个成年人的幼稚和天真，何况他又是这么一个显赫而令人觊觎窥伺、值得期待的天王，所以，他一定会中招！

这是这个世界的真面目。

从冷气森森的影院里重新来到烈日下，仿佛一下子披上了毛毯，覆盖全身汗毛孔的冷气唰地一下全被阳光逼退了。

我环着月亮的肩膀走着，心里美滋滋的。她现在开始时常撇下我，独自和同学出去玩，这是刚刚从小朋友家过夜回来。说老实话，自从她放假在家以来，我有点嫌她总是把家里搞得乱七八糟，总忍不住冲她嚷嚷几声，可她不在家时，哪怕只有一夜，我还真想她。毫不夸张地说，她不在家那夜，我的梦里也是关于她去小朋友家过夜的事情。

这个旅伴真不错！感谢上帝！

最近，我们还共同开始减肥，所采用的方法就是不吃晚饭。不吃晚饭的约定使我们每每接到丰盛的晚宴的邀请时都有点犹豫，但犹豫后基本上也没有勇气谢绝。

看完电影，正是晚上六点多，骄阳依然似火，似乎回家尚早，应该到哪里坐坐。酒吧儿童不宜。去吃个饭？我们互相望着，异口同声地犹豫着："又要大吃？"

然后就一起下决心，回家！

因为不吃晚饭，所以我们认为早饭和午餐更要吃好吃饱。因为想到晚上不能吃饭，所以前边这两顿我们吃得格外起劲，吃得格外多——不吃晚饭嘛。

于是，我们的减肥似乎收效甚微，或者不如说纹丝未减更准确。

但我们不吃晚饭。每天我们饥肠辘辘地睡下了，然后在第二天早上起床后迫不及待地抓起冰箱里的三明治，狼吞虎咽大快朵颐。

雨突然贵如油，闷在云里迟迟不下，偶尔倾泻一阵子，再看远处，天色蔚蓝，于是知道很快就会过去。

果然没有几分钟就又停了。恰好从桥上驶过，月亮喊起来："彩虹！"

不经历风雨，怎么见彩虹？一道彩虹架在河面上，仿佛连接起河的两岸。我们从雨里驶来，桥这边的地面干燥得不见一丝水滴。头顶乌云正在聚集，此岸的雨珠还在路上。

昨天在电影正式开映之前放的一部动画广告片，讲的就是云的故事，还有大雁在云间飞来飞去地帮助云彩为大地送去一个个新生的小生命。白云、彩云、乌云和大雁，都被赋予了拟人的人格，十分生动逼真有趣。

乌云发火时，电闪雷鸣，然后，它伤心地哭了，雨哗哗地落了下来。

还有大雁，扑闪翅膀时，一些羽毛被抖落下来，轻轻地飘散在风里，让人心里软软的，忍不住想伸出手去捧住。

这两年我开始留意大雁的踪影，它们的冬去春回，南来北往常常会牵动我的心绪。经常的，我会凝神盯着天上成行的雁阵看上半天。春天看见这一排排小黑点出现在天空，我会忍不住欣喜和兴奋；而秋天，望着它们渐渐远去的身影，我常常很失落，很伤感。

伤感的原因和内容都十分复杂。

此时的我盼望下雨。因为最近的炎热少水，草地都有点泛黄了。

花园里的鲜花依然盛开。下午出门前我采了一束浅紫色的小花插到玻璃瓶里，晚上进门，满屋子花香！

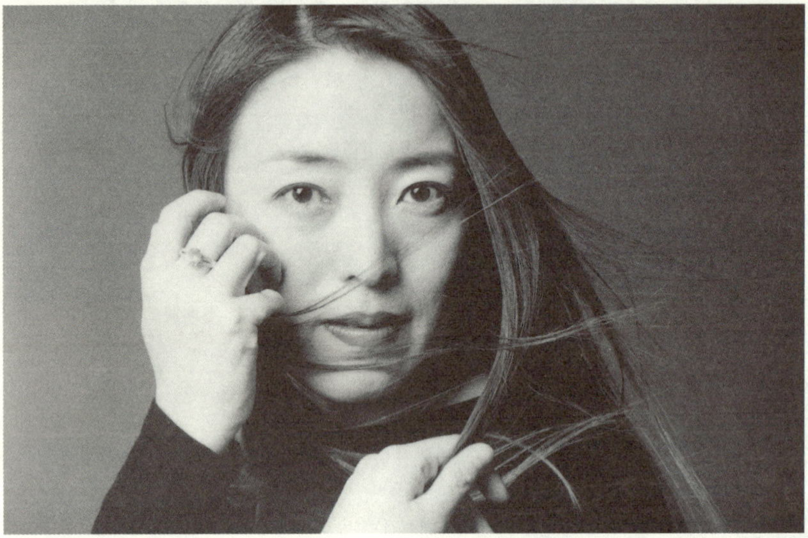